Bella Andre

Nicht verlieben ist auch keine Lösung

Roman

Aus dem Amerikanischen von
Christiane Meyer

MIRA® TASCHENBUCH
Band 25818
1. Auflage: März 2015

MIRA® TASCHENBÜCHER
erscheinen in der Harlequin Enterprises GmbH,
Valentinskamp 24, 20354 Hamburg
Geschäftsführer: Thomas Beckmann

Copyright © 2015 by MIRA Taschenbuch
in der Harlequin Enterprises GmbH
Deutsche Erstveröffentlichung

Titel der nordamerikanischen Originalausgabe:
From This Moment On
Copyright © 2012 by Oak Press, LLC
erschienen bei: MIRA Books, Toronto

Konzeption/Reihengestaltung: fredebold&partner GmbH, Köln
Umschlaggestaltung: pecher und soiron, Köln
Redaktion: Mareike Müller
Titelabbildung: Thinkstock/Getty Images, München
Autorenfoto: © Paul Belleville
Satz: GGP Media GmbH, Pößneck
Druck und Bindearbeiten: CPI books GmbH, Leck – Germany
Printed in Germany
Dieses Buch wurde auf FSC®-zertifiziertem Papier gedruckt.
ISBN 978-3-95649-112-2

www.mira-taschenbuch.de

Werden Sie Fan von MIRA Taschenbuch auf Facebook!

Liebe Leserin, lieber Leser,

jeden Tag, wenn ich mich an meinen Computer setze, um über die Familie Sullivan zu schreiben, lache ich zusammen mit meinen Helden und Heldinnen, weine mit ihnen ... Und was das Beste von allem ist: Ich verliebe mich jedes Mal ein Stück mehr in sie.

Obwohl ich bei den Sullivans keine Lieblingsfigur benennen könnte, muss ich zugeben, dass ich mich Hals über Kopf in Marcus verliebt habe. Als der älteste der Sullivan-Geschwister war er immer sehr reif und verantwortungsbewusst. Ihm waren das Glück und die Zufriedenheit jedes Familienmitglieds sehr wichtig. Tatsächlich ist er so versessen darauf, sich um seine Brüder und Schwestern zu kümmern, dass er nicht immer an sein eigenes Glück gedacht hat. Über diesen starken, fürsorglichen Charakter zu schreiben, hat vom Anfang bis zum Ende Spaß gemacht. Es hat auch nicht geschadet, dass er einer der attraktivsten Helden war, über den zu schreiben ich je das Vergnügen hatte.

In „Nicht verlieben ist auch keine Lösung" vereinbaren Marcus und Nicola, eine einzige Nacht miteinander zu verbringen. Doch aufkeimende Gefühle – und knisternde Anziehungskraft – fesseln sie aneinander und die Faszination wächst. Aber reicht diese Faszination füreinander aus, um sich noch einen gemeinsamen heimlichen Moment zu stehlen?

Ich hoffe, Sie können sich einen langen, gemütlichen Tag in der Sonne stehlen, um ihn mit den Sullivans zu verbringen!

Viel Spaß beim Lesen wünscht
Bella Andre

1. KAPITEL

Marcus Sullivan befand sich auf einer Mission. Vor zwanzig Minuten hatte er die Verlobungsfeier seines Bruders verlassen und sich auf den Weg dorthin gemacht, wo das Herz von San Franciscos quirligem Viertel Mission District schlug. Tanzmusik drang aus den Türen der Clubs hinaus auf die Straße – laut genug, dass die Menschen, die in der Warteschlange standen, zu tanzen begannen.

Die Leute, mit denen Marcus sich für gewöhnlich umgab, trugen eher selten Leder und Piercings, Tattoos und leuchtend bunte Haare. Doch die Männer und Frauen, die hier entspannt warteten, wirkten wenigstens glücklich und zufrieden.

Marcus hatte vor, in ein paar Stunden auch zufriedener zu sein als im Augenblick.

Nicht, dass ich genauso glücklich sein könnte wie Chase, der jetzt mit seiner Traumfrau verlobt ist, schoss es ihm durch den Kopf. Sein Bruder Chase hatte Chloe vor einem Monat im Napa Valley kennengelernt. In einer stürmischen Nacht war ihr Wagen von der Straße abgekommen und in einen schlammigen Böschungsgraben gerutscht. Als Chase die junge Frau aus dem strömenden Regen gerettet hatte, war ihm sofort der Bluterguss auf ihrer Wange aufgefallen. Sofort war ihm klar gewesen, dass Chloes Problem nicht nur ein kaputtes Auto in einem Graben war. Es hatte einige Tage gedauert, bis er Chloes Vertrauen gewonnen hatte. Nachdem sie schließlich zugegeben hatte, von ihrem Exmann geschlagen worden zu sein, hatte Chase sie unterstützt und bestärkt, bis sie den Mut gefunden hatte, die Misshandlung bei der Polizei anzuzeigen.

Schon bei seiner ersten Begegnung mit Chloe hatte Marcus auf Anhieb bemerkt, wie bezaubert sein Bruder von ihr war. Er war der Überzeugung, dass sein Bruder eine gute Wahl damit getroffen hatte, sich in Chloe zu verlieben. Sie war nicht nur wunderschön, sondern auch ein guter, kluger, mutiger und liebevoller Mensch. Und sie liebte seinen Bruder mit derselben Leidenschaft und Hingabe wie er sie.

Ihre ganze Familie war bei der Verlobungsfeier seines Bruders gewesen – sogar Smith, der einer der größten und meistbeschäftigten Filmstars der Welt war. Chases Verlobung war die erste der Sullivan-Geschwister, und es war für alle ein ganz besonderes Ereignis. Vor allem für Marcus' Mutter, die zugleich froh und mehr als nur ein bisschen erleichtert war, dass eines ihrer acht Kinder endlich den Schritt ins Eheglück wagte.

Marcus hatte die Feier mit seinem Bruder, seinen Geschwistern und seiner Mutter genossen. Aber gleichzeitig hatte er während der Party das Gefühl gehabt, alle starrten ihn an und fragten sich, warum er und seine Freundin Jill noch nicht verlobt seien. Immerhin waren sie schon seit zwei Jahren zusammen. Und Marcus war während der zwei Jahre mit ihr beständiger geworden. Viel beständiger.

Niemand außer ihm hatte gewusst, warum Jill nicht bei der Verlobungsfeier aufgetaucht war ... Und er hatte die Party von Chase und Chloe nicht ruinieren wollen, indem er erzählte, was geschehen war. Im Übrigen konnte er selbst es noch immer kaum glauben.

Obwohl er mit eigenen Augen gesehen hatte, was Jill getan hatte.

Die Musik aus dem Club dröhnte bis hinaus auf die Straße, während Marcus an den Wartenden vorbeiging. Es kam ihm vor, als wären alle hier mindestens zehn Jahre jünger als er. Auch wenn er sich angesichts des Altersunterschieds fehl am Platze hätte fühlen können, war er sich mehr als sicher, dass er das richtige Ziel ausgesucht hatte.

Er brauchte heute Nacht eine Pause vom echten Leben. Und ein Club im Mission District war kein schlechter Ausgangspunkt.

Obwohl er Anzug und Krawatte trug, musterte der Türsteher ihn nur kurz und öffnete dann das Absperrseil, um ihn hineinzulassen. Marcus war ein hochgewachsener Mann mit breiten Schultern und zupackenden Händen, die fähig gewesen waren, seine Brüder und Schwestern zu beschützen, wenn es in ihrer Kindheit und Jugend nötig gewesen war. Auch wenn er seine Größe nicht oft benutzte, um Menschen einzuschüchtern, so machte er doch von seinen Vorzügen Gebrauch, wenn es erforderlich wurde.

Der düstere, treibende Rhythmus vibrierte in ihm, während er durch die Tür in den dunklen, überfüllten Club trat. Aber selbst die laute Musik und die zuckenden Lichter konnten ihn nicht von seinen Gedanken ablenken.

Doch aus diesem Grund war er auch nicht hergekommen. Er war nicht hier, damit er vergessen konnte, was er gesehen hatte.

Nein, schoss es Marcus durch den Kopf. Sein Magen zog sich zusammen, als er ein Pärchen erblickte, das langsam und eng umschlungen miteinander tanzte, obwohl ein schneller Song lief. Er wollte nicht vergessen. Noch einmal würde er diesen Fehler nicht machen. Nie wieder würde er so dumm, so blind sein.

Marcus war hier, weil er zwei vergeudete Jahre nachholen wollte. Vor vierundzwanzig Monaten hatte er Jill an einem heißen Abend im August kennengelernt. Er hatte eine Wohltätigkeitsveranstaltung ihrer Firma besucht und im Namen des Sullivan-Weinguts eine großzügige Spende an den Hilfsfonds für Kinder getätigt. In dem Moment, als er die kühle blonde Schönheit bemerkt hatte, war er felsenfest überzeugt gewesen, das fehlende Puzzleteil in seinem Leben gefunden zu haben. Er war damals vierunddreißig und fing gerade an, über eine eigene Familie nachzudenken, über eine Frau und Kinder.

In Jill hatte er seine Zukunft gesehen: Ehe, Kinder, festliche Abendessen auf dem Weingut mit der perfekten Frau an seiner Seite.

Doch wie er jetzt hatte lernen müssen, war nicht alles so perfekt gewesen ...

Marcus konnte sie stöhnen hören, während er den Schlüssel zu Jills Apartment im Schloss umdrehte. Es hätte ein Film sein können, der an den schmutzigen Stellen zu laut aufgedreht worden war, aber Marcus wusste es besser. Wenn er ganz ehrlich war, hatte er es schon seit Monaten geahnt. Jill war seit einer ganzen Weile häufig in Gedanken versunken und extrem launisch. Er hatte sich einreden wollen, es läge am Stress bei der Arbeit, dass sie weniger Zeit für ihn hatte – ganz zu schweigen davon, dass sie immer weniger Interesse daran hatte, mit ihm zu schlafen. Doch als sie nicht einmal mehr an den Wochenenden ins Napa Valley gekommen war, um sich mit ihm gemeinsam dort zu entspannen, hatte er sich eingestehen müssen, dass die Probleme tiefer gingen und es eben nicht nur am Job lag. Tief genug, dass er nicht nur einmal versucht hatte, mit ihr darüber zu reden. Allerdings war sie einem Gespräch immer ausgewichen.

Er legte die Hand auf den Knauf und hielt für den Bruchteil einer Sekunde inne, ehe er die Tür aufstieß und das Apartment seiner Freundin betrat. Das Stöhnen wurde bei jedem Schritt, den er weiter in die Wohnung ging, lauter.

„O ja, das ist gut! Genau da! Genau so!"

Jill war im Bett immer laut gewesen, aber bis jetzt war ihm nie aufgefallen, wie aufgesetzt und falsch es klang. Un-

willkürlich ballte er die Hände zu Fäusten, während er durch ihre Küche und den Flur entlang zu ihrem Schlafzimmer lief. Eigentlich wollte er es nicht sehen, doch er wusste, dass er sich mit eigenen Augen überzeugen musste. Er hatte so stur an der Beziehung festgehalten ... Als er nun mit anhörte, wie sie bei dem Kerl im Bett in gespielter Ekstase aufschrie, dachte er plötzlich über das Warum nach.

Vor langer Zeit schon hatte er sie gefragt, ob sie ins Napa Valley ziehen und mit ihm auf dem Weingut leben wolle, aber sie hatte immer einen Grund gefunden, um die Entscheidung hinauszuzögern. Als letzte Ausrede hatte sie hervorgebracht, ihre Wohnung sei ein Glückstreffer. Sie lag nur knapp einen Block von ihrer Finanzplanungsfirma entfernt, wo Jill nicht selten morgens in aller Herrgottsfrühe zur Arbeit antreten musste. Sie hatte ihm angeboten, in ihrem Apartment zu übernachten, wann immer er wolle.

Die Wahrheit war allerdings, dass Marcus sich in ihrer Wohnung nie wirklich zu Hause gefühlt hatte. Alles war in kühlem Weiß gehalten, mit Glasoberflächen, auf denen die geringste Berührung Spuren hinterließ. Es war kein Zuhause, in dem man sich vorstellen konnte, Kinder aufwachsen zu sehen. Als eines von acht Kindern wusste er genau, was mit Schlamm verdreckte Schuhe und schmutzige Hände für Möbel wie Jills bedeuteten. Kein schöner Anblick, doch so war das Leben. Das echte Leben.

Sein Haus im Napa Valley dagegen war eingerichtet mit großen, gemütlichen Sofas, bunten Teppichen aus Italien und Kunstwerken, die er liebte, ob sie nun von einem berühmten oder einem aufstrebenden ortsansässigen Künstler stammten.

Aber er hatte sich eine Zukunft mit Jill gewünscht. Und deshalb war er bereit gewesen, sich zu verbiegen und Kompromisse einzugehen, um diese Zukunft wahr zu machen.

Wie oft war er am Wochenende in die Stadt gefahren, damit er mit Jill zusammen sein konnte, wenn es ihr gerade passte? Wie oft hatte er seinen kompletten Terminplan über den Haufen geworfen, um für sie da zu sein, sobald sie ihn brauchte?

Er hatte bemerkt, dass seine Geschwister ihre Meinung zu Jill hatten. Erstaunlicherweise hatten sie sich allerdings zurückgehalten und sich nicht in seine Beziehung eingemischt. Vielleicht, weil sie sich gedacht hatten, dass er am Ende doch noch zur Vernunft kommen würde. Nur Chase hatte kürzlich versucht, mit ihm über Jill zu reden. Aber zu dem Zeitpunkt war alles schon so kompliziert gewesen, dass Marcus nicht auf die Fragen und die Besorgnis seines Bruders eingegangen war.

Marcus war klar, dass er zu oft seine eigenen Wünsche hintangestellt hatte, um Jill glücklich zu machen.

Doch nie zuvor war er in eine Live-Sexshow geplatzt, in der seine Freundin die Hauptrolle spielte.

Sie ritt den Typen, als wäre er ein bockendes Wildpferd und sie eine berühmte Rodeo-Reiterin. Das Einzige, was noch fehlte, waren der Cowboyhut, die Stiefel und Zügel.

Er sah die nackte Haut, die Arme und Beine – verdammt, von der Schlafzimmertür aus hatte er freie Sicht auf alles. Doch er betrachtete die Szene vollkommen emotionslos, distanziert. Fast so, als würde man in einem Hotelzimmer zufällig auf den Pornokanal schalten, wenn man gerade nicht in der Stimmung war, Fremde beim schmutzigen Sex zu beobachten.

In dem Moment entdeckte der Kerl unter seiner Freundin Marcus in der Tür.

„Was zum Teufel …" Erschrocken starrte er Marcus an. Offensichtlich hatte er nicht damit gerechnet, dass jemand ins Zimmer kommen könnte.

Jill drehte sich ein Stückchen um und warf Marcus über die Schulter hinweg einen Blick zu. Gespielt überrascht sah sie ihn mit großen Augen an. Allerdings kannte er sie gut genug, um sie zu durchschauen. Während ihr Lover entsetzt war über Marcus' Erscheinen, hatte Jill sehr wohl damit gerechnet.

Wie lange war sie schon mit diesem Kerl zusammen?

Wie viel in ihrer Beziehung war eine Lüge gewesen?

Ohne Eile zog Jill eine Decke über sich und ihren Geliebten. Marcus musste mitverfolgen, wie sie sich voneinander trennten und sich dieser Typ neben seine Freundin legte. Ihm war klar, dass Jill sich bemühte, so verführerisch wie möglich auszusehen, während sie ihre Blöße bedeckte. Ihr Liebhaber hingegen wollte offensichtlich einfach nur so schnell wie möglich weg von hier.

„Ich verschwinde", presste der Mann hervor, wobei er sich über die Bettkante beugte, um seine Jeans vom Boden aufzusammeln. Aber Jill fasste ihn am Arm, sodass er im Bett blieb.

„Nein, Rocco, du musst nicht gehen."

Rocco? Seine Freundin, diese klassische Schönheit, die Frau, die er hatte heiraten, die Frau, mit der er eine Familie hatte gründen und sich die Führung des Sullivan-Weinguts hatte teilen wollen, vögelte mit einem Kerl namens Rocco? Einem Kerl mit einem fürchterlichen Ziegenbärtchen und Piercings? Einem Kerl, der nicht älter aussah als zwanzig?

Das konnte nur ein schlechter Scherz sein!

Der Typ schaute zwischen Jill und Marcus hin und her. Er wurde blass, sowie sein Blick auf Marcus' Fäuste und seine breiten Schultern fiel, die den Türrahmen fast ausfüllten. Doch er blieb wie ein braves Hündchen im Bett – wie Jill es ihm gesagt hatte.

Jill stand auf, ließ die Decke fallen und schlüpfte in einen kurzen blauen Morgenmantel aus Seide, der auf einem Sessel in der Ecke des Zimmers gelegen hatte. Sie trat zu Marcus. „Wir sollten uns im Wohnzimmer unterhalten."

Glücklicherweise ging sie an ihm vorbei, ohne ihn zu berühren. Aber sie kam ihm nahe genug, dass Marcus den Sex riechen konnte. Den Duft eines anderen Mannes an ihr.

Er wollte Rocco mit der Faust direkt ins Gesicht schlagen. Aber augenscheinlich hatte Jill das hier eingefädelt. Vom Anfang bis zum bitteren Ende.

Also würde er sich stattdessen mit ihr auseinandersetzen.

Marcus schritt durch den Flur zurück ins Wohnzimmer, wo Jill ihn erwartete.

Sie wirkte nicht schuldbewusst oder zerknirscht. Und zum ersten Mal seit jenem Tag im August vor zwei Jahren, an dem er sie am anderen Ende des Raumes erblickt und beschlossen hatte, sein Leben mit ihr zu verbringen, empfand er sie nicht einmal mehr als schön. Ja, sie war hübsch, hochgewachsen und schlank ... Doch in ihrem Gesicht bemerkte er plötzlich einen gemeinen Zug, eine Hässlichkeit, die er sich nie hatte eingestehen wollen.

„Ich habe mich in Rocco verliebt."

Als Entschuldigung war diese Äußerung ein echter Reinfall.

In dem Wohnzimmer, in dem sie gemeinsam gegessen, Filme geguckt und gelacht hatten – Dinge, die sich jetzt falsch anfühlten –, starrte er sie nur stumm an. „Wir wussten doch beide, dass unsere Beziehung nirgends hinführen würde", fuhr sie abwehrend, beinahe verteidigend fort.

„Mir war es ernst", antwortete er schließlich. „Ich wollte eine Zukunft mit dir. Du meintest, du brauchtest Zeit. Die habe ich dir gegeben. Genug Zeit, um hinter meinem Rücken herumzumachen. Mit Rocco."

Er sah, wie sich Jills Augen weiteten, als sie die unverhohlene Wut in seiner Stimme bemerkte. Noch nie hatte er so mit ihr geredet. Marcus war nicht der Mensch, der die Stimme erhob, um seinen Standpunkt zu verdeutlichen, oder der mit Gewalt seinen Willen kriegen wollte. Durch harte Arbeit, Vernunft und ein bisschen von seinem Sullivan-Charme, den er einsetzte, wenn es angebracht war, hatte er es dorthin geschafft, wo er jetzt stand. Nur in seiner Kindheit und Jugend hatte er die Fäuste benutzt, um seine Geschwister zu beschützen, wenn ein Idiot anders nicht hatte hören wollen.

„*Hör mal*", *meinte sie und seufzte verärgert, als wäre die ganze verfahrene Situation, in der sie steckten, allein seine Schuld.* „*Die Sache zwischen uns hat eine Zeit lang funktioniert. Am Anfang war es toll. Doch wenn wir uns wirklich geliebt hätten, dann wären wir schon längst verheiratet.*"

„*Du weißt, dass ich heiraten wollte*", *erinnerte er sie und zog die Augenbrauen hoch.*

Sie schüttelte den Kopf. „*Wir waren zwei Jahre lang zusammen, Marcus. Wenn du mich ernsthaft hättest heiraten wollen, dann hättest du mein Herz im Sturm erobert, sodass mir gar keine andere Wahl geblieben wäre. Aber du warst immer mit deinen Brüdern und Schwestern beschäftigt oder musstest deiner Mutter bei irgendetwas helfen.*" *Ihre Miene spiegelte inzwischen nicht mehr eiskalte Berechnung wider, sondern tief empfundene Wut.* „*Ich habe versucht, dich zu lieben, Marcus. Ich habe es wirklich versucht. Doch ich wollte mehr. Ich wollte etwas Größeres. Etwas Aufregenderes. Und ich wollte jemanden an meiner Seite, für den ich an erster Stelle stehe. Jederzeit. Egal, was auch sonst in seinem Leben passiert. Selbst wenn seine Freunde und Familie sich uns in den Weg stellen wollen.*" *Ihre Augen leuchteten auf, als sie sagte:* „*Ich will es so, wie es mit Rocco ist. Er findet mich sexy. Für ihn bin ich wertvoll. Ich will nicht mit Perlen behängt bei irgendeiner Veranstaltung auf deinem Weingut neben dir* sitzen. Und ich will in deinem Leben nicht immer an letzter Stelle kommen."

Marcus starrte die Frau an, von der er dummerweise angenommen hatte, sie könnte seine Ehefrau werden, die Mutter seiner Kinder. Die Perlenkette, die er ihr geschenkt hatte, hing noch immer um ihren Hals – das Einzige, was sie getragen hatte, während sie Sex mit einem anderen Mann gehabt hatte.

Sie redete davon, dass er sich zu sehr um seine Geschwister gekümmert hätte. Aber was erwartete sie von ihm? Dass er seine Familie für sie verlassen würde? Das hätte er niemals tun können und würde es auch jetzt nicht tun. Immerhin war er für seine Geschwister nicht nur der Bruder, sondern auch eine Vaterfigur. Denn als ihr Vater mit achtundvierzig Jahren plötzlich und unerwartet gestorben war, hatte Marcus sofort seinen Platz eingenommen und seine Mutter unterstützt. Er hatte sich um die Geschwister gekümmert, von denen die jüngsten zu dem Zeitpunkt erst zwei und vier Jahre alt gewesen waren. Und er bereute keine einzige Sekunde, die er mit seiner Familie verbracht hatte.

Um nichts auf der Welt würde er sich bei Jill dafür entschuldigen, dass er seine Familie liebte.

Vor allem nicht, wenn er im Moment nichts lieber täte, als ihr die Kette vom Hals zu reißen und dabei zuzusehen, wie die Perlen über den Boden rollten.

„Ich schicke nächste Woche meine Mitarbeiterin vorbei, um meine Sachen abzuholen. Sie wird sich vorher bei dir melden, um einen Termin mit dir zu vereinbaren", erwiderte er stattdessen ruhig und kühl.

„Siehst du?" Jill trat auf ihn zu und stieß ihm den Zeigefinger gegen die Brust. Der Morgenmantel ging auf und gab den Blick auf ihre Brüste frei.

Früher einmal hatte er ihre kleinen Brüste gemocht. Sie passten zu ihr. Eine klassische Schönheit. Doch jetzt lösten sie nichts mehr in ihm aus. Weniger als nichts. Stumm schwor er sich, dass die nächste Frau, auf die er sich einlassen würde, das Gegenteil von Jill wäre – so wild, wie Jill glatt und perfekt war.

„*Darum kann ich nicht mit dir zusammen sein*", *schrie sie ihn beinahe an.* „*Wo sind deine Gefühle? Wo ist deine Leidenschaft? Ich könnte schwören, dass du mehr für deine verdammten Trauben empfindest als für mich. Und ich weiß verdammt noch mal genau, dass deine verfluchten Brüder und Schwestern dir mehr bedeuten als ich.*"

Ihr Atem ging schwer, aber ihm kam es wie ein vollkommen sinnloser dramatischer Ausbruch vor. In dem Moment, als er die Tür zu ihrem Apartment geöffnet und sie beim Sex mit einem anderen Mann gehört hatte, war es zwischen ihnen schon vorbei gewesen.

„*Das ist deine Chance, Marcus! Verstehst du nicht? Wenn du jetzt gehst, wenn du mir jetzt nicht versprechen kannst, dass du zumindest versuchen wirst, mich an die erste Stelle zu setzen, wirst du mich für immer verlieren!*"

In dem Augenblick wurde ihm klar, dass er trotz seines Zorns, trotz seiner Wut über ihren Betrug nicht um Jill kämpfen wollte.

Marcus hatte zwei Jahre gebraucht, um sich davon zu überzeugen, dass er sie wirklich liebte … Und nur fünf Minuten, um einzusehen, dass er sich geirrt hatte …

Er hatte sie nie wirklich geliebt. Er hatte nur seine Vorstellung von ihr geliebt.

„*Leb wohl, Jill.*"

Statt des hämmernden treibenden Beats lief ein langsamer melodischer Song, während Marcus endlich aus seinen düsteren Erinnerungen in die Wirklichkeit zurückkehrte. Er schritt zur Bar und bestellte sich einen Whiskey. Ohne ihn zu schmecken, stürzte er ihn hinunter. Der Alkohol brannte höllisch in seinem Magen. Marcus stieß sich von der Theke ab.

Er hatte vorgehabt, Jill vor Chases und Chloes Verlobungsfeier am frühen Abend abzuholen. Doch schließlich war er allein auf das Fest gegangen. Wie dumm es gewesen war, zwei Jahre lang darauf zu warten, dass Jill eine Entscheidung traf. Darauf zu warten, dass sie bereit wäre, sich auf das Leben einzulassen, das er sich für sie erträumt hatte.

Marcus wusste, dass es die wahre Liebe gab. Er hatte sie zwischen seiner Mutter und seinem Vater erlebt. Er sah sie in jedem Blick, den Chase Chloe zuwarf, in jeder Berührung zwischen ihnen.

Das hieß jedoch nicht, dass Marcus in nächster Zeit wieder danach suchen würde. Er brauchte im Moment eine ausgedehnte Pause von Gefühlen. Von seinen Zukunftsplänen. Er hoffte noch immer, eines Tages die Frau zu finden, die ihm eine gute Ehefrau sein würde, eine verlässliche Partnerin, eine liebevolle Mutter für die Kinder, die er sich wünschte.

Aber nicht im Augenblick. Und auch nicht in absehbarer Zeit.

Heute Abend wollte er sich nur vergnügen. Er wollte eine lange Nacht voll sorglosem Sex mit einer Frau erleben, die seine Hoffnungen und Träume nicht kannte. Mit einer Frau, die genauso wenig über seine Familie erfahren wollte wie er über ihre. Mit einer Frau, die ihn einfach ins Hotel begleiten und mit ihm schlafen wollte. Es wäre ihm sogar recht, wenn sie nicht einmal den Namen des anderen kennen würden.

Pärchen schmiegten sich in den dunklen Ecken aneinander. Marcus ging weiter voran und stand schließlich auf einer Galerie, von wo aus er die ganze Tanzfläche im Auge hatte. Er ließ seinen Blick über die Menge schweifen. Ein Dutzend Paare drängte sich auf der Tanzfläche aneinander. Männer und Frauen flirteten an der Bar oder unterhielten sich, lässig an die Wände gelehnt. Wohin auch immer er schaute, warfen die Menschen sich begierige Blicke zu und hofften darauf, heute Nacht zum Zuge zu kommen.

Marcus hatte sich geschworen, eine Frau zu finden, die ganz anders als Jill war. Eine wilde, ungezähmte, hemmungslose Frau, mit der er einige heiße Stunden verbringen konnte, bevor er wieder in das echte Leben in den Weinbergen des Napa Valley zurückkehren würde.

Dafür war er definitiv am richtigen Ort.

Nicola Harding stand am Fenster ihrer Penthouse-Suite, von der aus sie San Franciscos Union Square überblicken konnte. Sie beobachtete die Menschen, die auf der Straße unter ihr entlangliefen. Es war Freitag, und die Leute gingen von der Arbeit nach Hause, um sich dort frisch zu machen – entweder für einen Abend mit Freunden oder für ein Date mit, wie sie hofften, dem oder der Richtigen. Manche von ihnen beeilten sich, andere bewegten sich langsam durch die Menschenmengen, einige lachten so laut und so fröhlich, dass sie hätte schwören können, den Klang des Lachens durch die geschlossenen Fenster ihres Hotelzimmers zu hören.

Sie war jung, und sie war Single. Sie wusste, dass sie an einem Freitagabend eigentlich mit all den anderen da draußen hätte sein sollen. Sie hätte Spaß haben sollen.

Vor sechs Monaten noch hätte sie an einem Freitagabend vermutlich in einem schicken Restaurant gesessen, umgeben von Leuten, die ihr schmeichelten, ihre Sympathie erringen wollten und versuchten, sie zum Lachen zu bringen. Doch sie hatte auf die harte Tour gelernt, dass diese Menschen nicht an ihr als Person interessiert waren.

Nicola Harding, die gern Monopoly spielte, Sandburgen baute und Biografien von erfolgreichen Unternehmern las, war ein belangloser Niemand. Alle wollten nur ein Stück von *Nico*. Sie wollten vor anderen damit angeben, dass sie mit einem Popstar Zeit verbracht hatten. Sie wollten mit ihren Handys Fotos mit ihr schießen, die sie anschließend ihren Freunden schickten.

Sie trat vom Fenster zurück und drehte sich um.

Die riesige Penthouse-Suite war eigentlich viel zu groß für eine Person, aber die Plattenfirma war der Meinung gewesen, dass man sie für ihr Videoshooting und das Konzert nur hier angemessen unterbringen konnte. Niemand ahnte, wie allein sie sich fühlte – ein einzelner kleiner Mensch in einer überdimensionalen Suite, in der locker eine ganze Familie Platz gefunden hätte.

Sie spielte mit dem Gedanken, ihre ehemals beste Freundin Shelley von der Highschool anzurufen, um zu erfahren, wie es ihr ging und was sie so trieb. Doch sie verwarf die Idee wieder, bevor sie auch nur zum Hörer gegriffen hatte. Ihre Beziehung war seltsam geworden, seit Nicola berühmt war. Und nachdem die fürchterlichen Bilder von Nicola und ihrem Exfreund aufgetaucht waren … Na ja, sie befürchtete, dass ihre Freundin gar nicht wüsste, worüber sie reden sollten.

Wahrscheinlich waren sie inzwischen einfach zu verschieden. Shelley war mit ihrem Freund verlobt, einem Mann, den sie auf dem College kennengelernt hatte. Sie planten, ein Haus zu kaufen, Karriere zu machen und sich einen Hund zuzulegen. Nicola dagegen war ständig unterwegs und flog an die exotischsten Orte auf der ganzen Welt, weil sie Fotos machen lassen, Fernsehinterviews oder Konzerte vor Tausenden von Fans geben musste.

Und die Wahrheit war: Kein Außenstehender käme – nach den Artikeln, die über sie geschrieben wurden – jemals auf die Idee, sie als einsam zu bezeichnen. Partygirl traf es schon eher. Denn dank der Boulevardpresse, dank der Blogs, die von Promis nicht genug bekommen konnten, und dank der Fotografen, die an jeder Ecke lauerten, wurde sie auf jedem Event an der Seite eines anderen berühmten Mannes abgelichtet – egal, wie sehr sie auch versuchte, Situationen zu meiden, die die Medien in einem falschen Licht darstellten.

Zwangsläufig schaltete sie oft morgens direkt nach dem Aufwachen ihren Computer ein und erfuhr aus den einschlägigen Entertainment-Blogs, dass sie es nicht nur in den Top 40-Charts weit gebracht hatte, sondern auch in den Betten Hollywoods.

Ihre Plattenfirma, ihre PR-Leute und das Management hatten ihr so oft versichert, jede Presse sei gute Presse, dass sie längst aufgehört hatte, ihnen gegenüber ihre Unschuld zu beteuern. Im Übrigen wusste sie, dass sie ihr sowieso nicht glauben würden – nicht, nachdem sie die Bilder gesehen hatten, die im vergangenen Jahr über die Feiertage durchgesickert waren. Es waren schreckliche Fotos, die immer wieder auftauchten, wenn sie gerade hoffte, sie wären endlich für immer verschwunden.

Jahrelang hatte sie darum gekämpft, dass die Leute ihre Musik hörten. Und so war sie überglücklich gewesen, als ihre Mühe sich im letzten Jahr mit einem Nummer-eins-Hit ausgezahlt hatte. Obwohl alle Kenner der Branche sie gewarnt hatten, dass das Business sie durchkauen und wieder ausspucken würde, falls sie nicht aufpasste, hatte sie geglaubt, bei ihr werde alles anders sein. Sie hatte geglaubt, klug genug zu sein, den falschen Leuten aus dem Weg zu gehen.

Bis zu dem Tag, an dem sie dem falschen Menschen vertraut hatte.

Kenny war trotz seines Bad-Boy-Aussehens am Anfang so charmant und so nett gewesen, dass sie sich Hals über Kopf in ihn verliebt hatte. Er war einer der Tontechniker in dem Studio in Los Angeles gewesen, in dem sie aufgenommen hatte. Nicola war überzeugt gewesen, sie wären das perfekte Paar: die Sängerin mit der Gitarre und der Typ mit den Piercings und Tattoos.

Zuerst hatte es Blumen gegeben, tolle Abende in schicken Restaurants, sogar ein Gedicht, das er angeblich für sie geschrieben hatte. Ihre Managerin und einige der Musiker, die mit ihr zusammen auf Tour gewesen waren, hatten Kenny misstraut und Nicola davor gewarnt, sich zu schnell auf eine Beziehung mit ihm einzulassen. Aber Nicola hatte wie unzählige andere Mädchen reagiert, die der Meinung waren, dass ihr Freund einfach nur missverstanden werde. Ihr hatte es gefallen, dass sie die Einzige war, die hinter der Rock'n'Roll-Fassade den echten Kenny, den guten Menschen, hatte sehen können.

Erst, nachdem es schon zu spät gewesen war und ihre Gefühle für ihn viel zu tief, hatte sie erkannt, dass Kenny Emotionen als Druckmittel benutzte. Und schon bald hatte sie erkannt: Sie hatte ihn nur glücklich machen und sicherstellen können, dass er sie noch immer „liebte", indem sie Dinge machte, die sie seiner Meinung nach unbedingt ausprobieren sollte.

Dumme Kuh.

Unzählige Male hatte sie sich anschließend gefragt, wie sie so naiv hatte sein können. Naiv genug, um tatsächlich schockiert zu sein, als ihr manipulativer Freund seine Geschichte über seine wilden Nächte mit einem Popstar zusammen mit einigen Fotos, die er heimlich mit dem Handy von ihr geschossen hatte, verkauft hatte.

Tja, sie hatte ihre Lektion gelernt.

Nie mehr würde sie einem anderen Menschen so leicht vertrauen. Vor allem nicht attraktiven Männern, die sie um den Finger wickeln wollten.

Nicola erhaschte im bodentiefen Spiegel im Wohnzimmer einen Blick auf sich in Jogginghose und Tanktop. Was für ein Partygirl ... Sie hatte einen anstrengenden Tag hinter sich, an dem sie für das Video, das sie in ein paar Tagen drehen würden, Tanzschritte geprobt hatte. Jetzt wollte sie eigentlich nur noch einige Folgen CSI schauen und sich dafür gemütlich unter die Decke ihres breiten, gemütlichen Bettes verkriechen. Und in diesem Bett konnte sie sich ausstrecken, wie sie wollte – weil sie während ihrer Zeit in San Francisco die Einzige sein würde, die dort lag.

Mann, bei dem Gedanken daran, allein zu schlafen, hätte sich ihr Magen nicht zusammenziehen sollen. Immerhin schlief sie lieber allein als mit einer Ratte wie Kenny. Doch zu wissen, dass sie allein besser dran war, machte die langen Stunden einer einsamen Freitagnacht nicht erträglicher ...

Sie wusste, dass sie hübsch war. Sie war zierlich und doch kurvig und hatte Beine, die sie für ihre Größe eigentlich ein bisschen zu lang fand. Vielleicht konnte man sie mit der richtigen Frisur, Make-up und der passenden Kleidung sogar als schön bezeichnen. Aber selbst wenn sie sich aufbrezelte oder ein Outfit trug, das fast schon zu knapp war, fühlte sie sich immer noch wie das Mädchen von nebenan und nicht wie der Popstar.

Das lag daran, dass sie eben das Mädchen von nebenan *war* – egal, was alle anderen in ihr sehen mochten.

Es klingelte an der Tür, und ihr fiel ein, dass sie fast die Eiscreme vergessen hätte, die sie beim Zimmerservice bestellt hatte. An einem Abend wie diesem hatte sie einfach nicht mehr die Kraft, sich darüber den Kopf zu zerbrechen, dass ein Angestellter des Hotels sie ohne Make-up zu Gesicht bekommen und das sofort per Twitter in die Welt hinausposaunen würde.

Keine Frage: Schokoladeneis war heute Abend ihr einziger Trost.

Sie öffnete die Tür. „Hallo."

Der junge Mann schaute sie an und warf dann einen irritierten Blick über ihre Schulter. Offenbar suchte er die echte Nico. Schließlich sah er sie wieder an. Irgendwann erkannte er sie anscheinend doch.

„Ich bringe dir die Bestellung, Nico."

Sie trat zur Seite, damit er mit dem Servierwagen das Zimmer betreten konnte, auch wenn sie die Schale mit dem Eis leicht selbst hätte nehmen können.

„Es ist die Marke, um die du gebeten hast. Ein Liter."

„Danke." Sie nahm den Stift, den er ihr reichte, um die Rechnung abzuzeichnen. Ohne hinzuschauen, spürte sie die Blicke des Kerls auf ihren Hüften in der eng anliegenden Jogginghose. Seit sie vor etwa zehn Jahren als Teenager eines Tages mit Brüsten und Hüften aufgewacht war, hatte sie diese Blicke schon öfter von dem einen oder anderen Mann wahrgenommen.

Die anzüglichen Blicke machten ihr nicht einmal so viel aus. Was sie allerdings durchaus störte, waren die Vorstellungen, die damit einhergingen. Die Kerle nahmen an, dass sie, weil sie Brüste und einen Hintern hatte, automatisch mit ihnen ins Bett hüpfen würde.

Sie war keine Schlampe – egal, was die Welt dachte.

Sie wollte ihm den Stift zurückgeben, aber er war zu beschäftigt damit, ihr auf den Ausschnitt zu starren, um es zu bemerken.

Überall, wo sie war, versuchte Nicola, nett zu den Angestellten zu sein. Vor noch nicht allzu langer Zeit hatte sie selbst als Kellnerin und Zimmermädchen gearbeitet, während sie darauf gewartet hatte, entdeckt zu werden.

Heute Abend allerdings war sie nicht mehr nett.

„Hier." Sie knallte dem Mann den Stift in die Hand, stapfe dann zur Tür und hielt sie für ihn auf.

Langsam kam er hinter ihr her. Sie wartete ungeduldig darauf, dass er endlich verschwand, als er unvermittelt fragte: „Bist du heute Abend allein?"

War das sein Ernst? Sie musste das hier ertragen, nur um ein bisschen Eis zu kriegen? Ihre Plattenfirma hätte sie eigentlich lieber mit einer Assistentin auf Tour geschickt, die ein Auge auf sie hatte, doch Nicola hasste die Vorstellung, selbst nach einem Auftritt nicht entspannen und sie selbst sein zu können. Heute Abend aber wünschte sie sich, sie hätte jemanden an ihrer Seite, der sich um Idioten wie diesen kümmerte.

„Ich habe schon etwas vor, danke." Der Kerl nickte, allerdings gefiel ihr der Ausdruck nicht, den sie in seinen Augen bemerkte. „Mein Freund kommt gleich vorbei", schwindelte sie.

„Tja, wenn du später dann noch Gesellschaft brauchst …"

Verdammt, sie hatte die Leute satt, die sie so belästigten!

„Ich habe nur darum gebeten, dass du mir ein bisschen Eiscreme bringst. Das war alles. Ich wollte nicht, dass du jetzt oder später mit mir Zeit verbringst. Du kennst mich doch gar nicht", erinnerte sie ihn. Dann beschloss sie, eine härtere Gangart einzuschlagen. „Ich werde mich jetzt beim Nachtmanager beschweren."

Sie ging zum Telefon und hatte gerade den Hörer abgenommen, da lenkte der Mann ein. „Ich habe mir nichts dabei gedacht. Es ist nur ... Du bist ganz allein und ..."

Er verstummte, als ihm klar wurde, dass er sich mit seinem Geplapper keinen Gefallen tat.

„Und wenn ich allein bin? Was macht das schon?", erwiderte sie. Seine Wortwahl gefiel ihr gar nicht, und sie reagierte extrem heftig darauf. Seine Bemerkung war fast schlimmer für sie als seine Blicke, mit denen er sie beinahe auszog. „Nicht jeder muss am Freitagabend ausgehen und feiern, um glücklich zu sein."

Rückwärts schritt er auf die offenstehende Tür zu und wünschte sich augenscheinlich, niemals den Mund geöffnet zu haben.

„Ernsthaft, Nico, es tut mir leid, wenn ich dich mit dem, was ich gesagt habe, verärgert habe. Und ich ... Ich brauche diesen Job wirklich. Wenn es die Möglichkeit gibt, dass du das hier einfach vergisst, wäre ich ... äh ... dann wäre ich dir sehr dankbar."

Sie seufzte und legte den Telefonhörer wieder zurück. Ihr war klar, dass sie es sich nie verzeihen würde, wenn der Mann ihretwegen seinen Job verlor. Auch wenn er sich danebenbenommen hatte.

„Gut."

Er sprang über die Schwelle und rannte davon, und sie zögerte keine Sekunde, die Tür lautstark hinter ihm ins Schloss zu werfen.

Die Eiscreme in der Schale auf dem silbernen Servierwagen schmolz langsam vor sich hin. Aber Nicola hatte keine Lust mehr auf Eis.

Es war ungerecht. Die ganze Welt glaubte, dass sie wahllos mit Typen ins Bett sprang, obwohl sie in Wahrheit erst mit zwei Männern Sex gehabt hatte. Mit Brad aus der zwölften Klasse auf dem Rücksitz des Wagens seines Dads. Und dann mit Kenny, weil sie geglaubt hatte, sie würden einander lieben.

Schlimmer noch: Ihre Liebhaber waren nicht einmal besonders gut gewesen. Brad konnte sie das verzeihen, weil es für sie beide das erste Mal und der Ort eine schlechte Wahl gewesen war. Doch Kenny war es egal gewesen, wie es ihr dabei ging. Das hatte sie inzwischen erkannt. Er hatte sich nur um sich selbst gekümmert, und sie hatte sich darauf eingelassen, weil sie die ganze Zeit über versucht hatte, ihm zu gefallen, damit er sie noch mehr liebte.

Wenn sie zumindest jemals etwas wie echte Leidenschaft und echtes Vergnügen empfunden hätte – wenigstens ansatzweise –, wäre sie vermutlich nicht so unzufrieden mit ihrem Ruf gewesen, sondern hätte ihn vielleicht einfach akzeptieren können. Möglicherweise hätte sie sich dann so sexy wie jene Frau fühlen können, die sie auf jedem Cover ihrer Alben und in ihren Musikvideos darstellte, und nicht mehr wie ein kleines Mädchen, das sich verkleidete.

Und dann hätte sie vielleicht ihre Choreografin Lori heute Abend nicht gebeten, länger zu bleiben – so lange, dass die junge Frau nicht mehr rechtzeitig zur Verlobungsfeier ihres Bruders hatte gehen können. Mit einem Mal wurde Nicola klar, dass Lori wahrscheinlich nur zugestimmt hatte, länger zu bleiben, weil sie ihr so einsam vorgekommen war. Verdammt, wenn selbst der ahnungslose Kerl, der die Eiscreme auf ihr Hotelzimmer gebracht hatte, es bemerkte, konnte es ihr vermutlich jeder ansehen.

Plötzlich durchzuckte sie eine Erkenntnis. Ihren Ruf würde sie sowieso niemals loswerden. Warum also ging sie da nicht raus und machte ihm alle Ehre?

Nicola war schon von Kindesbeinen an sehr impulsiv gewesen. In ihrem Zeugnis hatte Jahr für Jahr dasselbe gestanden: *Nicola ist ein kluges Mädchen, aber sie handelt oft, ohne nachzudenken.*

Gut, schoss es ihr durch den Kopf, während sie einige ihrer Kleider auf das Bett warf und ein passendes Outfit für ihr Vorhaben aussuchte. Sie hatte ihre Lektion darüber gelernt, was es hieß, Idioten zu schnell zu vertrauen. Und sicherlich wünschte sie sich, eines Tages die Liebe zu finden. Die echte Liebe. Die wahre Liebe.

Doch heute Abend wollte sie einfach nur etwas anderes als Reue und Einsamkeit.

Sie war es leid, wie eine Nonne zu leben, hatte es satt, ständig alle davon überzeugen zu wollen, dass sie kein wildes Partygirl war, obwohl jeder sie genau dafür hielt. Für eine einzige Nacht nur wollte sie wissen, was diese ganze Aufregung sollte. Sie wollte einen Mann finden, mit dem sie ihre Leidenschaft teilen konnte. Einen echten Mann, der erfahren genug war, um sie mit dorthin zu nehmen, wo sie noch nie gewesen war.

Sie spielte mit dem Gedanken, eine enge, glänzende schwarze Hose zu tragen und dazu ein glitzerndes Top, das ein Stückchen von ihrem Bauch freigab. Aber sie verwarf die Idee wieder. Heute Abend wollte sie nicht tough wirken. Sie wollte sexy aussehen. Wild. Und so gefährlich sinnlich, dass die Leute ahnten, dass nichts und niemand sie zähmen konnte.

Ihr Herz hämmerte aufgeregt, als sie die Jogginghose und das Tanktop auszog und in ein kurzes schulterfreies Lederkleid schlüpfte. Eine falsche Bewegung und ihre Brüste, für die sie so berühmt war, würden heraushüpfen und für jedermann sichtbar sein. Und auch ihr Po war nur ziemlich knapp von dem Leder bedeckt.

Aber plötzlich war es Nicola egal. Alles war besser als diese tiefe, tiefe Einsamkeit.

Dann würde sie eben die Titelseite eines weiteren Boulevardmagazins zieren. Zumindest lag es dieses Mal in ihrer Hand. Es war ihre Entscheidung.

Sie war schon auf so vielen Magazinen abgebildet gewesen und in so vielen Entertainment-Blogs mit Schlagzeilen aufgetaucht, von denen sie nur hoffen konnte, dass ihre Eltern sie nicht gelesen hatten. Und sie hatte das alles überlebt.

Na ja, zumindest das meiste.

2. KAPITEL

Marcus war bekannt für seine Geduld. Nachdem er geholfen hatte, seine sieben Geschwister aufzuziehen, wusste er, wie man Wutausbrüche, körperliche Angriffe und sogar Tränen klaglos abwartete.

Heute Abend allerdings war seine Geduld am Ende.

Er hatte die Frauen auf der Tanzfläche lange genug beobachtet, um zu wissen, dass er kein Interesse daran hatte, auch nur mit einer einzigen von ihnen zu schlafen. In den vergangenen dreißig Minuten hatten viele Frauen versucht, seine Aufmerksamkeit zu erregen. Mehr als eine von ihnen war zu ihm gekommen, um ihn in ein Gespräch zu verwickeln. Aber er hatte nicht einmal mit ihnen reden müssen, um zu wissen, dass er mit keiner von ihnen die Nacht verbringen würde – er konnte die Verzweiflung, die sie ausstrahlten, beinahe riechen. Er wusste, warum er heute Abend hierhergekommen war, doch es gab einen entscheidenden Unterschied zwischen ausgelassen, stürmisch, hemmungslos, wild und leicht zu haben. Und keine der Frauen, die in den letzten dreißig Minuten durch den dicken roten Vorhang getreten waren, der die Eingangstür vom Inneren des Clubs trennte, war eine Anwärterin auf einen Platz in seinem Bett gewesen.

Dann plötzlich teilte der Vorhang sich erneut ... und *sie* kam herein.

Marcus hatte das Gefühl, als hätte eine Faust ihn direkt in den Magen getroffen.

Die Frau war jung – vermutlich Mitte zwanzig – und so verdammt hübsch, dass es beinahe wehtat, sie anzusehen. Ihr schwarzes Lederkleid überließ nichts seiner Fantasie. Es saß wie eine zweite Haut. Sexy Cutouts zierten die Seiten des Kleides, das sich an ihre wundervoll geschwungenen Kurven schmiegte.

Während Jill hochgewachsen, schlank und kontrolliert war, entsprach diese Frau dem genauen Gegenteil: Sie war zierlich, kurvig, sinnlich und wirkte ... unglaublich hemmungslos und wild. Sie verströmte keine Verzweiflung. Und obwohl ihr Outfit mehr zeigte, als es verbarg, und ihre umwerfenden Beine zwischen dem kurzen Saum des Kleides und den sehr hohen High Heels zur Schau gestellt wurden, sah die Frau nicht aus, als wäre sie leicht zu haben.

Ein Mann würde sich anstrengen müssen, um ihr zu gefallen ... Und es würde ihm auch nichts ausmachen, um sein Vergnügen zu betteln, wenn es bedeutete, mit ihr zusammen sein zu können.

Sie ist die Richtige.

Als sie in der Tür stand und ihren Blick bedächtig über die Menschenmenge gleiten ließ, schienen alle Augen auf sie gerichtet zu sein. Sie war anziehend und hatte das gewisse Etwas, das es einem Mann unmöglich machte, den Blick von ihr zu wenden. Er jedenfalls konnte seine Augen nicht von ihr lösen. Und er wollte auch gar nicht damit aufhören, ihre Erscheinung – denn das war sie, eine Erscheinung – in sich aufzunehmen.

In dem Moment trafen sich ihre Blicke, erhellt von einem Lichtstrahl, der die Dunkelheit vertrieb. Und auch wenn Marcus nicht so viel getrunken hatte, dass er ins Wanken geraten wäre, kämpfte er um sein Gleichgewicht, als der Blick aus den klaren blauen Augen der Frau ihn traf.

Was ist nur los mit mir?

Er durfte auf keinen Fall vergessen, worum es heute Nacht ging. Es ging um Sex. Lust. Es ging nicht um Gefühle. Oder eine Beziehung. Es war vollkommen in Ordnung, wenn einige Körperteile unterhalb seiner Taille beim bloßen Anblick dieser Frau reagierten, als wäre ein Streichholz angerissen worden. Aber alles andere war tabu. Er suchte nicht nach einer Frau, die er respektieren wollte. Er suchte nach Sex – nicht mehr und nicht weniger.

Und unter keinen Umständen würde er sich verlieben.

Deshalb war er in diesen Stadtteil, in diesen Club gekommen. Weil er hier auf keinen Fall einer Frau begegnen würde, in die er sich am Ende verlieben könnte.

Marcus ließ seinen Blick wieder über das knappe Lederkleid der Frau streifen. Wie es aussah, würde Respekt wohl keine große Rolle spielen. Es gab nur einen Grund, warum eine Frau in einem Kleid wie diesem in einen Club ging ... Und er wusste, dass er aus demselben Grund hierhergekommen war: wegen einer wilden Nacht mit einer Fremden, um das wahre Leben für ein paar sündige Stunden zu vergessen.

Mit einem Mal begannen die gefährlichen Kurven unter dem dünnen Lederstoff des Kleides sich zu rühren, und ihm wurde klar, dass die Frau sich bewegte. Und zwar direkt auf ihn zu. Selbst in den unglaublich hohen Schuhen lief sie sicher und geriet nicht aus dem Tritt.

Noch immer waren sämtliche Augen auf sie gerichtet. Männer und Frauen beobachteten gleichermaßen interessiert, wie sie den Raum durchquerte. Die Frau jedoch schien niemanden zu bemerken außer Marcus.

Marcus hob den Blick von ihrem Körper, der wie für Sex gemacht zu sein schien. Ihm entging der herausfordernde Ausdruck in ihren Augen nicht. Darin stand die Frage, ob er Manns genug war, mit ihr fertigzuwerden, auch wenn sie mindestens zehn Jahre jünger war als er. Er konnte es kaum erwarten, ihr zu beweisen, dass er nicht nur mit ihr fertigwerden, sondern ihr so viel Lust und Vergnügen bereiten würde, wie sie noch nie zuvor erlebt hatte.

Er war heute Abend hier, um eine Frau zu treffen, sich an sie heranzumachen, eine kompromisslose Nacht mit ihr zu verbringen. Stattdessen sah es so aus, als würde sich jemand an *ihn* heranmachen.

Bisher hatte er immer Frauen gemocht, die groß und schlank waren und ihm nicht nur bis knapp zur Brust reichten wie diese. Und er war noch nie mit einer Frau zusammen gewesen, die deutlich jünger war als er – das hatte ihn bis jetzt nicht gereizt.

Aber während eine Stimme in seinem Kopf ihm sagte, sie sei viel zu jung für ihn – so jung, dass er sie an jedem anderen Abend hätte stehen lassen –, ging ihm eines nicht aus dem Sinn: Wenn in den vergangenen zwei Jahren alles so verlaufen wäre, wie er es geplant hatte, wäre er gar nicht hier.

Doch er war hier.

Und er hatte nicht vor, einfach auszuschlagen, was auch immer diese unglaublich anziehende Frau ihm anbieten würde. Nicht bis zum Morgengrauen.

Und nicht, bis er von diesen wundervollen Kurven genug hatte.

Mein Gott, er ist so schön.

Als ob die breiten Schultern und das attraktive Gesicht dieses Mannes nicht schon ausreichen würden, hob er sich in seinem gebügelten Hemd und der perfekt sitzenden Hose deutlich vom Rest der Menge ab. Und es schien ihm nichts auszumachen, dass er anders als die anderen war. Sein dunkles Haar war nur eine Spur zu lang und lag auf seinem Hemdkragen auf, seine Kinnpartie war ausgeprägt. Ein Bartschatten zierte sein Gesicht – sie musste sich zusammenreißen, um nicht mit den Fingerspitzen über die Stoppeln zu streichen. Seine Lippen waren voll und doch männlich.

Aber es war sein finsterer, hungriger Blick, der sie fesselte, seit sie ihn zum ersten Mal gesehen hatte.

Er ist der Richtige.

Sobald sie vor dem Club aus dem Taxi gestiegen war, hatten die Wartenden sie lautstark um Fotos mit ihr und um Autogramme gebeten. Die Mühe, die es sie allein gekostet hatte, in den Club zu gelangen, war beinahe schon zu viel – Nicola hatte sich zusammenreißen müssen, um nicht zurück in den Wagen zu springen und sich wieder im Hotel zu verstecken.

Was hatte sie sich nur dabei gedacht, in einen Club zu gehen und sich einen Mann zu suchen? Vor allem, wenn sie wusste, dass innerhalb weniger Stunden Bilder von ihr und dem Mann im Internet auftauchen würden. Ganz zu schweigen davon, dass ihre Plattenfirma und ihre Managerin ausflippen würden, wenn sie herausfanden, dass sie ohne einen Bodyguard an ihrer Seite ausgegangen war.

Doch sie hatte es satt, sich wie eine Gefangene in ihrem vergoldeten Penthouse-Gefängnis zu fühlen. Sie hatte sich daran erinnert, dass einer der Tänzer, die in ihrem Video auftraten, diesen Club erwähnt hatte. Der Club war ihr wie die perfekte Location erschienen, um für einen Abend abzuschalten und alles hinter sich zu lassen.

Obwohl sie es besser wusste, kümmerte sie sich heute Abend nicht um den Preis des Ruhmes oder um die unvermeidlichen Auswirkungen ihres Handelns. Denn alles, was sie erwartete, wenn sie jetzt kniff, war nur eine weitere lange einsame Nacht in ihrer Hotelsuite.

Und glücklicherweise war sie mutig gewesen, denn kaum hatte sie den Club betreten, hatte sie ihn erblickt. Mehr als froh, dass sie keinen Rückzieher in letzter Sekunde gemacht hatte, näherte sich Nicola dem Mann, der ihre Aufmerksamkeit fesselte. Eine seltsame Vorfreude durchzog sie.

Er war das totale Gegenteil von Kenny. Im Gegensatz zu ihrem schmalen Exfreund war der Mann breitschultrig und muskulös. Kenny hatte ständig enge Lederhosen getragen und hätte in einem Club wie diesem vermutlich sofort sein Hemd aufgeknöpft, um seine Tattoos zu präsentieren. Dieser Mann hingegen wirkte, als könnte er in seinem wie maßgeschneidert wirkenden Outfit Werbung für *Hugo Boss* machen.

So sieht ein richtiger Mann aus, schoss es ihr durch den Kopf. Kenny war, wie ihr auf einmal klar wurde, nichts anderes als ein Junge, der sich am Schrank eines Rockers vergriffen und verkleidet hatte.

Als sie ihm näher kam, versuchte sie instinktiv, noch attraktiver auszusehen. Sie streckte die Brust heraus und ließ noch etwas mehr die Hüften schwingen. Ja, sie hatte oft insgeheim beklagt, dass sie ihre Sexualität einsetzen musste, um von andcren Menschen bestimmte Dinge zu bekommen. Aber, verdammt, was sollte ein Mädchen machen, wenn es nun einmal funktionierte?

Sie wollte, dass der heutige Abend zu einem Erfolg wurde. Vor allem jetzt, nachdem sie endlich einen Mann erblickt hatte, den sie unbedingt haben musste.

Sie wartete darauf, dass er ihren Namen sagte, dass in seinen Augen Erkennen aufblitzte. Noch vor zwei Jahren hatte sie nicht erwartet, von Fremden erkannt zu werden. Doch nachdem sie dank Kenny und der Fotos, die er heimlich von ihr gemacht hatte, durch sämtliche Medien gegangen war, begegnete sie kaum noch jemandem, der sie nicht sofort als Nico ausmachte.

Aber als er sie mit seinen wunderschönen dunklen Augen, in denen ein Verlangen stand, das er nicht verbergen wollte, nur stumm anblickte und ihren Namen auch nach einigen Sekunden nicht sagte, kam ihr der Gedanke, dass er tatsächlich nicht wusste, wer sie war.

Oder, dachte sie mit dem Zynismus, den sie sich nach ihrer Beziehung mit Kenny angeeignet hatte, er *tut* nur so, weil er glaubt, dass es ihn interessanter machen könnte, wenn er besonders zurückhaltend wirkt.

„Hallo, ich bin Nicola." Ihr richtiger Name kam ihr über die Lippen, ehe es ihr bewusst wurde. Für alle Menschen außer für ihre Eltern war sie schon so lange Nico, dass es sich seltsam anfühlte, ihren eigentlichen Namen auszusprechen und zu hören.

Aber gleichzeitig gefiel es ihr.

Sie wartete darauf, dass er sie korrigierte und überrascht darüber war, dass sie sich nicht als Nico vorgestellt hatte. Stattdessen wiederholte er einfach ihren Namen.

„*Nicola.*"

Seine tiefe raue Stimme jagte ihr einen Schauer über den Körper. Trotz der Wärme im Club bekam sie eine Gänsehaut.

Die Anziehungskraft zwischen ihnen war beinahe greifbar. Nicola trat einen Schritt zurück in den Schutz des schummrigen Lichts, um ihn genauer betrachten zu können. Sie konnte ihm ansehen, dass er wusste, was sie vorhatte, selbst wenn er ihre Gründe nicht ahnte. Ihr gefiel es, wie sich ein leichtes Lächeln in seine Mundwinkel stahl, während er ihr die Zeit ließ, ihn zu begutachten.

Sie kam zu dem Schluss, dass in seinen braunen Augen tatsächlich keinerlei Wiedererkennen aufblitzte. Keine Spur von dem Ausdruck in den Augen des Kerls im Hotel, der es offensichtlich kaum hatte erwarten können, seinen Freunden zu erzählen, dass er einen Popstar getroffen hatte.

Sollte sie wirklich dem einzigen Menschen auf der Welt in die Arme gelaufen sein, der sie nicht kannte?

Das wäre zu schön, um wahr zu sein.

Selbst wenn sie dieses Glück hatte, wusste sie, dass es an einem öffentlichen Ort wie diesem nicht lange anhalten würde. Seit dem Moment, als sie den Club betreten hatte, ruhten alle Blicke auf ihr. Und inzwischen beobachtete man sie beide ganz unverhohlen. Für gewöhnlich hätte ihr das nichts ausgemacht. Sie war es gewohnt, dass Menschen sie anstarrten, hatte gelernt, das alles auszublenden, auch wenn sie sich dabei von Zeit zu Zeit immer noch fühlte wie ein Käfer unter dem Mikroskop.

Doch plötzlich wollte sie mehr als nur eine heiße Nacht mit einem umwerfenden Kerl. Sie wollte sie als Nicola erleben. Nicht als Nico.

Und das bedeutete, dass sie mit ihm zusammen so schnell wie möglich den Club verlassen musste, ehe einer der Fremden, die an der Bar oder auf der Tanzfläche standen und sie anstarrten, herüberkam und sie um ein Autogramm oder ein Foto bat.

„Ich bin heute Abend nicht in der Stimmung zu tanzen", begann sie. Dann wurde ihr klar, dass er sich noch nicht einmal vorgestellt hatte. „Ich kenne nicht einmal deinen Namen."

Ihr gefiel es, dass er ihr ganz ruhig eine Locke aus dem Gesicht strich, ehe er antwortete. „Ich heiße Marcus." Er blickte auf ihren Mund und dann wieder in ihre Augen. „Und ich bin auch nicht in der Stimmung zu tanzen."

Vermutlich gab es unzählige Dinge, die sie nun hätten sagen können. Dinge wie „*Sollen wir hier verschwinden?*" oder „*Warum fahren wir nicht in mein Hotel?*". Aber erstaunlicherweise stellte Nicola fest, dass diese Worte, diese Fragen und Antworten nicht nötig waren.

Alles, was sie einander sagen mussten, war bereits gesagt.
Mit einem Blick.
Mit einer Berührung.

An der Stelle, an der er sie berührt hatte, kribbelte ihre Haut. Seine Fingerspitzen waren viel rauer, als sie es angesichts seines feinen Anzugs vermutet hätte, und auch viel wärmer. Sie hatte die Schwielen und die Stärke in dieser einen streichelzarten Berührung wahrgenommen. Der Gedanke, dass diese Hände sie an weitaus empfindsameren Punkten ihres Körpers als ihrem Gesicht berühren könnten, jagte Hitze durch ihr Innerstes – bis an Stellen, die sehr selten so warm, geschweige denn glühend heiß waren.

Der Instinkt hatte sie genau hierher gebracht – ein guter Grund, ihrer inneren Stimme auch weiterhin zu vertrauen. Wortlos drehte Nicola sich um und ging zurück zur Tür, durch die sie gerade erst hereingekommen war. Im nächsten Moment lag Marcus' große warme Hand auf ihrem Rücken, und er folgte ihr. Schon oft war sie mit ihrem Bodyguard zu Events gereist, einem Mann, der noch größer war als Marcus. Doch sie hatte sich noch nie so sicher, so geborgen gefühlt.

Und ihr Körper hatte noch nie so geprickelt.

Die Hitze, die sie an der Stelle auf ihrem Rücken empfand, an der seine Hand lag, breitete sich schnell über ihre Hüften bis zu ihrem Bauch und ihren Brüsten aus.

Die Musik lief noch immer, war vielleicht sogar lauter als zuvor, aber alles, was Nicola hören konnte, war ihr eigenes pochendes Herz.

Und sie wusste nur noch, dass sie sich diese Nacht mit Marcus mehr wünschte als alles andere.

Tief in ihrem Inneren jedoch war ihr bewusst, dass ihr Handeln dumm war. Nicht nur wegen der Fotos, die von ihr mit dem geheimnisvollen Fremden auftauchen würden, sondern weil sie einfach keinen Club mit einem Mann zusammen verlassen sollte, über den sie überhaupt nichts wusste. Er könnte schließlich ein sadistischer Mörder sein, auf der Suche nach dem nächsten Opfer, das er enthaupten wollte. Aber wegen der Art, wie er sie berührte – so behutsam und doch mit einer solchen Sicherheit –, und wegen der Art, wie er sacht ihr Gesicht gestreichelt hatte, wollte sie ihrem ersten Impuls folgen und ihm trauen.

Sie traten in die kühle Nacht hinaus. Die Nachtluft war nach der feuchten Hitze in dem Club eine Wohltat, dennoch konnte sie die Hitze, die sich mit einem Blick, einer Berührung in Nicolas Innerem aufgebaut hatte, nicht lindern.

Marcus' Hand lag noch immer auf ihrem Rücken, als er nun ein Taxi herbeiwinkte. Auch wenn sie sich normalerweise gern selbst um alles kümmerte, konnte sie nicht leugnen, dass es schön war, die Zügel für eine Weile aus der Hand zu geben. Selbst wenn es nur eine Kleinigkeit war, wie ein Taxi zu rufen.

Nicola entging nicht, dass das Gemurmel der Wartenden vor dem Club leiser geworden war, als sie wieder herauskam. Ohne hinsehen zu müssen, wusste sie, dass Dutzende von Handys auf sie und Marcus gerichtet waren. Sie achtete darauf, dass ihr Haar möglichst viel vom ihrem Gesicht verbarg, damit sie schwerer zu erkennen war. Glücklicherweise hatte Marcus den hoffnungsvollen Clubbesuchern, die in der Schlange warteten, den Rücken zugewandt. Doch sie war bereits lange genug im Geschäft, um zu wissen, dass es den Leuten auf Dauer nicht reichen würde, aus der Ferne Fotos zu schießen.

Für gewöhnlich machte es ihr nichts aus, mit Passanten für Fotos zu posieren. Sie liebte ihre Fans, die es ihr ermöglichten, von der Musik zu leben.

Aber heute Abend – für eine Nacht in Marcus' Armen – wollte sie nichts anderes sein als ein hübsches Mädchen, das einen One-Night-Stand genoss. Wenn fremde Menschen zu ihr kamen, um mit ihr zu reden und Fotos mit ihr zu machen, würde sie Marcus erklären müssen, wer sie war. Irgendetwas sagte ihr, dass Marcus einer der wenigen Männer auf der Welt sein könnte, dem die Vorstellung, Sex mit einem Popstar zu haben, nicht gefiel.

Jetzt trat eine Gruppe von Clubbesuchern aus der Warteschlange und kam auf sie zu. „Nico!", rief sogar einer von ihnen. Glücklicherweise hielt genau in diesem Moment das Taxi. Marcus öffnete ihr die Wagentür. Nicola achtete darauf, dass ihr langes Haar ihr Profil verdeckte, damit der Taxifahrer sie nicht erkannte und ihre Tarnung als ganz normales Mädchen auffliegen ließ.

Ihr Magen zog sich zusammen, als sie einstieg und ihr zukünftiger Liebhaber sich kurz darauf zu ihr auf die lederbezogene Rückbank setzte. Erst jetzt fiel ihr auf, wie groß der Mann tatsächlich war. Verglichen mit den meist magersüchtigen Sängerinnen und Schauspielerinnen, die sie kannte, hatte sie sich, auch wenn sie nicht besonders groß war, immer normal gefühlt. Doch neben Marcus kam sie sich erschreckend zierlich und weiblich vor.

Er war so stark und hatte eine unglaubliche Ausstrahlung. Sie hätte schwören können, dass im Innenraum des Taxis für sie und den Fahrer kaum noch genug Luft zum Atmen übrig war.

„Wohin soll es gehen?", erkundigte sich der Fahrer und warf ihr im Rückspiegel einen ausdruckslosen Blick zu.

Unvermutet brach die Stimme des Chauffeurs den Bann, der sie vom ersten Moment an zu Marcus hingezogen hatte.

O Gott, was mache ich hier eigentlich?

Ja, sie wollte Marcus. Sehr sogar.

Ja, sie war einsam. Furchtbar einsam.

Aber das waren keine Gründe, um sich wie ein Idiot zu benehmen oder sich selbst in Gefahr zu bringen. Was war denn passiert, als sie Kenny vertraut hatte? Was er getan hatte, hatte nicht nur sie, sondern auch ihre Familie verletzt.

Sie konnte noch immer kaum glauben, dass ihre Mutter die Position im Schulausschuss verloren hatte. Die Gemeinde hatte ihr vorgeworfen, kein gutes Vorbild sein zu können, wenn sie es nicht einmal geschafft habe, ihrer eigenen Tochter ein Verständnis von Recht und Unrecht zu vermitteln. Nicola konnte nicht leugnen, dass die Beziehung mit Kenny ein großer Fehler gewesen war. Doch reichte es nicht, dass sie sich selbst jeden einzelnen Tag Vorwürfe machte? Warum mussten die Bewohner ihres Heimatortes auch ihre Familie dafür bestrafen? Wie dumm auch immer sie gehandelt haben mochte, es war nicht die Schuld ihrer Eltern.

Während die Panik in ihrem Inneren wuchs und wuchs, packte Nicola blind den Türgriff und bereitete sich darauf vor zu verschwinden.

„Es tut mir leid." Das Gefühl, nicht mehr richtig atmen zu können, verstärkte sich. Es kam ihr vor, als stürzte alles, was sie sich nach der schmerzvollen Trennung von Kenny so hart wiederaufgebaut hatte, in sich zusammen, wenn sie nicht augenblicklich das Taxi verließ. „Ich kann das nicht. Ich kenne dich überhaupt nicht."

Marcus versuchte nicht, sie aufzuhalten, legte nicht seine Hand auf ihre, um sie daran zu hindern, die Tür zu öffnen. Stattdessen nahm er, als sie die Tür aufdrücken wollte, sein Handy aus der Tasche und reichte es ihr.

„Ruf irgendeine Nummer in meinem Handy an."

Erstaunlicherweise durchdrang seine tiefe, ruhige Stimme ihre Panik. Außerdem war sie so verblüfft über sein Angebot, dass sie, statt auf die Straße zu springen und vor ihm zu flüchten, innehielt und den Blick auf sein schönes Gesicht richtete.

„Ernsthaft?"

„Ernsthaft", bestätigte er. „Ruf sie alle an, wenn du willst. Du kannst jeden kontaktieren, den du möchtest. Frag sie über mich aus. Du kannst sie alles fragen."

Das konnte nur ein Scherz sein. Wer tat so etwas? Wer reichte jemandem sein Handy und bot an, irgendeine Nummer anzurufen, um ihn zu überprüfen? Es war sehr lange her, dass Nicola einem anderen Menschen uneingeschränkt vertraut hatte – seit der Sache mit Kenny war das ausgeschlossen –, und es war beinahe unmöglich für sie zu begreifen, was Marcus ihr gerade anbot.

„Du willst also wirklich, dass ich wahllos jemanden aus deinen Kontakten anrufe und sage: ‚Hey, ich habe deinen Freund Marcus gerade in einem Club kennengelernt. Könntest du mir etwas über ihn erzählen, bitte?'" Jedes ihrer Worte troff vor Spott.

Er zuckte bei der Ungläubigkeit in ihrer Stimme nicht einmal mit der Wimper. „Ich möchte, dass du dich heute Nacht bei mir vollkommen sicher fühlst, Nicola."

Gott, jedes Mal, wenn er mit dieser tiefen, vollen Stimme ihren Namen sagte, erschauerte sie. *Wie wäre es, nackt unter ihm zu liegen, mit seinem muskulösen Körper zu verschmelzen, während er meinen Namen sagt?* fragte sie sich wieder.

Verlangen durchströmte sie. Sie wünschte sich nichts mehr, als es herauszufinden.

Der Taxifahrer räusperte sich und sah sie im Rückspiegel an, aber Marcus beachtete die Verärgerung des Mannes nicht weiter.

Es gefiel ihr, dass Marcus es offenbar nicht eilig hatte. Es schien, als ließe er ihr gern so viel Zeit, wie sie brauchte, um sich darüber klar zu werden, ob sie den Club zusammen mit ihm verlassen wollte oder nicht.

Bevor sie es sich anders überlegen konnte, nahm sie Marcus das Handy aus der Hand und wählte die Nummer, die er als letzte angerufen hatte. Auf dem Display tauchte der Name *Mary* auf. Wahrscheinlich ist es seine Frau, dachte Nicola mit Bitterkeit, während es in der Leitung ein paarmal klingelte.

Nach einer Weile nahm die Frau ab. „Marcus, ich wünschte, du hättest die Party nicht einfach verlassen, ohne dich zu verabschieden."

Nicola war überrascht, eine Stimme zu hören, die eindeutig zu einer älteren Frau gehörte und nicht zu einer jungen Geliebten, die darauf wartete, dass Marcus später zu ihr zurückkehrte. Schließlich sagte sie: „Äh ... Hallo. Hier ist nicht Marcus. Er ..."

Sie kam sich blöd vor, als sie nun hier auf der Rückbank eines Taxis saß und nach den richtigen Worten suchte, die sie zu einer vollkommen fremden Person aus Marcus' Anrufliste sagen könnte. Und die ganze Zeit über blickte Marcus sie mit diesen dunklen Augen an.

Nicola wusste, dass sie zumindest versuchen musste, Mary zu erklären, warum sie anrief. „Er hat mir gerade sein Telefon in die Hand gedrückt und gemeint, ich könne Sie anrufen."

Es herrschte kurz Schweigen, ehe die Frau, die sie gerade angerufen hatte, entgegnete: „Geht es meinem Sohn gut?"

Seine Mutter? Seine Mutter war die letzte Person, mit der er gesprochen hatte, bevor er in den Club gegangen war?

Nicola fehlten für einen Moment die Worte, ehe ihr siedend heiß einfiel, dass sie seine Mutter beruhigen musste. Immerhin war Mary gerade mitten in der Nacht von einer völlig fremden Frau mit dem Handy ihres Sohnes angerufen worden. Vermutlich stellte sie sich soeben vor, dass Marcus in einen Verkehrsunfall verwickelt war. Oder Schlimmeres.

„Ja, es geht ihm gut. Sehr gut."

Marcus lehnte sich auf der Rückbank des Taxis zurück, verschränkte die Arme vor der Brust und beobachtete, wie sie sich durch das unerwartete Gespräch kämpfte. Er lächelte nicht, doch seine Mundwinkel zuckten verdächtig. Nicola kam der Gedanke, dass er zu reif, zu gut aussehend und der Ausdruck in seinen Augen zu lustvoll war, um als süß bezeichnet zu werden. Aber in dem Moment, als er versuchte, nicht zu grinsen, während sie sich mit seiner Mutter unterhielt, war „süß" genau der Ausdruck, der ihr in den Sinn kam.

In all den Jahren hatte sie niemanden kennengelernt, der so viel mit seinen Eltern sprach wie sie. Vor allem keinen Mann – wahrscheinlich, weil Männer glaubten, dass sie das weniger männlich erscheinen ließ.

Nicola sah das anders. Für sie gewann ein Mann, der seine Mutter liebte, Sympathiepunkte. Statt in Marcus also ein Muttersöhnchen zu sehen, empfand sie Respekt für den schönen fremden Mann, der neben ihr saß.

„Zum Glück", sagte seine Mutter mit Erleichterung in der Stimme. „Es freut mich, dass es ihm gut geht."

Nicola wusste, dass sie sich einfach entschuldigen sollte, die alte Dame belästigt zu haben, und auflegen. Stattdessen begann sie jedoch: „Mary, darf ich Ihnen eine Frage über Ihren Sohn stellen?"

Sie hätte schwören können, die unglaublich geduldige Frau am anderen Ende der Leitung lächeln zu hören. Vielleicht bekam sie ja jeden Freitagabend Anrufe von Mädchen, die Marcus in irgendeinem Club aufgelesen hatte, um sich mit ihnen zu vergnügen. Wer wusste das schon?

„Ja, das dürfen Sie. Ich würde nur gern wissen, mit wem ich eigentlich spreche."

„Oh. Entschuldigung. Mein Name ist Nicola."

Zum zweiten Mal in derselben Nacht konnte sie das Mädchen sein, das sie war, und nicht der Popstar, den sie seit Jahren spielte. Es fühlte sich gut an, für eine Nacht ganz normal zu sein. Es war so viel besser, als sie erwartet hätte. Nicola war zu dankbar für ihre musikalische Karriere, um sich über die Last des Ruhmes zu beklagen … Aber das hieß nicht, dass die Belastung durch ihre Bekanntheit nicht manchmal groß war. Zum Beispiel, wenn sie sich in der Öffentlichkeit bewegte.

„Nicola ist ein hübscher Name."

„Danke." Nicola versuchte, sich zu sammeln, doch das war angesichts der Tatsache, dass Marcus sie anstarrte und den Blick nicht von ihr wandte, nicht ganz einfach.

„Was möchten Sie über Marcus wissen, Nicola?"

O Gott, sie sollte seiner Mutter keine Frage wie diese stellen, aber wenn sie jetzt auflegte, würden die Zweifel bleiben. Zweifel, die sie nicht haben wollte, wenn sie und Marcus gleich allein und nackt zusammen in einem Hotelzimmer wären.

Sie sah ihm in die Augen, während sie seine Mutter fragte: „Werde ich bei ihm sicher sein?"

„Oh", erwiderte seine Mutter nach einer winzigen Pause. „Tja, das nenne ich mal eine unerwartete Frage."

Nicola spürte, dass ihre Hand, in der sie das Telefon hielt, leicht zitterte. „Warum ist das eine unerwartete Frage?"

„Marcus ist mein ältester Sohn", erklärte seine Mutter sanft. „Er war an meiner Seite und hat sich mit um seine Geschwister gekümmert, als mein Ehemann vor vielen Jahren plötzlich verstarb. Ich liebe alle meine Kinder. Doch Marcus ist ohne Zweifel einer der vertrauenswürdigsten Menschen, die ich kenne.

Niemand hat mich je danach fragen müssen, ob er bei ihm sicher wäre, weil die Antwort einfach so offensichtlich ist."

„Offensichtlich?", wiederholte Nicola. Alle Belustigung wich aus Marcus' Augen, und die Hitze zwischen ihnen nahm wieder zu.

„Ja", bestätigte seine Mutter mit absoluter Überzeugung in der Stimme. „Sie können sich bei ihm sicher fühlen. Vollkommen sicher."

Nicola wurde ganz warm ums Herz bei den Worten seiner Mutter. Es hätte ihr egal sein sollen, dass der Mann, der neben ihr saß, ein guter Sohn und ein guter großer Bruder war. Alles, was eine Rolle hätte spielen sollen, war, dass sie bei ihm sicher war und dass er es nicht wagen würde, ihr etwas anzutun.

Und dennoch konnte sie den Blick nicht von ihm lösen und auch ihre Gefühle nicht zurückdrängen, als sie erwiderte: „Danke, dass Sie mir das alles erzählt haben."

„Es war mir ein Vergnügen, Nicola."

„Es tut mir leid, dass ich Sie so spät noch gestört habe", sagte sie. Sie hatte noch immer ein schlechtes Gewissen, weil sie seine Mutter mit ihrem völlig unerwarteten Anruf in Sorge versetzt hatte.

„Das ist überhaupt kein Problem. Ich würde gern einen Moment mit Marcus sprechen."

„Ich gebe ihm den Hörer, Mary. Und danke noch mal." Nicola reichte Marcus das Handy und konnte kaum glauben, was sie zu dem Mann sagte, mit dem sie gleich einen One-Night-Stand haben würde. „Deine Mutter möchte mit dir reden."

Diese Nacht war so ganz anders, als sie es erwartet hätte. Na ja, einen umwerfenden Mann in einem Club zu treffen, war noch Teil ihres Plans gewesen, aber mit der Mom des Typs zu telefonieren, um sicherzugehen, dass sie die Nacht nicht in einem Leichensack beschließen würde ... Das passierte ihr für gewöhnlich nicht. Vermutlich passierte das für gewöhnlich niemandem.

Das Gespräch, das sie mit seiner Mutter geführt hatte, gab ihr das Gefühl, ihm auf einer Familienfeier begegnet zu sein und nicht in einem angesagten Club in der Stadt.

Sie beobachtete ihn, während er zuhörte, was seine Mutter ihm zu sagen hatte. „Ja, heute Abend. Vor der Party", entgegnete er schließlich, und ein Schatten huschte über sein Gesicht. „Mach dir keine Sorgen, das werde ich. Ja, das ist sie. Wunderschön sogar."

Nicola spürte, wie sie errötete, als ihr klar wurde, dass er mit seiner Mutter über sie sprach und er sie für hübsch hielt. Nein, nicht nur für hübsch.

Wunderschön.

Er wünschte seiner Mutter eine gute Nacht und steckte das Handy dann wieder in seine Tasche. „Fühlst du dich jetzt besser? Bist du beruhigt?"

„Deine Mutter scheint sehr nett zu sein", erwiderte sie, statt ihm auf die Frage zu antworten, die ihr auf einmal viel bedeutender vorkam als noch vor zehn Minuten – vor allem nach dem etwas unangenehmen Telefonat, das sie mit seiner Mutter geführt hatte.

Unbehaglich bewegte sie sich auf dem Rücksitz hin und her und bemerkte zu spät, dass ihr kurzer Lederrock hochgerutscht war und einen viel zu guten Blick auf ihre Schenkel preisgab.

„Sie ist toll", sagte er, während sein Blick auf ihre nackte Haut fiel, die er kaum übersehen konnte. Dann sah er wieder in ihr Gesicht.

Er hatte die Kiefer aufeinandergepresst, und Verlangen stand in seinen Augen ... Und da war noch etwas anderes, das sie nicht benennen konnte. Vermutlich kämpfte er gerade mit der Frage, ob er sie wirklich so sehr wollte, genau, wie sie vor ein paar Minuten mit der gleichen Frage gekämpft hatte.

Wieder unterbrach der Taxifahrer sie. „Wollen Sie nun fahren oder nicht?"

Marcus blickte sie an. „Nicola?"

Wenn er ihren Namen anders betont, wenn er Druck ausgeübt, wenn er irgendetwas gefordert hätte, dann hätte sie noch immer Nein sagen und aus dem Taxi steigen können.

Doch seine Frage klang so sanft, dass sie eine Entscheidung traf. „Ich fühle mich besser. Viel besser." Gut, ihr Herz hüpfte noch immer aufgeregt in ihrer Brust, aber nicht mehr, weil sie Angst hatte, dass er ein Serienmörder sein könnte. „Ich bin bereit, mit dir zu kommen."

Er griff über ihren Schoß hinweg nach der Wagentür, die sie geöffnet hatte, bevor sie seine Mutter angerufen hatte. „Bringen Sie uns ins *Fairmont Hotel*", wandte er sich dann an den Fahrer.

Augenblicklich verspannte Nicola sich. Gerade erst hatte sie sich selbst davon überzeugt, dass er kein unheimlicher Star-Stalker war. Hatte sie sich geirrt? Woher wusste er, dass sie im *Fairmont Hotel* übernachtete?

Oder war es nur ein Zufall, dass er ausgerechnet ihr Hotel für ihr Rendezvous ausgesucht hatte?

Offensichtlich war ihm ihre plötzliche Anspannung nicht entgangen. Er drehte sich zu ihr um. „Ich lebe nicht in San Francisco. Das *Fairmont* ist das beste Hotel in der Stadt", erklärte er leise.

Sie nickte. „Das stimmt."

Er warf ihr einen seltsamen Blick zu, und ihr wurde bewusst, dass sie sich beinahe selbst verraten hätte. Marcus hatte anscheinend keine Ahnung, wer sie war, und wusste auch nicht, dass seit mindestens fünf Jahren niemand mehr Nicola zu ihr gesagt hatte. Er würde kaum glauben, dass jemand in ihrem Alter sich einen Aufenthalt im *Fairmont* leisten konnte. Wenn sie kein erfolgreicher Popstar wäre, dann hätte er sicherlich auch recht.

Doch wenn sie zuließ, dass sie zum Hotel fuhren, würde er die Wahrheit über sie herausfinden, sobald sie vor dem Haus hielten und die Angestellten sie beim Namen nannten – und ihr jeden Wunsch von den Augen ablasen. Immerhin bewohnte sie eine Woche lang die teuerste Suite des Hauses. Der etwas zu aufdringliche junge Mann, der ihr am frühen Abend die Eiscreme serviert hatte, war eine Ausnahme inmitten des perfekten, kultivierten Luxus des *Fairmont Hotels* gewesen.

Einen klaren Gedanken zu fassen, während sie neben Marcus saß und ihre Synapsen verrücktspielten, war fast unmöglich. „Können wir nicht woandershin als ausgerechnet in ein Hotel?", brachte sie schließlich hervor.

„Zu dir können wir nicht?"

Sie schüttelte den Kopf und hoffte, dass er keine weitere Erklärung verlangen würde. Sie wollte ihn nicht anlügen, wollte sich keine Ausrede über eine Mitbewohnerin ausdenken. Und sie wollte ihm auch nicht sagen, dass sie nicht aus San Francisco stammte.

Was für eine Situation, in der sie steckte: Sie stand kurz davor, sich vor einem vollkommen Fremden nackt auszuziehen, doch sie wollte nicht, dass er irgendetwas über sie wusste – außer der Art, wie sie gern geküsst wurde.

Sicherlich würde er ihre Identität früher oder später herausfinden. Sobald er nach Hause zurückkehrte – wo auch immer sein Zuhause sein mochte –, würde er wahrscheinlich ihr Gesicht in irgendeinem Magazin sehen. Vermutlich zusammen mit den Fotos, die man von ihnen im Club gemacht hatte.

Aber heute Nacht wollte sie nicht die Erwartungen erfüllen müssen, der angesagte Popstar Nico zu sein.

Stattdessen würde sie die Chance bekommen zu erfahren, was Nicola mochte, was Nicola wollte, was Nicola begehrte. Eine Antwort auf jede dieser Fragen kannte sie allerdings schon.

Sie mochte, wollte und begehrte Marcus.

Und nachdem die Gelegenheit, echte Lust mit ihm zu erleben, greifbar nahe war, konnte sie den Gedanken nicht ertragen, diese Möglichkeit verstreichen zu lassen.

Nachdem sie bestätigt hatte, dass sie nicht zu ihr nach Hause fahren konnten, zog er sein Handy wieder hervor und schrieb eine Kurznachricht. Als ein paar Sekunden später die Antwort kam, nannte er dem Taxifahrer eine Adresse. Man musste kein Hellseher sein, um zu wissen, dass er einen Freund in der Gegend hatte, dessen Wohnung er benutzen konnte.

Sie lächelte ihn an. „Danke." Ohne groß darüber nachzudenken, legte sie ihre Hand auf seinen Arm, um ihre Dankbarkeit zu unterstreichen. Sein harter Bizeps zuckte unter ihren Fingerspitzen, und sie erschrak. Doch ehe sie die Finger wieder wegziehen konnte, legte er seine Hand auf ihre.

O Gott, was machte sie hier eigentlich? Wie kam sie darauf, diese Sache durchzuziehen? Wie konnte sie mit einem vollkommen Fremden nach Hause gehen?

Wenn sie mehr Erfahrung mit Männern gehabt hätte, dann wäre sie wahrscheinlich leichter mit dieser Situation zurechtgekommen. Aber sie konnte nicht einmal damit umgehen, seinen Arm zu berühren, verdammt noch mal! Wie sollte sie es dann aushalten, ihn nackt zu sehen?

Oder ihn an viel intimeren Stellen zu berühren?

Zu spät fiel Nicola auf, dass Marcus sacht ihre Hand streichelte – als wäre sie ein wildes Tier, das beruhigt werden musste, damit es nicht flüchtete. Die fast zärtliche Berührung elektrisierte sie. Es war unvorstellbar für sie, jemals von ihm berührt zu werden, ohne vor Aufregung und Lust dahinzuschmelzen. Zugleich waren seine sanften Liebkosungen jedoch auch unglaublich beruhigend.

Jedes Streicheln seiner Finger über ihre Hand schien zu sagen: *Ich verstehe, dass du nervös bist, und das ist auch in Ordnung. Ich werde mich heute Nacht gut um dich kümmern. Genauso, wie ich dich nicht gedrängt habe, im Taxi mit mir loszufahren, werde ich dich auch im Bett zu nichts zwingen, das du nicht willst.*

Allmählich entspannte sie sich wieder und rutschte sogar ein Stückchen zu ihm heran. Sie war ihm so nahe, dass sie instinktiv ihren Kopf an seine Schulter lehnte.

Dieses Mal spürte sie, wie *er* sich angesichts *ihrer* Berührung verspannte. Doch noch ehe sie sich insgeheim ärgern konnte, weil sie das Falsche tat, legte er seinen Arm um ihre Schultern und zog sie an sich.

Alles in ihr sehnte sich danach, ihm nahe zu sein. Ohne nachzudenken, drehte Nicola den Kopf, sodass sie ihre Wange an seine Brust schmiegen konnte. Sie lauschte seinem gleichmäßigen Herzschlag.

Unwillkürlich glitt ein Lächeln über ihre Lippen, als sie die seltsame Vertrautheit bemerkte, mit der er sie sehnsuchtsvoll aufstöhnend an sich gezogen hatte.

Vertraut. Warum ging ihr immer wieder dieses Wort durch den Kopf?

Er war ein Fremder. Das hier sollte eine Nacht voller Spaß, voller Sex werden. Und nicht mehr.

Aber ihr Gespräch mit seiner Mutter hatte ihre Neugierde so weit geweckt, dass sie ihn zu gern über seine Familie ausfragen und zum Beispiel herausfinden wollte, wie viele Geschwister er hatte.

Nein, dachte sie mit Bedauern. Sie wusste, dass sie sich davor hüten und dieses Verlangen unterdrücken musste. Heute Nacht ging es um einen körperlichen Akt. Nicht um eine emotionale Vereinigung.

Und wenn alles gut lief, würde sie heute den heißen Sex erleben, den sie nie zuvor erlebt hatte. Wenn sie hier saß und ihn über seine Familie ausfragte, dann würden sicherlich die Funken erlöschen, die seit ihrem ersten Blickkontakt zwischen ihnen sprühten. Auch wenn die Unterhaltung mit seiner Mutter darüber, was für ein guter Mensch er war, ihr Verlangen nach ihm nur noch gesteigert hatte ...

Während der Taxifahrer sich durch den dichten Stadtverkehr zu der Adresse kämpfte, die Marcus ihm gegeben hatte, ermahnte Nicola sich stumm, in den nächsten Stunden gewisse Grenzen aufrechtzuerhalten. Denn egal, wie großartig der Sex mit Marcus auch werden würde – und sie konnte anhand der Art, wie er sie auf der Rückbank des Taxis im Arm hielt, voraussagen, dass die Chancen auf großartigen Sex gut standen –, so durfte sie nicht den Fehler machen, Lust mit Liebe in Verbindung zu bringen.

Sie kannte Marcus nicht. Er kannte sie nicht. Solange ihre Begegnung oberflächlich und allein auf Lust und Spaß ausgerichtet blieb, sollte eine Nacht ihre Zukunft nicht weiter beeinflussen.

Die Wahrheit, die sie sich selbst nicht eingestehen wollte, sah allerdings anders aus: Sie war bereits von ihm beeindruckt – schon allein davon, wie gut, wie warm, wie geborgen sie sich in seinen Armen fühlte.

Wie wäre es, fragte sie sich, einen Mann in meinem Leben zu haben, der mich jede Nacht so hält?

3. KAPITEL

Nicola glitt in den Schlaf. Ihr Atem ging langsam und gleichmäßig, und ihre zuvor angespannten Muskeln lockerten sich.

Süß.

Gott, sie war so süß. Angefangen von der Überraschung in ihren großen blauen Augen, als ihr klar geworden war, dass sie seine Mutter angerufen hatte, über den frischen Erdbeerduft ihrer Haare bis hin zu dem schönen Gefühl, ihre sanften Kurven zu spüren.

Und jetzt war sie vollkommen unvermutet in seinen Armen eingeschlafen – den Armen eines völlig Fremden.

Marcus vermutete, dass die Worte seiner Mutter Nicola so entspannt hatten. Immerhin hatte sie ihre Deckung fallen gelassen. Auch wenn er jetzt genau genommen alles mit ihr machen könnte. Er könnte mit ihr irgendwo hinfahren, sie fesseln und knebeln, bevor sie aufwachen und sich dagegen wehren würde.

Bei der Vorstellung, dass ihr das hätte passieren können, wenn sie an den Falschen geraten wäre, hämmerte sein Herz wie wild, und er strich ihr noch einmal über das Haar. Eine Geste, mit der er eher sich selbst beruhigen musste als sie.

Sie stieß im Schlaf einen leisen Laut aus und kuschelte sich wie ein Kätzchen, das Wärme suchte, noch dichter an ihn.

Noch immer war er erstaunt darüber, dass sein Tag ganz und gar nicht wie geplant verlaufen war. Auch die Begegnung mit Nicola war anders, als er es sich ausgemalt hatte. Sie hätten schon längst in einem Hotelzimmer sein und sich gegenseitig die Klamotten vom Leib reißen sollen. Stattdessen hielten sie nun vor dem Haus seines Bruders Smith an. Während er die Rechnung für die Fahrt beglich, legte er den Finger an die

Lippen, um dem Taxifahrer zu bedeuten, möglichst leise zu sein und sein Dornröschen nicht aufzuwecken.

So behutsam es ging, nahm er Nicola auf die Arme und hob sie aus dem Taxi. Gerade gab er den Sicherheitscode an dem Tor in der Mauer ein, die das Anwesen seines Bruders umgab, als Nicolas Augenlider flatterten und sie langsam aufwachte.

Als er sie betrachtete, fielen ihm die tiefen Schatten unter ihren langen Wimpern auf. Im Club war es zu dunkel gewesen, um die Zeichen ihrer Erschöpfung zu erkennen. Natürlich wollte er sie aufwecken, um ihr gegenseitiges Versprechen, heißen Sex zu haben, zu erfüllen. Aber er konnte nicht leugnen, dass sie den Schlaf dringend nötig hatte. Er kannte sie erst seit einer knappen Stunde. Doch die Verletzbarkeit, die er während des Telefonats mit seiner Mutter in ihrem Gesicht gesehen hatte, hatte sein Herz berührt.

„Schhh." Er konnte dem Drang nicht widerstehen, ihr einen Kuss auf die Stirn und auf den Mund zu hauchen. „Bei mir bist du sicher, Nicola."

Sie öffnete ihre Augen, die schläfrig funkelten. „Ich weiß."

Ihre vollen Lippen, die er schon küssen wollte, seit Nicola im Club auf ihn zugekommen war und sich vorgestellt hatte, verzogen sich zu einem kleinen Lächeln, ehe sie die Augen wieder schloss.

Auf dem Grundstück musste Marcus kurz stehen bleiben, um sich zu sammeln und nicht mit ihr in den Armen ins Stolpern zu geraten. Das lag nicht etwa daran, dass Nicola schwer gewesen wäre. Trotz ihrer umwerfenden Kurven war sie zierlich.

Das Vertrauen, das er in ihrem Blick gesehen hatte, ließ seine Knie weich werden.

Gott, was ich heute Nacht alles mit ihr anstellen wollte ...

Das schlechte Gewissen ergriff ihn, als wieder das Bild vor seinem inneren Auge auftauchte, wie er ihr das Kleid auszog. Verdammt, er hatte noch immer diese Vorstellungen – Vorstellungen, die jetzt, da er sie in seinen Armen hielt und ihren Duft einatmete, noch klarer wurden.

Eine Fremde hätte nicht solch eine Wirkung auf ihn haben sollen.

Eine Fremde hätte nicht in seinen Armen einschlafen sollen.

Eine Fremde hätte ihm nicht mehr als nur ihren Körper, ihre Lust anvertrauen sollen.

Seit seinem vierzehnten Lebensjahr, als sein Vater gestorben war, hatte jeder sich immer auf Marcus verlassen können. Er hatte gewusst, dass seine Mutter die schwere Aufgabe nicht allein bewältigen konnte, und so hatte er über Nacht die Rolle des Mannes im Haus und die Verantwortung für seine sieben jüngeren Geschwister übernommen. Er hatte geglaubt, dass Jill seine Familie liebte und verstand, wie sehr die anderen ihn noch immer brauchten. Stattdessen hatte sie seine Bindung zu ihnen als Bedrohung empfunden.

Wieso war ihm das nicht schon viel früher klar geworden?

Auf jeden Fall war jetzt die Nacht, in der er übermütig sein konnte. In der er die Fesseln der Verantwortung einmal ablegen konnte.

Und was tat er nun letztendlich? Er trug die Verantwortung dafür, eine junge Schönheit eine Nacht lang vor seinen eigenen dunklen und gefährlichen Begierden zu schützen. Begierden, die in jeder Sekunde in ihrer Nähe wuchsen, die mit jedem Atemzug größer wurden, den sie machte, während sie die Arme sanft um seinen Hals geschlungen hatte.

Er starrte auf die Frau, die in seinen Armen lag. Im wachen Zustand hatten ihre Ausstrahlung, ihre Willensstärke und ihre Entschlusskraft ihm den Atem geraubt. Schlafend nun konnte er die Verletzbarkeit erkennen, die sie kurz offenbart hatte, als sie im Taxi mit seiner Mutter telefoniert hatte.

Unabhängig von seinen eigentlichen Absichten und der Tatsache, dass sie in einem hautengen Lederkleid und High Heels mit denselben Absichten in den Club gekommen war, zeigte sie eine Verletzbarkeit, die er auf keinen Fall ausnutzen wollte.

Schließlich ging er zur Eingangstür. Nachdem er die Stufen zu dem großen Haus in einem der exklusivsten Stadtteile San Franciscos hinaufgestiegen war, schloss Marcus die Tür auf und betrat Smith Sullivans Haus.

Marcus war nur ein Jahr älter als Smith, aber sie lebten in vollkommen unterschiedlichen Welten. Marcus liebte es, aus dem Napa Valley in die Stadt zu fahren, um seine Geschwister zu besuchen, oder auf die Halbinsel zu einem der Sonntagsessen, die seine Mutter jede Woche für die Familie gab. Den Großteil seiner Zeit verbrachte er allerdings auf seinem Weingut. Zwischen den Reben fühlte er sich einfach am wohlsten. Smith dagegen hatte den größten Teil seines Erwachsenenlebens am Set verbracht. Hier ein Film in Kanada, da ein Werbespot in Hongkong, dort eine Premiere in Australien. Marcus konnte sich nicht vorstellen, so häufig in der Welt herumzureisen oder sich irgendwo zu Hause zu fühlen, obwohl man ständig unterwegs war. Er selbst würde diese Art von Leben als unendlich anstrengend empfinden, und er glaubte auch nicht, dass irgendetwas oder irgendjemand ihn je zu einem solchen Opfer überreden könnte.

Smith besaß überall auf der Welt Häuser und Wohnungen. Nicht, weil er jedem zeigen wollte, wie reich und bedeutend er war, sondern weil er sich zu Hause fühlen wollte, wenn er seine Filme drehte. Angesichts der Tatsache, dass er in Los Angeles, New York und London im Laufe der Jahre schon einige Filme gedreht hatte, war es durchaus sinnvoll, in diesen Städten eine eigene Wohnung zu haben. Seine regelmäßige Anlaufstelle zwischen den Dreharbeiten aber war San Francisco. In der knappen Zeit zwischen seinen Projekten kehrte er immer wieder an diesen Ort zurück.

Smith machte die besten Margaritas, die Marcus je gekostet hatte, und sein Mixer lief stets auf Hochtouren, wenn er die ganze Sullivan-Familie am Wochenende einlud, damit sie es bei ihm verbringen konnten.

Heute Abend erschien Marcus das Haus leer und unbewohnt, obwohl er wusste, dass Smith eine Angestellte hatte, die einmal in der Woche vorbeikam, um alles sauber zu halten.

Marcus hatte Smith noch nie um so einen solchen Gefallen gebeten. Nicht, weil sein Bruder mit seinem Eigentum geizig gewesen wäre. Eigentlich hätte es Smith sogar gefallen, wenn eins oder mehrere seiner Geschwister in seinem Anwesen hoch in den Hügeln San Franciscos gewohnt hätten. Aber alle Sullivans wollten ihren Lebensunterhalt selbst verdienen und ein eigenständiges Leben führen. Auch wenn das bedeutete, dass seine kleine Schwester Sophie sich von ihrem Gehalt als Bibliothekarin nur ein winziges Apartment in einem nicht so angesagten Viertel der Stadt leisten konnte. Marcus konnte nicht mehr genau sagen, wie oft sein Bruder versucht hatte, ihre Schwester dazu zu überreden, in sein Haus zu ziehen. Doch sie hatte immer entschieden abgelehnt.

Er wusste, Smith erwartete keine Gegenleistung dafür, dass Marcus sein Haus nutzte. Dennoch war ihm nach der Kurznachricht, die er Smith vor einigen Minuten geschickt hatte *(Ich brauche heute Nacht dein Haus!)*, klar, dass Smith auf jeden Fall würde wissen wollen, warum genau er sein Haus gebraucht hatte.

Und für wen.

Marcus durchquerte den Eingangsbereich und musterte kurz die Treppe, die zu den Schlafzimmern hinaufführte. Aber es fühlte sich nicht richtig an, Nicola nach oben zu bringen.

Wenn sie ihren Plan, sich gegenseitig die Sachen vom Leib zu reißen, weiterverfolgt hätten, dann hätte er sie selbstverständlich in eines der Schlafzimmer getragen. Doch weil das nicht mehr geschehen würde, wäre ein Bett zu intim. Er wollte nicht, dass sie mitten in der Nacht aufwachte und annahm, dass irgendetwas zwischen ihnen passiert war. Und er wollte sich selbst auch nicht in Versuchung führen.

Er hatte die böse Vorahnung, dass er auf dumme Ideen kommen könnte, wenn er sich mit Nicola auf den Armen einem Bett nähern würde … Vielleicht würde er sich dann selbst einreden, dass es in Ordnung wäre, sie aufzuwecken, damit sie ihren ursprünglichen Plan doch noch in die Tat umsetzten.

Glücklicherweise waren Smiths Sofas auch sehr gemütlich. Marcus betrat das Wohnzimmer und legte Nicola auf einer der längsten Couchen ab. Er wollte sie noch immer so sehr, dass es genau genommen das Sicherste wäre, einfach zu verschwinden. Stattdessen zog er ihr jedoch die High Heels aus und nahm ihr das kleine Täschchen ab, das sie um ihr Handgelenk geschlungen hatte. Sogar ihre Füße mit den lackierten Zehennägeln waren hübsch. Die Haut an ihren Beinen war so glatt und wirkte so zart, dass er nichts anderes tun konnte, als sie ein paar Sekunden lang nur anzustarren. Er hatte keine Frau je so sehr begehrt wie Nicola. Vor allen Dingen keine Fremde.

Selbst im Schlaf schien sie ihn nicht loslassen zu wollen. Er kniete sich neben sie, damit sie liegen konnte, ohne die Arme von seinen Schultern zu lösen. Leise seufzte sie auf, während sie sich auf der Seite zusammenrollte. Sie hatte Marcus das Gesicht zugewandt und die vollen Lippen zu einem winzigen Lächeln verzogen. Unvermittelt nahm sie eine Hand von seiner Schulter und umfasste damit seine Finger.

Wie es wohl sein mag, diesen Mund zu küssen?

Marcus musste alle Willensstärke aufbringen, um diesen Gedanken beiseitezuschieben.

Diese Pläne, diese Fantasien waren inzwischen unwichtig. Jetzt erwartete ihn ein ruhiger Abend, an dem er über ein wunderschönes Mädchen wachen würde, dessen Duft und zarte Kurven er für eine sehr lange Zeit nicht würde vergessen können.

Er breitete eine Decke über sie, die auf der Couch gelegen hatte, und suchte dann nach einem Kissen, fand jedoch keines. Natürlich hätte er nach oben gehen und eines von einem Bett holen können. Aber er befürchtete, Nicola könnte aufwachen, sobald er seine Hand aus ihrem Griff lösen würde, um in eines der Schlafzimmer zu gehen.

Die Zeit, Dinge vernünftig abzuwägen, war in der Sekunde vorbei gewesen, als er Jill und Rocco beim Sex in ihrem Apartment überrascht hatte. Und so setzte er sich, ohne nachzudenken, vorsichtig neben Nicolas Kopf auf die Couch und zog sie sanft hoch, sodass sein Schoß ihr Kissen war.

Einen Moment lang wirkte Nicola unruhig. Mit der freien Hand betastete sie seinen Oberschenkel, als fragte sie sich, warum ihr Kissen so hart sei.

Instinktiv ergriff er ihre Hand. Augenblicklich schmiegte Nicola sich an ihn und rollte sich unter der Decke noch enger zusammen. Sie erinnerte ihn an eines der wilden Kätzchen, die auf seinem Weingut herumstreunten und manchmal einfach in der Sonne dösten.

Sein Verlangen nach ihr war so stark, dass es ihm schwerfiel, sich zu entspannen. Bei jedem Atemzug, den sie machte, kam sie ihm noch ein Stückchen näher, und seine Begierde wuchs weiter. Vor allem, wenn sie den Kopf auf seinem Schoß bewegte und unbeabsichtigt die Erektion berührte, die sich gegen den Stoff seiner Hose drängte. Er war froh, dass sie fest schlief, denn sonst wäre ihr bestimmt aufgefallen, dass seine Oberschenkelmuskeln nicht das einzig Harte waren, auf dem sie lag.

Er rief seinen eisernen Willen wach, der ihn noch so gut wie nie im Stich gelassen hatte, und zwang sich, den Blick von ihr abzuwenden und sich auf die sagenhafte Aussicht zu konzentrieren, die man aus den großen Wohnzimmerfenstern hatte. In der Bucht von San Francisco funkelten unzählige Lichter in der Nacht.

Im Laufe der Jahre war Marcus schon in den Häusern vieler Schauspieler gewesen und hatte immer erstaunt festgestellt, wie viele Fotos und sogar Gemälde die Prominenten von sich selbst besaßen. Fast wirkte es, als hätten sie Angst, dass die Menschen – sie selbst eingeschlossen – ihre Berühmtheit sofort vergaßen, wenn sie ihr Bild nicht ständig vor Augen hatten. Smith war das komplette Gegenteil. Es gab überhaupt keine persönlichen Bilder irgendwo im Haus, geschweige denn Fotos von ihm. Natürlich wusste Marcus, dass Smith auf Reisen immer Fotos seiner Familie dabeihatte und dass jeder, der am Set in seinen Wohnwagen kam, von Bildern seiner Lieben regelrecht erschlagen wurde.

Ja, dachte Marcus, der Gedanke an meine Familie ist genau das Richtige, um mich davon abzulenken, wie sehr ich die Frau auf meinem Schoß will.

Keiner der Sullivans verbrachte besonders viel Zeit vor dem Spiegel. Nicht einmal seine Schwestern – bis auf Lori, die bei der Arbeit oft vor dem Spiegel stand. Ihr Job als Choreografin verlangte es, dass sie beim Tanzen auf ihre Schritte und die exakte Richtung achtete, auf ihre Bewegungen, den Gesichtsausdruck. Und obwohl Marcus' Mutter in jüngeren Jahren ein Model gewesen war, konnte er sich nicht daran erinnern, dass sie viel Zeit auf ihr Make-up oder ihre Haare verwendet hätte. Acht Kinder großzuziehen ließ niemandem viel Zeit, um übertrieben auf sein Äußeres zu achten und eitel zu sein. Dennoch war Mary Sullivan eine natürlich schöne, elegante Frau.

Seine Mutter hatte ihn während des kurzen Telefonats im Taxi gefragt, ob er und Jill sich getrennt hätten. Als er ihr gesagt hatte, dass es vor der Party passiert sei, hatte sie nicht geantwortet „Tut mir leid, das zu hören!", sondern „Nicola klingt sehr nett. Pass heute Abend gut auf sie auf, Marcus!".

„Mach dir keine Sorgen, das werde ich", hatte er ihr versprochen, bevor er bestätigt hatte, dass Nicola tatsächlich so schön war, wie seine Mutter annahm.

Als er die Frau, die sich an ihn schmiegte, nun betrachtete, wusste er mit absoluter Sicherheit, dass seine Mutter seiner Einschätzung über ihre Schönheit zustimmen würde.

Sein Herz klopfte schneller, während er ihr hübsches Profil ansah. Unvermittelt hatte er das Gefühl, sie wiederzuerkennen. Bis jetzt war er von der Anziehung, die sie auf ihn ausübte, so erstaunt gewesen, dass er an nichts anderes hatte denken können.

Doch jetzt, als er die Gelegenheit hatte, sie genauer anzuschauen, fragte er sich, ob er sie schon einmal irgendwo gesehen hatte. Sie kam ihm irgendwie bekannt vor …

Nein, entschied er einen Moment später. Das war nicht möglich.

Nicola war keine Frau, die man einfach vergaß.

Eine ganze Weile blickte er sie an, prägte sich die Kontur ihrer Wangenknochen ein, den Schwung ihrer Wimpern, die Form ihrer Augenbrauen, ihr leicht spitzes Kinn, das so gut zu ihr passte, die Rundung des Ohres.

Die weichen Haare an ihrem Haaransatz waren einige Töne heller als ihre eigentliche Haarfarbe, und er grübelte, warum sie meinte, etwas an sich verändern zu müssen. Er fand sie perfekt. Eines Tages, ging es ihm durch den Kopf, will ich sie einmal mit ihrer natürlichen Haarfarbe erleben.

Was zur Hölle dachte er sich nur? Nach der heutigen Nacht würde er sie vermutlich nie mehr wiedersehen.

Dennoch konnte er nicht aufhören, sie anzublicken. Denn sie war eine der schönsten Frauen, die er je kennengelernt hatte. Und seine Sehnsucht nach ihr war noch immer so groß, dass es ihn offen gestanden selbst erschreckte.

Wieder besann er sich darauf, sich auf die Lichter der Stadt zu konzentrieren, die unterhalb von Smiths Wohnzimmerfenster funkelten. Die Aussicht war spektakulär. Es war einer der wahrscheinlich besten Blicke über San Francisco. Aber das alles war nichts gegen Nicola. Er konnte das Spiegelbild von ihnen beiden in der Fensterscheibe sehen: Sie wirkten wie ein Pärchen, das sich am Freitagabend gemeinsam entspannte.

Seine Gedanken wanderten zurück zu seiner Exfreundin. Er erinnerte sich, wie wütend er gewesen war, als er Jill mit Rocco erwischt hatte. Andererseits war er, wenn er ehrlich war, schon viel länger wütend und frustriert. Seit Wochen, Monaten fühlte er sich so, weil Jill immer mehr Ausreden vorgeschoben hatte, warum sie noch nicht bereit sei, sich endgültig zu binden. Sie hatte ein gemeinsames Wochenende nach dem anderen abgesagt. Immer wieder hatte sie versprochen, zu verschiedenen Anlässen mit zu seiner Familie zu kommen, und dann doch in letzter Sekunde einen Rückzieher gemacht hatte.

Früher am Abend hatte er noch geglaubt, die ganze Nacht lang mit seiner Wut auf Jill kämpfen zu müssen. Aber seit er Nicola getroffen hatte, hatte er nicht mehr an Jill gedacht. Bis jetzt. Erstaunt stellte er fest, dass sein Zorn weitaus schwächer war mit der schlafenden Nicola auf seinem Schoß und ihren Händen in seinen.

Sex hätte heute Nacht seine Medizin sein sollen – nicht das leise gleichmäßige Atmen einer schönen Fremden.

Doch statt noch frustrierter über den unerwarteten Verlauf des Abends zu sein, lächelte er, während er sich auf der Couch zurücklehnte, die Augen schloss und einschlief.

4. KAPITEL

Nicola wusste, ohne die Augen zu öffnen, dass sie nicht in ihrem alten Kinderzimmer aufwachte. Zum einen roch das Bett bei ihren Eltern nicht nach Leder. Ihr Kissen bestand nicht aus harten Muskeln. Und noch nie hatte ein Mensch so zärtlich ihre Hände gehalten.

Sie schluckte schwer, sobald ihr klar wurde, was geschehen sein musste. In der vergangenen Nacht hatte sie in einem Nachtclub einen umwerfenden Mann angemacht ... Und dann war sie prompt auf seinem Schoß eingeschlafen.

O Gott, wie dumm war sie eigentlich? Hatte sie tatsächlich geglaubt, dass sie die Kontrolle über ihr Leben gewinnen würde, indem sie in einen Club ging, einen Fremden auflas und mit ihm schlief?

Im kalten Licht des Tages, an das sie gestern Nacht nicht hatte denken wollen, musste sie zwei Tatsachen ins Auge sehen. Erstens sollte sie sich einen wirklich guten Schlachtplan überlegen, um aus der Sache herauszukommen, ohne dass es peinlicher und unangenehmer wurde als unbedingt notwendig. Sie hätte beinahe laut aufgestöhnt, weil sie wusste, wie schwierig das werden würde. Und sobald sie Marcus verlassen hätte, würde sie sich um die Auswirkungen in der Presse kümmern müssen, nachdem sie mit einem fremden Mann erwischt worden war.

Die Ironie, dass zwischen ihm und ihr nichts gelaufen war – nicht einmal ein Kuss –, würde niemanden interessieren.

Nicola atmete ruhig und gleichmäßig weiter, damit er glaubte, sie schliefe noch immer, und öffnete die Augen einen winzigen Spaltbreit, um sich umzusehen. Sie bemerkte, dass er sie auf eine Ledercouch gelegt und eine dicke Decke über sie gebreitet hatte.

Unter der Decke bewegte sie die Zehen. Ein Lächeln huschte über ihr Gesicht, als sie feststellte, dass sie noch immer ihr Kleid trug, er ihr allerdings die Schuhe ausgezogen hatte, um es ihr bequemer zu machen. Wie süß von ihm, daran zu denken.

Jetzt erst wurde ihr bewusst, dass ihr Kopf auf seinem Schoß lag, und es erfüllte sie mit einem warmen Gefühl, so nahe bei ihm zu sein. Plötzlich wusste sie, dass sie sich, wenn sie ein Paar gewesen wären, nicht von ihm hätte lösen wollen. Sie fühlte sich erstaunlicherweise sicher bei ihm. So sicher hatte sie sich seit Jahren nicht gefühlt – zuletzt, als sie noch im Haus ihrer Eltern gewohnt hatte und nicht in Hotels überall auf der Welt.

Trotz der Art, wie sie einander am vergangenen Abend kennengelernt hatten, und trotz der aufregenden Dinge, die sie miteinander vorgehabt hatten, konnte Nicola sich nicht erinnern, wann ein Fremder sich zuletzt so gut um sie gekümmert hatte.

Sicherlich achteten die Menschen immer darauf, ihr jeden Wunsch von den Augen abzulesen, aber in neunundneunzig Prozent aller Fälle taten sie das, weil sie etwas von ihr wollten.

Doch Marcus hatte nichts von ihr verlangt. Im Gegenteil. Er hatte sie nicht nur schlafen lassen, als die Erschöpfung nach dem stundenlangen Tanztraining für das Video ihren Tribut gefordert hatte, er hatte ihr auch den besten Schlaf gewährt, den sie seit einer Ewigkeit gehabt hatte.

Es war bestimmt sechs Monate her, dass sie zuletzt richtig ausgeschlafen hatte. Es spielte keine Rolle, wie weich die Laken waren oder wie teuer die Matratze – das Bett kam ihr immer zu groß vor, und sie konnte nicht abschalten und an gar nichts denken. Sie hatte unzählige Songs geschrieben, statt zu schlafen, und Tanzschritte geübt, wenn die Lieder in ihrem Kopf durcheinandergelaufen waren. Das war der Preis des Erfolgs. Mittlerweile machte sie bessere Musik als je zuvor und konnte endlich mit den professionellen Tänzern mithalten, die mit ihr auf der Bühne standen. Aber zugleich spürte sie, dass sie einem Burnout näher und näher kam.

Wie sehr sie sich danach sehnte, zur Ruhe zu kommen und nicht ständig grübeln zu müssen. Und wie erstaunlich es war, dass sie ausgerechnet im Haus eines Fremden die Gelegenheit bekam, sich einmal zu erholen – noch dazu auf dem Schoß eines Mannes liegend. Eines Mannes, von dem sie nur den Vornamen kannte und wusste, dass er eine nette Mutter hatte und ein guter großer Bruder war.

In dem Moment fühlte sie, wie sich seine Muskeln unter ihrer Wange bewegten. Er musste bemerkt haben, dass sie wach war. Plötzlich wurde ihr bewusst, dass ihre Zunge am Gaumen klebte. Ohne Zweifel hatte sie nicht nur schlechten Atem, sondern auch Tonnen von verschmiertem Mascara und Eyeliner im Gesicht.

Sie musste unbedingt erst ins Bad und sich ein bisschen zurechtmachen, bevor sie ihm bei Tageslicht gegenübertrat … Und bevor sie ihn anblickte und sich dafür entschuldigte, nicht die Sexgöttin gewesen zu sein, die zu sein sie am Abend zuvor versprochen hatte. Dann wollte sie nur noch hier verschwinden.

Sie schob die weiche Decke weg, richtete sich schnell auf und erhob sich. Ohne ein Wort verschwand sie eilig in die Richtung, wo sie hoffte, das Bad zu finden.

Richtig peinlich wäre es, wenn die Tür, die sie schließlich aufriss, in einen Wandschrank führte. In diesem Fall würde sie sich einfach in diesem Schrank einschließen und dort vor Scham sterben.

Erfreulicherweise war das Glück auf ihrer Seite. Am anderen Ende des Flures entdeckte sie eine offen stehende Tür, die in ein großes Badezimmer führte.

O Gott, dachte sie, als sie sich im Spiegel erblickte, ich sehe aus wie eine Hexe. Leider nicht wie eine der hübschen Hexen, die einen Liebeszauber auf jeden Mann ausüben konnten, den sie ansahen. Nein, im nicht sehr schmeichelhaften Licht des Badezimmers sah sie definitiv eher wie eine der bösen Hexen aus, die süße kleine Prinzessinnen mit roten, vergifteten Äpfeln fütterten.

Ihr Make-up war offensichtlich durch die Wärme seines Körpers geschmolzen, und ihr Haar stand in alle Richtungen ab. Wenn sie doch nur daran gedacht hätte, ihre Handtasche mit ins Bad zu nehmen, dann hätte sie zumindest ihren Lippenstift benutzen können. Wie die Dinge allerdings lagen, konnte sie nur sämtliche Schminke von ihrem Gesicht waschen. Wenigstens entdeckte sie eine wirklich angenehm duftende Seife.

Nicola hatte früher kein Make-up benutzt. Aber seit sie sich entschieden hatte, ihre Musikkarriere zu verfolgen, war es unerlässlich geworden, sich zu schminken. Sie mochte das Gefühl auf ihrer Haut noch immer nicht besonders. Ihre Haut war so empfindlich geworden, dass sie inzwischen ein für sie persönlich angemischtes Make-up benutzte, damit sie keinen Ausschlag bekam, wenn sie es während ihrer Fotoshootings und der Videodrehs den ganzen Tag trug. Sie wusste, dass sie durch das Make-up älter wirkte, erwachsener und aufreizender. Ungeschminkt konnte man sie glatt für achtzehn halten. Wenn überhaupt. Falls ihre Musikkarriere je zu Ende sein sollte, könnte sie vermutlich wieder zur Highschool gehen.

Sie drehte den Wasserhahn auf, schloss die Augen und wusch ihr Gesicht. Nachdem sie damit fertig war, bückte sie sich, um nachzusehen, ob sie unter dem Waschbecken zufällig eine neue Zahnbürste und Zahnpasta fand. Sie hatte Glück. Ein paar Minuten später waren ihre Zähne und ihr Gesicht sauber. Blieb nur noch ihr zerzaustes Haar, das sie mit angefeuchteten Fingern notdürftig in Form kämmte.

Sie betrachtete sich im Spiegel und verzog den Mund, als ihr auffiel, wie groß der Kontrast zwischen ihrem figurbetonten Lederkleid und dem ungeschminkten Gesicht war. Am vergangenen Abend war ihr das Kleid wie die perfekte Wahl erschienen. Und das war nicht ganz verkehrt gewesen, denn immerhin war sie Marcus in ihrem Outfit aufgefallen. Doch bei Tageslicht wirkte das kurze, enge Lederkleid fast schon lächerlich.

Sie hätte alles gegeben, um jetzt Jeans und ein T-Shirt überziehen zu können.

Und um aus dem Bad – und aus dem Haus – schleichen zu können, ohne Marcus wieder gegenübertreten zu müssen. Aber er war letzte Nacht so nett zu ihr gewesen, dass es ihr falsch vorkam, sich jetzt davonzuschleichen. Auch wenn es die ganze Situation für sie beide einfacher gemacht hätte.

Nicolas Herz schlug viel zu schnell, als sie aus dem Badezimmer kam. Langsam ging sie auf Zehenspitzen durch den Flur Richtung Wohnzimmer. Von der Tür aus sah sie zum Sofa hinüber. Es war leer.

Ist er geflüchtet, ehe ich ihm zuvorkommen konnte?

Bei dem Gedanken hätte sie beinahe erleichtert aufgelacht. Als sie ihn jedoch zehn Sekunden später in der Küche entdeckte, war sie nicht wirklich überrascht, dass er noch immer im Haus war. Sie kannte ihn kaum, aber was sie in der vergangenen Nacht über ihn erfahren hatte, sagte ihr, dass er nicht der Mensch war, der sich vor irgendetwas davonschlich. Nein, sie nahm an, dass er durchaus in der Lage war, sich auch unangenehmen Situationen zu stellen.

Er hatte ihr den Rücken zugewandt, und sie hörte, dass er Kaffeebohnen mahlte. Die Kaffeemühle war so laut, dass sie nicht auf sich aufmerksam machen konnte, obwohl sie sich nicht an ihn heranschleichen wollte. Langsam ging sie auf ihn zu, viel vorsichtiger als in der vergangenen Nacht im Club, und wartete auf der anderen Seite der Kochinsel darauf, dass er sich umdrehte und sie bemerkte.

Wie, fragte sie sich, ist es ihm nur gelungen, heute Morgen genauso gut auszusehen wie gestern Abend? Von hinten wirkte seine Kleidung nicht, als würde er sie schon seit gestern tragen, und sein dunkles Haar stand auch nicht wie ihres in alle Richtungen vom Kopf ab.

In dem Moment war er fertig damit, die Bohnen zu mahlen. Er wandte sich zu ihr um und sah sie an, als hätte er die ganze Zeit über gewusst, dass sie da war. Verblüfft stand sie da und erwiderte seinen Blick. Mit dem leichten Bartschatten sah er heute Morgen sogar noch umwerfender aus als gestern. Kein anderer Mann hatte ihr je den Atem geraubt.

„Ich hatte den Eindruck, eine Tasse Kaffee wäre eine gute Idee", sagte er unglaublich sanft lächelnd.

Sie nickte und versuchte, das Lächeln zu erwidern. Aber sie war so nervös, dass ihre Lippen zitterten, und sie hatte noch immer das Gefühl, in seiner Nähe keine Luft zu bekommen.

„Danke", brachte sie schließlich hervor. „Ein Kaffee wäre toll."

Er blickte sie lange eindringlich an – fast als wollte er abschätzen, wie sie sich fühlte. Sie hätte schwören können, dass er mehr sah als jeder andere Mann zuvor. Selbst mehr als die Männer, mit denen sie intim geworden war.

„Ich habe die Heizung angestellt, weil ich dachte, dir könnte kalt sein." Er nahm ein Sweatshirt von der Anrichte. „Es ist zu groß, ich weiß, aber …"

Sie schnappte sich den dicken Pulli, noch ehe Marcus den Satz beendet hatte, und zog ihn sich über den Kopf. Es kam ihr vor, als hätte er ihr stummes Gebet, ihr knappes Kleidchen verdecken zu können, erhört. Ein paar Sekunden später sah sie an sich herab. Sie trug nun das viel zu große Sweatshirt. Das Bündchen reichte ihr bis über die Knie, und es hatte keinen Sinn, auch nur zu versuchen, die viel zu langen Ärmel aufzukrempeln. Mit diesem Oberteil wirkte sie vermutlich noch jünger als achtzehn.

„Ich hole dir etwas anderes."

Kopfschüttelnd schob sie die Ärmel hoch und fand endlich ihr Lächeln wieder. „Nein. Es ist perfekt." Und das war es, denn sie fühlte sich nicht länger nackt.

Sie konnte den Blick nicht von ihm wenden. „Danke, dass du daran gedacht hast, mir etwas zum Anziehen herauszusuchen. Mir war tatsächlich kalt", bedankte sie sich aufrichtig. Sie rieb mit einem der Ärmel über ihre Wange. „Der Stoff ist unglaublich weich."

Sie konnte seine Miene nicht deuten, als er sie ansah. Schließlich nickte er. „Gern geschehen."

Als er wieder zu der teuren Kaffeemaschine trat, die in der Ecke auf einer Granitanrichte stand, ging ihr noch immer durch den Kopf, wie nett es von ihm war, sich um ihr Wohlbefinden zu sorgen, statt die Chance zu ergreifen, sich weiterhin ihre Brüste in dem lächerlichen Lederkleid anzusehen. Dennoch wurde ihr bei dem Gedanken, seinen Blick auf ihren Kurven zu spüren, unweigerlich heiß.

Sie wusste, dass sie sich ablenken und an etwas anderes denken musste als daran, wie umwerfend süß und sexy Marcus war. Also wandte sie sich von ihm ab und sah sich das Haus näher an, in dem sie die Nacht verbracht hatte.

Es war schön. Richtig schön. Obwohl nichts Persönliches zu finden war, wie ihr auffiel. Es wirkte fast wie eine geräumigere Version von einem ihrer schicken Hotelzimmer.

Marcus musste bemerkt haben, dass sie sich umsah. „Das Haus gehört meinem Bruder", erklärte er.

Sie spürte, wie sie wieder errötete, als sie seine dunkle, leicht raue Stimme hörte. Die Stimme passte eigentlich gar nicht zu seiner schicken Garderobe und der Tatsache, dass er offensichtlich ein erfolgreicher Geschäftsmann war. Sie mochte diesen tiefen, rauen Klang sehr. Zu sehr, wenn sie bedachte, wie ihr Körper auf ein paar einfache Worte reagierte. Und sie konnte nicht verhindern, dass sie sich fragte, wie seine Stimme wohl geklungen hätte, wenn sie am Abend zuvor tatsächlich miteinander geschlafen hätten, wenn er ihren Namen gesagt hätte, während er auf ihr gelegen und sich mit den Händen abgestützt hätte ... kurz bevor er in sie gedrungen wäre ...

Der Bartschatten auf seinem Gesicht hätte ebenfalls unpassend wirken können, doch das tat er nicht. Sie erinnerte sich an die Schwielen an seinen Fingerspitzen. Schwielen und Businessanzüge waren ein Gegensatz, auf den sie sich keinen Reim machen konnte. Aber irgendwie wollte sie alles über ihn herausfinden. Und der Wunsch war viel zu stark, wenn sie bedachte, dass er genau genommen ein Fremder für sie bleiben sollte.

„Es ist wirklich schön", erwiderte sie. Plötzlich erstarrte sie. Was, wenn sein Bruder in ihre gemütliche kleine Kaffeepause platzte? Die Chance, dass auch er sie nicht erkennen würde, stand nicht besonders hoch.

Zum x-ten Mal, seit sie aufgewacht war, fragte sie sich, was sie sich dabei gedacht hatte, am vergangenen Abend mit Marcus zusammen den Club zu verlassen. Es war in Ordnung gewesen, als sie mit ihm allein gewesen war und sich hatte einreden können, dass Lust und Hingabe das Einzige war, was zählte. Doch zu wissen, dass sein Bruder jeden Moment die Treppe herunterkommen und sie in ihrem vollkommen unpassenden Lederkleid, barfuß und mit einem viel zu großen Sweatshirt bekleidet erblicken könnte, weckte in ihr das Gefühl, es sei ein Riesenfehler gewesen, gestern überhaupt das Hotelzimmer verlassen zu haben. *Warum habe ich mir nicht einfach die Wiederholung von CSI angesehen und das Schokoladeneis gegessen?*

Sie wich von der Anrichte zurück. „Ich sollte gehen, bevor er …"

„Keine Sorge, Nicola." Als Marcus mit seiner sündhaft betörenden Stimme ihren Namen aussprach, hielt sie unwillkürlich inne und verstummte. „Mein Bruder arbeitet und ist nicht in der Stadt. Wir beide sind allein hier."

Das zu hören hätte sie eigentlich erleichtern sollen. Aber sie war sich nicht sicher, ob es eine so gute Idee war, mit Marcus allein zu sein. Nicht, wenn sie in seiner Nähe so aus der Bahn geworfen wurde und so unsicher war. Nicht, wenn ihre Zunge wie gelähmt war und ihr Magen sich zusammenzog. Und das, obwohl sie sich am Abend zuvor nicht einmal geküsst hatten.

Nicht auszudenken, wenn sie wirklich den wilden, verrückten Sex gehabt hätten, den sie sich ausgemalt hatte. Ja, sie hatte keinen Zweifel daran, dass es unglaublich gewesen wäre. Mehr als das. Wahrscheinlich atemberaubend, wenn sie bedachte, welche Wirkung allein seine dunklen, begehrlichen Blicke auf sie hatten. Doch sie wusste, dass sie in dem Fall jetzt vor Scham und Verlegenheit sterben würde.

Sterben.

Offensichtlich waren One-Night-Stands nichts für sie. Und plötzlich kam es ihr unglaublich wichtig vor, dass er das über sie wusste. Auch wenn alle Beweise gegen sie sprachen.

„Ich habe so etwas noch nie gemacht." Sie zwang sich, von der glänzenden schwarzen Arbeitsplatte aus Granit aufzusehen, an die sie sich verzweifelt geklammert hatte. Sie löste die Hände von der Platte und bemerkte die feuchten Abdrücke ihrer Finger auf der Oberfläche. Es war ein verräterisches Zeichen dafür, wie nervös sie war.

Überrascht hörte sie, wie er sagte: „Bei mir ist es auch schon eine Weile her."

Zugleich durchzuckte sie unerwartete Eifersucht, als sie sich vorstellte, wie Marcus mit einer anderen Frau nach einem One-Night-Stand in ebendieser Küche stand. Natürlich hatte Nicola keinerlei Besitzansprüche auf ihn, und es hätte ihr keinen Stich ins Herz versetzen sollen.

Aber sie empfand dennoch so.

Vor allem, weil sie eine Million Dollar darauf wetten würde, dass sie die einzige Frau war, die je bei ihm eingeschlafen war – noch ehe sie sich auch nur geküsst hatten.

„Ich wollte gestern Nacht nicht auf dir einschlafen."

Endlich lächelt er. Erst jetzt wurde ihr bewusst, wie ernst er bisher gewesen war. Es erstaunte sie zu sehen, wie er zu grinsen begann. Die Schmetterlinge, die sich in ihrem Bauch breitgemacht hatten, seit sie diesen großen, starken Mann zum ersten Mal im Club gesehen hatte, fingen beim Anblick seines Lächelns an, wie wild herumzuflattern.

Noch immer sehnte sie sich danach, ihn zu küssen, doch plötzlich wollte sie ihn auch lächeln sehen. Sie wollte, dass in seinen schokoladenbraunen Augen ein Lachen stand, wenn er sie anschaute, und sie wollte sich sicher sein, dass sie der Grund dafür war.

„Du warst anscheinend erschöpft."

Er lächelte nicht mehr, aber sein Blick wirkte warm. Fürsorglich. Genau so, wie seine Mutter ihn im Umgang mit seinen Geschwistern beschrieben hatte. Er reichte ihr einen Becher Kaffee.

„Es hat mich nicht gestört, dein Kissen zu sein."

Dasselbe gute Gefühl, das sie erfasst hatte, nachdem sie erfahren hatte, was für ein verlässlicher Sohn und Bruder er war, ergriff sie erneut. Nicola war sich sicher, dass jeder andere Mann wütend auf sie gewesen wäre und erwartet hätte, dass sie auf die Knie fiel, seine Hose öffnete und wiedergutmachte, was sie ihm in der vergangenen Nacht nicht gegeben hatte.

Doch Marcus schien sich eher darum zu sorgen, wie es ihr ging. Kein Wort davon, dass sie seine Erwartungen enttäuscht hatte.

Wenn er doch noch Forderungen gestellt hätte, dann hätte sie auf dem Absatz kehrtgemacht und wäre sofort verschwunden. Stattdessen musste sie erst einmal mit der Tatsache zurechtkommen, dass sie jemanden kennengelernt hatte, der nichts von ihr einforderte, der nichts von ihr erwartete.

Nicht ihren Ruhm, von dem er offensichtlich nichts wusste, und nicht einmal ihren Körper, den sie ihm vor weniger als zwölf Stunden angeboten hatte – verbal zumindest.

„Du warst ein tolles Kissen."

Dieses Mal erwiderte sie sein Lächeln. Eigentlich glaubte sie nicht an Dinge, die sie nicht sehen, schmecken, hören oder berühren konnte, aber in dem Moment hätte sie schwören können, dass sich zwischen ihnen ein unsichtbares Band knüpfte, das sie miteinander vereinte.

Sie wollte nicht länger flüchten und nahm auf einem der Barhocker Platz. „Bitte, setz dich zu mir."

In der letzten Nacht hatte sie nur eines über ihn wissen wollen: Ob er sie dazu bringen könnte, vor Lust zu schreien. Doch sie hatten nicht einmal den ersten Schritt gemacht, weil

Nicola plötzlich von einer Art Schlafsucht befallen worden war. Deshalb beschloss sie, ihrem Wunsch nachzugeben, mehr über diesen geheimnisvollen Mann zu erfahren, der ihre Hand gehalten hatte, während sie zum ersten Mal seit Ewigkeiten richtig gut geschlafen hatte.

Marcus zögerte einige Sekunden lang. Als sie gerade glaubte, er würde ihre Einladung ablehnen, griff er nach seinem Becher und kam auf sie zu.

„Dann lebst du also auch nicht in San Francisco?", fragte sie ihn.

Er schüttelte den Kopf. „Nein. Ich lebe im Napa Valley."

„Ich bin ein paarmal auf Reisen durchs Valley gefahren. Die Gegend ist wunderschön." Sie ließ die Tatsache aus, dass sie dort gewesen war, um ein paar Privatkonzerte für einige sehr prominente Bewohner des Napa Valleys zu geben. Wieder nahm sie einen Schluck Kaffee. „Ich bin kein Weinkenner." Sie zuckte die Schultern. „Ehrlich gesagt weiß ich nicht einmal, welchen Wein ich zu welchem Essen bestellen soll."

Wenn sie offen gewesen wäre und ihm gesagt hätte, wer sie war und was sie machte, hätte sie ihm erzählt, dass selbst ein leichter Schwips ihre Selbstbeherrschung mächtig ins Wanken brachte. Ständig waren so viele Menschen um sie herum und verlangten, dass sie Entscheidungen traf, legten ihr Angebote und Verträge vor. Sie bemühte sich, immer präsent und klar zu sein. Darum trank sie so gut wie nie und nahm selbstverständlich auch keine anderen Drogen.

Ein einziges Mal – bei Kenny – hatte sie einen Fehler gemacht. Und sie hatte einen hohen Preis dafür bezahlt.

„Bist du im Weingeschäft?", erkundigte sie sich.

„Genau. Du lebst auch nicht hier, oder?"

Ihr war nicht entgangen, dass er zwar ihre Frage beantwortet hatte, anschließend jedoch schnell das Thema gewechselt hatte. Offensichtlich wollte er ihr nicht verraten, was genau sein Beruf war oder auf welchem Weingut er arbeitete.

Es war eine mehr als offensichtliche Erinnerung daran, dass sie einen Small Talk zwischen zwei Fremden führten, die einander nie mehr wiedersehen würden. Sie sollte es sich nicht zu Herzen nehmen, dass er nicht mehr über sich preisgeben wollte. Wahrscheinlich fürchtete er, dass sie ihn verfolgen und ihm lästig werden könnte. Zweifellos hatten im Laufe der Jahre schon viele Mädchen versucht, ihn für sich zu gewinnen.

Im Übrigen war sie selbst schließlich auch nicht gerade wild entschlossen, Details über ihr Leben mit ihm zu teilen.

„Ich stamme aus einer winzigen Stadt im Norden des Bundesstaates New York. Aber die Westküste hat mir schon immer gefallen", antwortete sie und blieb damit genauso vage wie er.

So. Das hatte absolut unpersönlich geklungen. Sie verhielten sich wie zwei vernünftige Erwachsene, die fast den Fehler gemacht hätten, einen One-Night-Stand miteinander zu haben, nun aber irgendwie unversehrt aus der Sache herauskamen.

Sie hätte froh und erleichtert sein sollen.

Aber das war sie nicht.

Denn für ein paar wundervolle Momente hatte sie sich in der letzten Nacht unvernünftiger, zügelloser Begierde und freudiger Erwartung hingegeben.

Die Kombination von Vernunft und Besonnenheit war dagegen echt langweilig.

Sie drehte sich auf ihrem Barhocker herum, damit sie ihn ansehen konnte. „Es ist mir noch immer unangenehm, dass ich deine Mutter einfach so angerufen habe."

Das Letzte, was sie erwartet hätte, war sein Lachen, das den Raum erfüllte.

Es war ein schöner Klang – voll und tief, wenn auch ein bisschen eingerostet, als hätte er diesen Ton lange nicht benutzt. Sie stellte sich vor, dieses Lachen genauso einzufangen, wie die Meerhexe Arielles Stimme im Film *Arielle, die kleine Meerjungfrau* eingefangen hatte. Wenn es möglich gewesen wäre, dann hätte Nicola dieses Lachen in ein kleines Medaillon gepackt, das sie um den Hals getragen und immer dann geöffnet hätte, wenn sie eine Aufmunterung gebrauchen konnte.

„Vertrau mir", sagte er. „Ich bin mir sicher, dass ihr das Gespräch mit dir gefallen hat. Sehr sogar."

„Was wirst du ihr erzählen?", wollte sie wissen. „Also, über mich und über die Frage, die ich ihr über dich gestellt habe", stellte sie schnell klar.

Einen Moment lang schwieg er. „Als du sie gefragt hast, ob du in meiner Nähe sicher bist?", fragte er schließlich.

Ihr blieb die Luft weg, und sie konnte nur stumm nicken, während die sinnliche Spannung zwischen ihnen zunahm.

Kurz war sie versucht, das Thema zu wechseln. Aber eigentlich wollte sie das gar nicht, stellte sie fest. „Ich war bei dir sicher und geborgen", sagte sie. Ihre Stimme war nicht mehr als ein Flüstern. Ohne sich dessen wirklich bewusst zu sein, hatte sie den Arm ausgestreckt, um seine Hand zu berühren.

Sie wünschte, sie wäre lange genug wach gewesen, um genießen zu können, dass er ihre Hand gehalten hatte. Stattdessen hatte sie einige der wundervollsten Augenblicke ihres Lebens verschlafen – Marcus, der ihre Hände hielt, seine Wärme, die sie umfing.

Während nun die Sonnenstrahlen durch die großen Küchenfenster fielen, zog sie ihre Hand zurück, ehe sie ihn berühren konnte.

Sie glaubte, gesehen zu haben, wie seine Finger zuckten, als hätte er ihre Hand ebenfalls ergreifen wollen. „Was soll ich ihr denn deiner Meinung nach sagen?", fragte er.

Zögernd löste sie den Blick von seinen Fingern. Noch immer sehnte sie sich danach, diese Hände auf ihrem Körper zu spüren und von ihnen gestreichelt zu werden. Trotz der warmen Sonne erschauerte sie, als sie ihn anschaute.

„Vielleicht", erwiderte sie leise, „könntest du ihr sagen, dass du gestern Nacht eine neue Freundin gewonnen hast."

„Eine neue Freundin."

Als er ihre Worte mit dieser wundervoll tiefen Stimme wiederholte, wurde ihr etwas klar. *Ich wünschte, es wäre wahr. Ich wünschte, wir wären tatsächlich Freunde. Und mehr. So viel mehr.*

Unwillkürlich fuhr sie mit der Zunge über ihre Lippen und bemerkte, dass er sie genau beobachtete. Als ihre Blicke sich wieder trafen, war das Feuer der letzten Nacht zurück.

Ihr war klar, dass er es in ihren Augen sehen musste. Einen Moment lang glaubte sie, ihr Begehren verbergen zu müssen, aber seit der vergangenen Nacht hatte sich nichts geändert.

Sie fühlte sich noch immer unglaublich zu ihm hingezogen.

Sie war kurz davor, etwas zu sagen, um die erotische Spannung zwischen ihnen zu beenden, als sie sich plötzlich fragte, warum sie ihn eigentlich wegstoßen wollte.

Marcus war umwerfend. Er war der bestaussehende Mann, den sie seit einer Ewigkeit getroffen hatte. Gut, die letzte Nacht war nicht gerade ein Erfolg gewesen, doch sie würde San Francisco nicht sofort wieder verlassen. Zwischen dem Videodreh und dem Konzert war sie noch einige Tage in der Stadt. Und einige Nächte.

O Gott, sie war in diesen Dingen so schlecht. Sie hatte keine Ahnung, wie sie Marcus zum zweiten Mal innerhalb von vierundzwanzig Stunden anmachen sollte. Gestern Abend hatte sie die laute Musik, das schummrige Licht, ihr Lederkleid und die High Heels ausspielen können – und den verzweifelten Wunsch, die vier Wände ihrer Penthouse-Suite zu verlassen, die sich wie ein Gefängnis angefühlt hatten.

Aber als sie nun in dem übergroßen Sweatshirt in der Küche saß und Kaffee trank, war von der sexy Verführerin, die die Waffen einer Frau zu nutzen wusste, irgendwie nicht mehr viel übrig.

Gleichzeitig war ihr klar, dass sie es wie wahnsinnig bereuen würde, wenn sie Marcus verließe, ohne zumindest probiert zu haben, ihn zu verführen.

Eine Nacht. Sie verdiente eine Nacht mit einem Mann wie diesem, oder? Nur weil sie in der vergangenen Nacht alles vermasselt hatte, indem sie eingeschlafen war, bedeutete das nicht, dass sie aufgeben sollte. Wenn sie in ihrer Musikkarriere so schnell aufgegeben hätte, dann wäre sie nie über ein paar Auftritte in Cafés und Karaokebars hinausgekommen.

Wenn sie tatsächlich noch eine weitere Nacht miteinander verbringen würden, müsste sie ihm sagen, wer sie war. Das war ihr bewusst. Verdammt, eigentlich musste sie es ihm sowieso sagen. Wie ungerecht wäre es, wenn sich ihre Wege trennten und Freunde oder die Familie ihn fragen würden, warum er ihnen nicht verraten habe, dass er Nicos neueste Flamme war?

Auf diesen Teil der Unterhaltung freute sie sich nicht gerade. „Ich werde noch ein paar Nächte in der Stadt sein", begann sie. Dann hob sie wieder den Becher an den Mund und trank den Rest des köstlichen Kaffees aus, den er für sie gekocht hatte.

Seine Miene war unergründlich. Sie hatte keine Ahnung, was er zu ihrer erneuten Anmache sagen würde. Doch sie wusste, dass sie es tun musste, weil sie sich sonst immer wie ein Feigling fühlen würde.

Ihr Hals war wie zugeschnürt und trocken, als sie die Stille durchbrach. „Ich muss in ein paar Minuten los, aber ich habe mich gefragt, ob du Lust hättest, dich heute Abend noch mal mit mir zu treffen?"

Sie hätte schwören können, Feuer in seinen Augen auflodern zu sehen. Das Feuer, das keiner von ihnen beiden hatte eindämmen können. *Oh, bitte, bitte, bitte – mach, dass er Ja sagt!* Denn nachdem sie nun diese Frage gestellt und damit zugegeben hatte, was sie wollte – nämlich ihn –, konnte sie den Gedanken nicht ertragen, eine Absage zu bekommen.

„Wie alt bist du, Nicola?", erkundigte er sich, statt ihrem Angebot, sie wiederzusehen, direkt zuzustimmen.

„Fünfundzwanzig." Sie versuchte, nicht zu trotzig zu klingen, obwohl sie ahnte, dass es kein gutes Zeichen sein konnte, wenn er sich nach ihrem Alter erkundigte.

„Ich bin sechsunddreißig." Er erhob sich von seinem Barhocker, nahm die leeren Kaffeebecher und ging zur Spüle. „Ich hätte gestern Abend nicht in dem Club sein sollen." Seine leicht hochgezogenen Schultern zeigten seine Anspannung. „Ich hatte mich über jemanden geärgert und gedacht, ich könnte darüber hinwegkommen, indem ich in einen Club gehe und irgendeine Frau mit nach Hause nehme, um Sex zu haben."

Es war das erste Mal, dass einer von ihnen beiden das Wort tatsächlich aussprach.

Sex.

Eine Silbe, drei kleine Buchstaben, ein Knistern in der Luft. Sie wollte ihn nun mehr als je zuvor, obwohl er das Wort offensichtlich benutzte, um sich zurückzuziehen. Er wollte Gründe benennen, warum es keine gemeinsame Nacht geben könnte.

Ihre Eltern hatten ihr immer gesagt, sie sei ein stures Kind gewesen. Als Erwachsene hatte sich daran nichts geändert. Wenn überhaupt, hatten ihre Erfahrungen im Musikbusiness, die Zurückweisungen und das ständige Aufrappeln nach dem Straucheln sie nur noch eigensinniger gemacht.

„Ich hatte auch meine Gründe", gab sie zu.

Diese Gründe hatten sich inzwischen allerdings geändert. In der letzten Nacht hatte sie sich etwas nehmen wollen, von dem alle anderen glaubten, sie hätte es längst.

Heute Morgen interessierten sie die anderen nicht. Plötzlich machte sie sich keine Gedanken mehr darüber, was Fremde von ihr hielten. Jetzt wollte sie Marcus ganz für sich allein.

„Selbst wenn ich nicht zu alt für dich wäre ..."

Nicola unterbrach ihn. „Wir sind beide erwachsen."

Er drehte sich zu ihr um. Sein Blick glitt über sie – von Kopf bis Fuß – und sie wusste, dass er das viel zu große Sweatshirt betrachtete, das ihr bis über die Knie reichte.

Obwohl sie ohne Make-up richtig jung aussah, reckte sie beinahe trotzig das Kinn. „Gestern Abend war ich anscheinend alt genug für dich", entgegnete sie.

Er presste die Kiefer aufeinander. „Gestern Abend war ein Fehler. Und wenn du nicht eingeschlafen wärst, dann wäre es ein richtig großer Fehler geworden."

Wow.

Das tat weh.

Als sie nun von ihrem Barhocker rutschte, musste sie sich abwenden, damit Marcus nicht sah, wie sehr seine Worte sie verletzt hatten. Sie hatte angenommen, die Jahre in der Musikbranche hätten sie zu einem Profi gemacht, an dem Ablehnung und Zurückweisung einfach abprallten.

Jetzt stellte sich heraus, dass sie noch längst nicht so weit war, wenn ein paar Worte von Marcus sie so tief trafen.

„Nicola."

Sie wandte sich nicht zu ihm um, als er ihren Namen sagte, sondern ging auf die Couch zu, wo sie hoffte, ihre Schuhe und ihre Handtasche zu finden. Auf dem Weg zum Sofa zog sie das Sweatshirt aus. Es spielte keine Rolle mehr, wie viel Haut sie zeigte oder wie lächerlich und unpassend ihr Lederdress bei Tageslicht aussah.

Sie wollte einfach nur noch verschwinden und sich in ihre Arbeit vergraben, wie sie es auch schon in den vergangenen sechs Monaten getan hatte.

Sie bückte sich gerade, um ihre Schuhe aufzuheben, als Marcus ihr zuvorkam.

„Es ist nicht deine Schuld", sagte er. Seine tiefe Stimme glitt über ihre Haut, als würde er sie mit seinen Händen streicheln. „Nichts, was passiert ist oder eben nicht, ist deine Schuld."

Sie streckte die Hand aus und nahm sich zusammen, damit sie nicht zitterte. „Kann ich bitte meine Schuhe haben?"

Ein paar Sekunden lang war sie sich nicht sicher, ob Marcus sie ihr geben würde. Aber nach einem kurzen Zögern reichte er ihr die Schuhe schließlich.

Sie passte auf, dass ihre Fingerspitzen sich nicht berührten, als sie die Schuhe entgegennahm, und setzte sich dann auf eine Ecke des Couchtisches, um ihre High Heels anzuziehen. Irgendwie würde sie es schaffen, sich lange genug zusammenzureißen, um von hier fortzugehen wie eine Frau, der es egal war, ob ein Mann sie nun attraktiv fand oder nicht. Es gab genügend andere Männer, die sie wollten. Eines Tages, wenn sie sich wieder einmal dumm und leichtsinnig genug fühlte, würde sie einen von ihnen finden.

„Du bist wunderschön, Nicola."

Sie war sich sicher gewesen, dass er nichts sagen könnte, um sie davon abzuhalten, das Haus so schnell wie möglich zu verlassen.

Nichts, bis auf genau diese Worte.

„Als du gestern Nacht geschlafen hast, ging mir immer wieder durch den Kopf, wie schön du bist. Ich kann kaum glauben, dass du ausgerechnet mit mir nach Hause gegangen bist."

Es ging nicht anders: Sie musste ihn anstarren, während er sich mit der Hand übers Gesicht fuhr. Und sie konnte nicht verhindern, dass ihr Herz heftig und schnell schlug, als er hinzufügte: „Ich sollte dir das eigentlich nicht sagen. Doch es ist die Wahrheit, und ich kann nicht zulassen, dass du etwas anderes annimmst. Gestern Abend habe ich mir eingeredet, dass ich mit einer Fremden schlafen könnte und mir ihre Gefühle völlig egal wären." Eindringlich blickte er sie an. „Ich weiß nicht viel über dich, aber es fühlt sich nicht an, als wärst du eine Fremde für mich, Nicola."

Hoffnung keimte in ihr auf. „Mir geht es genauso", sagte sie leise.

Als sie dieses Mal instinktiv nach seiner Hand griff, machte sie keinen Rückzieher, sondern ließ es geschehen. Sie verschlang ihre Finger mit seinen. Wieder erfüllte sie dieses Glück, das sie schon empfunden hatte, als sie Hand in Hand mit ihm und an ihn gekuschelt aufgewacht war.

„Du hast recht", sagte sie. „Wir kennen einander noch nicht gut. Doch ich weiß, dass ich mich bei dir wohlfühle. Und dass du dich gestern Nacht wie der perfekte Gentleman verhalten hast." Sie erhob sich vom Couchtisch und stand so dicht vor Marcus, dass ihre Brüste ihn fast berührten. „Wenn wir es noch einmal versuchen würden, könnten wir sehen, wie es wäre, wenn du nicht mehr der perfekte Gentleman bist."

Das Verlangen in seinen Augen wuchs, und sie konnte den Beweis seiner Begierde an ihrem Körper spüren, als sie noch einen kleinen Schritt näher trat.

„Ich habe gerade eine Beziehung beendet. Darum bin ich nicht auf der Suche nach einer neuen Freundin."

Aha. Deshalb war er also am Abend zuvor in den Club gekommen, um sich eine Frau für eine Nacht zu suchen.

„Ich bin auch nicht auf der Suche nach einer Beziehung", versicherte sie entschieden. „Ich schwöre es." Sie legte seine Hand auf ihre Hüfte. „Eine Nacht. Das ist alles. Ich will erleben, wie es ist, von dir berührt zu werden." Sie stellte sich in ihren High Heels auf die Zehenspitzen, um noch ein wenig größer zu sein, und war nur noch ein paar Zentimeter von seinem Mund entfernt. „Nur eine Nacht, um herauszufinden, wie es ist, von dir geküsst zu werden."

Sie konnte seinen Kuss beinahe schmecken und ahnte, wie sehr er es sich wünschte, sich vorzubeugen und ihr Angebot anzunehmen. Sie schloss die Augen und spitze erwartungsvoll die Lippen, als sie plötzlich einen kühlen Luftzug spürte. Marcus hatte sie losgelassen und war zurückgewichen.

„Es wäre für uns beide das Beste, wenn wir nicht so weit gehen würden."

Wut und Scham ergriffen sie. Es war schon schlimm genug gewesen, einmal abgewiesen zu werden.

Aber zweimal?

„Du kennst mich nicht gut genug, um dir sicher zu sein, was das Beste für mich wäre!"

Und offen gestanden war sie inzwischen zu wütend, um ihm zu sagen, wer sie wirklich war. Er würde es auf die harte Tour herausfinden, indem er seinen Computer einschaltete oder ein Magazin aufschlug und die Fotos von sich und ihr beim Verlassen des Clubs entdeckte. In Hochglanz. Ach, wie sie sich wünschte, sein Gesicht zu sehen, wenn er begriff, mit wem er da beinahe geschlafen hätte.

„Du hast recht." Ein Muskel zuckte an seinem Kinn. „Ich weiß nur, dass du wunderschön bist – und zu jung und zu süß, als dass ich irgendetwas mit dir anfangen würde. Ich habe gestern einen Fehler gemacht, und ich werde ihn jetzt nicht noch verschlimmern."

Jung.
Süß.
Fehler.
Sie würde sich gleich übergeben.

Und sie hatte geglaubt, sie würde es bereuen, wenn sie nicht den Mut aufbrachte, ihn zu bitten, die Nacht mit ihr zu verbringen. Wie blöd von ihr. Und dummerweise war sie sich viel zu sicher gewesen, dass er sofort auf die Möglichkeit anspringen würde, doch noch mit ihr zusammen zu sein.

Denn wann hatte irgendjemand zuletzt *Nico* eine Abfuhr erteilt?

Tja, nur war sie im Augenblick leider nicht der berühmte Popstar. Im Augenblick war sie nur eine Frau, die einen Mann wollte.

Einen Mann, den sie offensichtlich nicht haben konnte.

Für ihn war sie nämlich nur der viel zu junge, viel zu süße Fehler.

Sie wandte sich von ihm ab, zog ihr Handy aus der Tasche und rief sich ein Taxi. Sie gab dem Taxifahrer die Adresse, die Marcus am Abend zuvor genannt hatte. Nachdem sie aufgelegt hatte, war sie versucht, wie das kleine Mädchen, für das er sie hielt, aus dem Haus zu stürmen. Es war so viel schwieriger, die Situation hoch erhobenen Hauptes und wie eine Erwachsene zu ertragen.

Aber genau das würde sie verdammt noch mal tun.

Sie lächelte aufgesetzt und drehte sich zu ihm um. „Danke, dass du meine Lage gestern Abend nicht ausgenutzt hast", sagte sie höflich.

Wieder verhärtete sich der Muskel an seinem Kinn. „Du musst dich nicht bei mir bedanken."

Sie zuckte die Achseln, und der Teufel in ihr brachte sie dazu zu sagen: „Sicherlich muss ich das. Ich hätte im Bett von irgendeinem Kerl aufwachen können, schmutzig und vollkommen erschöpft von einer Nacht voller Sex. Stattdessen bin ich noch immer süß und unberührt und wundervoll ausgeschlafen." Sie zog die Mundwinkel noch höher, auch wenn das Lächeln falsch war. „Dank dir. Dem perfekten Gentleman." Sie streckte die Hand aus. „Auf Wiedersehen, Marcus."

Er betrachtete einen Moment lang ihre ausgestreckte Hand, ehe er sie ergriff.

Oh, oh. Sie hätte sich die Sache mit dem Händeschütteln besser überlegen sollen, hätte nicht vergessen dürfen, dass ihr Körper jedes Mal in Flammen stand, wenn sie einander berührten.

Denn er hatte das unheimliche Talent, ihr Innerstes zum Schmelzen zu bringen.

„Verdammt", stieß er hervor. „Ich sollte dich nicht so sehr wollen."

Sie hatte kaum begriffen, was er gerade gesagt hatte, als er sie unvermittelt an sich zog und leidenschaftlich küsste.

Der Kuss – ihr erster Kuss – war anders als alles, was sie bisher erlebt hatte. Sein Verlangen, seine enttäuschte Begierde, alles, was er sich versagte, indem er sie nun gehen ließ, lag in diesem Kuss.

Er küsste sie nicht zärtlich und sanft, erkundete nicht mit vorsichtiger Neugier ihren Mund. Stattdessen nahm er sich, was er wollte … Und er gab ihr etwas, von dem sie nicht einmal eine Ahnung gehabt hatte, wie sehr sie sich danach sehnte.

Nicola hatte gern die Kontrolle über alles, brauchte diese Sicherheit – vor allem nach Kennys Betrug. Doch zum ersten Mal seit Langem ließ sie sich einfach fallen und gab sich einem Mann hin, der genau wusste, was er tat.

Mit der Zunge massierte er ihre, er knabberte an Nicolas Unterlippe, und sie hörte sich selbst wie aus weiterer Ferne aufkeuchen und leise stöhnen.

Und so schnell, wie der Kuss begonnen hatte, endete er auch.

„Verflucht. Das wollte ich eigentlich nicht." Auf seinem Gesicht lag ein frustrierter Ausdruck. „Du musst gehen, Nicola. Sofort."

Verwirrt blinzelnd sah sie ihn an und wollte ihm sagen, dass ihr erster Kuss nicht das Ende sein könne. Nicht nach diesem unglaublichen Anfang. Aber als sie ihn anblickte, erkannte sie, dass er plötzlich vollkommen verschlossen wirkte.

Und sie erkannte, dass es keinen Sinn hatte, mit ihm zu reden.

Er war fertig mit ihr, wollte nichts mehr mit ihr zu tun haben.

Und sie musste es schaffen, genauso zu empfinden.

Glücklicherweise klopfte in diesem Moment der Taxifahrer an die Tür. Marcus und sie hatten weder ihre Nachnamen noch ihre Telefonnummern ausgetauscht. Sie hatte keine Ahnung, wie sie ihn erreichen sollte, außer vor der Tür seines Bruders aufzutauchen.

Das war's.

Ein endgültiger Abschied.

Auf keinen Fall würde sie dem Drang nachgeben, noch einen Blick zurück zu Marcus zu werfen. Sie drehte sich um und ging.

5. KAPITEL

Marcus konnte nicht aufhören, an Nicola zu denken.

Am Montagmorgen saß er im Konferenzraum eines Hochhauses in San Francisco, sah sich eine PowerPoint-Präsentation an, in die jemand viel Zeit und Mühe investiert hatte. Vor ihm auf dem Tisch lag ein Stapel von Dokumenten und Hochglanzbildern. Doch er konnte nur an eine fünfundzwanzigjährige Frau denken, die die schönsten Augen hatte, die er je gesehen hatte.

Seit er sie zum ersten Mal in dem Club entdeckt hatte, fand er sie umwerfend. So sexy in dem Lederkleid, die nackten Beine in den High Heels sonnengebräunt und schlank.

Doch am Samstagmorgen, als er sich in der Küche seines Bruders zu ihr umgedreht und sie ohne Make-up gesehen hatte, die Wangen zart gerötet, weil es ihr wahrscheinlich unangenehm gewesen war, bei Tageslicht mit ihm zu reden, hatte sein Herz scheinbar ein paar Schläge lang ausgesetzt.

Marcus' Vater hatte seinen Kindern liebend gern von dem Moment erzählt, als er ihre Mutter zum ersten Mal gesehen hatte. Sie hatte einen Modeljob in San Francisco gehabt. Es sei ihm vorgekommen, als hätte ein Blitz sein Herz getroffen, hatte Jack Sullivan immer jenen Zeitpunkt beschrieben, als er Mary erblickt hatte. Von diesem ersten Augenblick an habe er gewusst, dass er sie zu seiner Frau machen musste.

Marcus hatte so etwas noch nie erlebt. Nicht bis Freitagnacht. Und dann noch mal am Samstagmorgen, als Nicola ohne Make-up, barfuß und in dem riesengroßen Sweatshirt sogar noch schöner ausgesehen hatte als am Abend zuvor.

Was für eine Schönheit sie war. Und so jung.

Auch wenn sie schon fünfundzwanzig und damit nicht ganz so jung war, wie sie aussah, hatte er ein schlechtes Gewissen. Nicht nur wegen der Dinge, die er am Freitagabend fast mit ihr getan hätte. Sondern auch wegen der Dinge, die er *noch immer* mit ihr tun wollte, nachdem sie ihr aufreizendes Kleid verhüllt, ihr Make-up abgewaschen und ihm eröffnet hatte, wie alt sie war.

„… um es durch die Produktion zu bekommen. Marcus?", fragte der Mann, der ihm direkt gegenübersaß. „Wie hört sich das an?"

Er betrachtete die Gruppe von Männern und Frauen, die auf seine Entscheidung bezüglich der neuen Korken warteten, die sie vielleicht für den aktuellen Jahrgang benutzen wollten. Zum ersten Mal überhaupt wusste er keine Antwort auf ihre Frage. Denn er hatte nichts von dem gehört, was sie gesagt hatten.

Aus den Augenwinkeln bemerkte er, wie seine Assistentin Ellen ihn stirnrunzelnd ansah. Seine Unkonzentriertheit verwirrte sie offensichtlich. Glücklicherweise war sie so gut in ihrem Job, dass sie ihm schnell beisprang.

„Die Materialien, die sie verwenden, scheinen dem, was wir suchen, ziemlich nahe zu kommen", erklärte sie ihm. Sie hob ihr iPad, damit er die Tabellenkalkulation sehen konnte. „Natürlich sollten wir die Dokumente und meine Notizen sichten, ehe wir die Verträge unterschreiben."

Ellen hatte vor einigen Jahren im Verkaufs- und Verkostungsraum angefangen, für ihn zu arbeiten. Marcus war bald klar geworden, dass sie ein unglaubliches Händchen für die Kunden hatte, die vorbeikamen, um Weine zu verkosten. Gleichzeitig aber war sie jedoch zu klug und schnell im Kopf, um sie dort versauern zu lassen. Und wieder einmal bewies sie ihm, wie recht er gehabt hatte.

„Ja", stimmte Marcus ihr zu und überflog ihre klaren, übersichtlichen Notizen. „Die technischen Details sehen gut aus."

Sein Handy vibrierte, und er warf einen Blick aufs Display. Einen Moment lang hoffte er, es wäre Nicola, obwohl er wusste, dass es unmöglich war. Er hatte ihr seine Nummer nicht gegeben. Und er kannte ihre Nummer auch nicht.

Das hatte er absichtlich so gemacht, weil ihm klar gewesen war, dass er sonst sofort Kontakt zu ihr aufnehmen würde.

Vor allem nach dem Kuss.

Gott. Der Kuss.

Sie hatte so gut geschmeckt. Ganz leicht nach Kaffee und Zahnpasta, aber das hatte ihren eigenen süßen Geschmack nicht übertönen können.

Wie, fragte er sich seitdem in jeder einzelnen Sekunde, würde wohl ihre Haut schmecken? Nicht nur in ihrem Gesicht, an ihren Schultern, ihren Brüsten, sondern zwischen ihren Beinen, wenn sie nackt war und …

Das Gesicht seiner Schwester Lori tauchte auf dem Display seines Handys auf, und ihm wurde bewusst, dass es wieder passiert war: Er hatte wegen Nicola alles andere um sich herum vergessen.

„Entschuldigen Sie mich bitte. Diesen Anruf muss ich entgegennehmen", sagte er in die Runde, bevor er sich erhob und in den Flur hinausging.

Die Familie kam bei Marcus immer an erster Stelle. Jill hatte ihm das ständig vorgeworfen. Wenn einer seiner Brüder, seine Schwestern oder seine Mutter ihn brauchten, tat er alles, um für sie da zu sein. Schon vor dem Tod seines Vaters hatte auf seinen Schultern viel Verantwortung gelegen. Und nachdem sein Vater gestorben war, hatte diese Verantwortung noch weiter zugenommen.

„Hallo, Teufelchen", sagte er und benutzte den Spitznamen, den Chase Lori vor vielen Jahren gegeben hatte.

Er konnte sich vorstellen, was für ein Gesicht sie machte. Beinahe sah er den leicht missmutigen Ausdruck vor sich, der immer erschien, wenn man sie so nannte, obwohl sie inzwischen vierundzwanzig Jahre alt und kein kleines Mädchen mehr war. Doch obwohl sie protestierte, dass sie den Namen nicht mochte, wusste Marcus es besser. Lori gefiel es, dass die Leute glaubten, sie hätte Ecken und Kanten. Und sie hätte es gehasst, wenn sie wie ihre Zwillingsschwester Sophie „Engelchen" genannt worden wäre.

„Bist du noch immer in der Stadt?" Es hörte sich an, als würde sie sogar während des Telefonats tanzen. Ihre Worte klangen ein bisschen atemlos.

Er blickte aus dem Fenster des Hochhauses auf die belebten Straßen unter sich. Die Energie von San Francisco unterschied sich sehr von der im Napa Valley, wo sich sein Geschäft und sein Zuhause befanden. Er mochte sowohl die Stadt als auch das Land: Die Stadt befriedigte sein Verlangen nach Abwechslung und Aufregung, das Land bot ihm die Möglichkeit, zu entspannen und die Schönheit um sich herum zu genießen.

„Ich habe gerade mein letztes Meeting", sagte er zu seiner Schwester.

„Toll! Ich hatte gehofft, dass du das sagen würdest."

Loris Energie war selbst durch das Telefon fast mit Händen greifbar. Das Tanzen war der perfekte Job für sie, wenn man bedachte, dass ihre Kraft und ihr Schwung für zwei reichten. Wenn irgendjemand sie jetzt für anstrengend hielt, dann hätte derjenige sie als Kind erleben sollen. Sie war als Kleinkind und Schülerin der reinste Satansbraten gewesen. Ein süßer Satansbraten, der genau gewusst hatte, wann ein Lächeln angebracht war, um ein Ziel zu erreichen, oder wann Tränen erforderlich wurden, um keinen Ärger zu bekommen. Und bis heute war Lori eine Meisterin darin, ihre Zwillingsschwester Sophie dazu zu bringen, die Schwierigkeiten auszubügeln, in die ihr impulsives Verhalten sie gebracht hatte.

„Hast du Zeit, um vorbeizukommen und mich beim Videodreh zu besuchen, ehe du wieder ins Napa Valley abreist?"

Er hatte gewusst, dass sie in San Francisco mit einer Popsängerin zusammenarbeitete, für die sie die Choreografie für ein Video machte. Eigentlich hatte er auch vorgehabt, sie zu besuchen, falls er die Zeit fand, aber die Gedanken an Nicola hatten alles andere verdrängt.

„Das lasse ich mir nicht entgehen. Schick mir eine SMS mit der Adresse, und ich komme vorbei."

Ellen hatte hier alles im Griff. Und angesichts der Tatsache, dass er sich heute sowieso auf nichts konzentrieren konnte, würde das Meeting ohne ihn wahrscheinlich besser laufen.

Er beendete das Gespräch und ging zurück in den Konferenzraum. „Ich muss leider früher gehen, doch wie Sie bemerkt haben, kennt Ellen sich sehr gut aus und kann die Verhandlungen von hier an übernehmen. Wenn Sie Ellen für einen Moment entschuldigen würden? Dann gebe ich ihr meine Unterlagen."

Alle Anwesenden im Konferenzraum erhoben sich und schüttelten ihm zum Abschied die Hand. Eine Minute später stand Ellen mit ihm zusammen im Flur. „Ist alles in Ordnung? Du scheinst heute nicht ganz du selbst zu sein."

Sie hatte recht. So hatte er sich noch nie zuvor gefühlt. Noch nie hatte eine Frau seine Gedanken so sehr bestimmt. Ihm fiel ein, dass er genau genommen an Jill hätte denken sollen. Aber obwohl er noch immer wütend auf sie war, hatte er seit Freitagnacht nicht mehr an sie gedacht. Stattdessen ließen die

Erinnerungen an Nicolas Schönheit, ihre Anmut und an den heißesten Kuss, den er je in seinem Leben bekommen hatte, ihn keine Sekunde mehr los.

„Es ist alles in Ordnung." Das wäre es zumindest, wenn er wieder einen klaren Gedanken fassen könnte. Lori tanzen zu sehen und sich auf seine kleine Schwester zu konzentrieren, die er abgöttisch liebte, würde ihm dabei helfen, wieder zu sich zu finden. „Lori arbeitet gerade an einem aufregenden Projekt, und sie hätte mich gern dabei. Danke, dass du die Verhandlungen für mich übernimmst. Ich weiß, dass ich mich auf dich verlassen kann."

„Kein Problem, Chef", entgegnete Ellen und schenkte ihm ein so breites Lächeln, das ihm zeigte, wie sehr sie sich über sein Vertrauen in ihre Fähigkeiten freute. „Grüß deine Schwester von mir, ja?" Er wollte sich gerade umdrehen und gehen, als Ellen ihre Hand auf seinen Arm legte. „Und wegen deines Bruders Chase …" Sie schüttelte den Kopf, als sie ihm gestand: „Als er für das Fotoshooting auf dem Weingut war, ist nichts zwischen uns passiert."

Marcus wusste alles über den One-Night-Stand, den Chase und Ellen in der Nacht geplant hatten, als Chase Chloe im Regen neben ihrem kaputten Auto stehend aufgelesen hatte. Marcus war wütend auf seinen Bruder gewesen, weil der überhaupt mit dem Gedanken gespielt hatte, mit einer seiner besten und treuesten Angestellten eine Nacht zu verbringen. Doch wenn der Beinahe-One-Night-Stand mit Nicola am Freitagabend ihn etwas gelehrt hatte, dann, dass die Menschen nicht immer Vernunft walten ließen, sobald es um Sex ging.

„Das weiß ich", erwiderte er möglichst sachlich, um ihr die letzte Verlegenheit wegen der Sache zu nehmen. „Aber ich habe keinen Sinn darin gesehen, die Sache anzusprechen, wenn nichts passiert ist. Ich hoffe, du hast dir deshalb keine

Gedanken gemacht, Ellen. Dein Privatleben ist deine Sache. Du musst dich nicht verpflichtet fühlen, mir darüber Rechenschaft abzulegen."

Sie errötete zart. Er nahm an, dass es Erleichterung war. „Ich arbeite für dich, doch wir sind auch Freunde. Und ich hoffe, du kannst mir als Chef und Freund vergeben, dass ich meinen gesunden Menschenverstand kurz ausgeschaltet hatte. Obwohl", fügte sie mit einem frechen Funkeln in den Augen hinzu, „ich nicht sicher bin, ob es allein meine Schuld war. Immerhin kann man euch Sullivans nur schwer widerstehen."

Er lachte und war froh, dass zwischen ihnen alles geklärt war. „Solange meine Brüder nicht erfahren, dass du so denkst ... Sie sind sowieso schon eingebildet genug."

Lori schrieb ihm eine SMS, als er gerade auf dem Weg nach draußen war. *Hast du dich verirrt?*

Er musste über ihre Ungeduld grinsen und schrieb ihr zurück, dass er das Meeting gerade verlassen habe. Ohne Frage war sie genau der Mensch, den er jetzt sehen musste. Obwohl ihr Bruder Smith ein Filmstar war, hatte Lori den Auftrag, die Choreografie für das Video des Popstars zu machen, nicht über ihn ergattert. Sie hatte hart gearbeitet, um diesen Job allein zu bekommen, und Marcus war wie der Rest der Familie nicht nur unglaublich stolz auf ihr Talent, sondern auch auf ihre Leidenschaft und Hingabe.

Lori und er hatten schon immer eine besondere Bindung gehabt, und er freute sich, dass sie ihn gebeten hatte, ihr bei der Arbeit zuzusehen.

Es war die Gelegenheit, Nicola zu vergessen.

Nicola hob die Wasserflasche an die Lippen und nahm einige kräftige Züge. Sie alle hatten in der Vorbereitung für den Dreh, der am nächsten Tag beginnen sollte, hart gearbeitet.

Ein Video zu drehen war teuer, und sobald die Kameras liefen, explodierten die Kosten förmlich. Nicola und die anderen Tänzer mussten also auf den Punkt vorbereitet sein, wenn der Regisseur ankam.

Während der Proben am Freitag hatte sie das Gefühl gehabt, so weit zu sein.

Heute jedoch war das Training die reinste Katastrophe gewesen.

Sie konnte sich nicht konzentrieren. Nicht nach dem Telefonanruf, den sie von ihrer Pressesprecherin bekommen hatte. Nicola hatte Sandra gebeten, sie über alle Fotos zu informieren, die sie und welchen Mann auch immer an ihrer Seite zeigten, damit sie sich auf eventuelle Fragen einstellen konnte.

Nach einem langen Wochenende, das sie im Hotel verbracht und Song um Song geschrieben hatte – von denen keiner für eine Aufnahme taugte –, war sie mehr als froh gewesen, wieder ins Tanzstudio gehen zu können. Doch dann hatte Sandra sie übers Handy erreicht, als sie gerade aus dem Hotel gekommen war. „Ich habe gerade Fotos von dir entdeckt", hatte sie gesagt. „Du bist mit einem Kerl, den ich nicht kenne, beim Verlassen eines Clubs zu sehen."

Nicola hatte damit gerechnet, dennoch hatte ihr Herz scheinbar einen Schlag lang ausgesetzt. Vor allem, weil sie ihn nicht gewarnt hatte, dass er in der nächsten Zeit eventuell mit unerwarteten Nachrichten zu rechnen habe. Marcus' Abfuhr hatte ihren Stolz ziemlich angeschlagen, und sie war viel zu aufgewühlt gewesen war, um ihm ihre wahre Identität zu verraten.

Sie hatte es vermasselt – und zwar richtig. Und was noch schlimmer war: Sie hatte nicht einmal das Vergnügen erlebt, das sie sich erhofft hatte … Nur der angeknackste Stolz war ihr geblieben.

„Wie schlimm sind die Bilder?" Sie hatte einfach fragen müssen, auch wenn sie es genau genommen nicht hatte wissen wollen.

„Glücklicherweise sind es Amateurbilder", hatte Sandra entgegnet. „Eure Gesichter sind zu verschwommen, als dass irgendein Magazin sie drucken würde. Deshalb sind sie dieses Wochenende auch nicht in den Medien aufgetaucht. Du solltest in Zukunft aber etwas vorsichtiger sein."

Wem sagst du das, hatte Nicola gedacht. Nachdem sie der Katastrophe nur knapp entgangen war, würde sie von jetzt an der vorsichtigste Mensch auf Erden sein …

Doch während sie nun die komplizierte Choreografie wieder und wieder durchgingen, konnte sie die Gedanken an die Nacht und den Morgen mit Marcus einfach nicht aus ihrem Kopf verdrängen.

Der Text von *One Moment* war auch nicht gerade hilfreich.

All it took was one moment
One look in your eyes
One taste of your lips
To know that you were the one

Es brauchte nur einen Moment
Nur einen Blick in deine Augen
Nur einen Kuss deiner Lippen
Um zu wissen, dass du der Richtige warst

An dem Nachmittag, als sie den Song geschrieben hatte, hatte sie Cole Porters *From This Moment On* gehört. Damals war ihr Leben noch voller Sonnenschein und Schmetterlinge gewesen und sie hatte geglaubt, die wahre Liebe wäre ein weiteres schönes Geschenk, das um die Ecke auf sie wartete. Sie hatte *One Moment* als Ode an diese zukünftige Liebe geschrieben und sogar Samples aus dem Klassiker von Cole Porter verwendet. Ihr Plattenlabel hatte das Lied von Anfang an geliebt und es als frisch und eingängig bezeichnet. Dass die Firma auch die Rechte an den Liedern von Cole Porter besaß, war ebenfalls hilfreich gewesen. Die Plattenbosse hatten gehofft, durch den neuen Song auch die Verkäufe der alten Klassiker anzukurbeln.

Nach dem unschönen Ende der Beziehung zu Kenny hatte sie den Song nicht mehr einspielen wollen. Sie war sich so dumm vorgekommen, an einen Moment, an einen Kuss, an eine Berührung geglaubt zu haben, die alles verändern konnten. Aber ihre Plattenfirma hatte darauf bestanden, das Lied als erste Singleauskopplung zu verwenden. Und Nicola hatte gewusst, dass es richtig war. Sie hatte nicht zulassen dürfen, dass Kenny und alles, was er getan hatte, ihr die Freude an der Musik nahmen. Also hatte sie das Lied aufgenommen und ihr Herz und ihre Seele hineingelegt.

Doch obwohl sie vor Monaten diese Hürde genommen hatte, stand sie heute vor einer neuen.

Sie konnte nicht aufhören, an Marcus zu denken, sobald sie den Refrain hörte.

Sie konnte nicht aufhören, sein Gesicht vor sich zu sehen, konnte nicht aufhören, seine Hände zu spüren, die ihre hielten.

Und sie konnte nicht aufhören, von seinem Kuss ganz aufgewühlt und durcheinander zu sein.

Ihre Tänzer hatten eine dreißigminütige Kaffeepause bekommen, ehe sie zurückkehren und noch eine weitere Stunde versuchen sollten, die Choreografie endlich auf die Beine zu stellen. Nicola wusste, wie enttäuscht und genervt alle von ihr sein mussten. Sie hatte nie vorgehabt, eine tolle Tänzerin zu werden, und deshalb das Tanzen nicht so intensiv geübt wie die anderen. Aber sie hatte sich immer gern zur Musik bewegt und im Laufe der Jahre einige gute Schritte und Bewegungen gelernt.

Heute allerdings merkte man davon nicht allzu viel.

Selbst Lori, ihre lustige und immer positiv eingestellte Choreografin, wirkte frustriert.

Der Klang von Loris Lachen fesselte Nicolas Aufmerksamkeit. Zu Beginn des Trainings hatte Lori sie gefragt, ob sie ihren Bruder einladen dürfe, damit er ihr ein bisschen zusehen könne. Nicola war schon lange genug im Geschäft, dass es ihr egal war, wie viele Menschen ihr bei der Arbeit oder bei den Proben zusahen.

An der Art, wie die Choreografin zu strahlen begann, wenn sie von ihm sprach, konnte Nicola sehen, wie sehr Lori ihren Bruder liebte. Nicht, dass Lori jemals nicht strahlte. Sie hatte immer ein Lächeln auf den Lippen und ein Funkeln in den Augen. Abgesehen davon, dass sie eine geniale Choreografin war, hatte sie eine Warmherzigkeit an sich, die Menschen in ihren Bann zog.

„Gute Neuigkeiten", sagte Lori, als sie lächelnd durch den großen Tanzsaal zu ihr kam. „Mein großer Bruder kommt hierher."

„Toll", entgegnete Nicola und bemühte sich, begeistert zu klingen, auch wenn sie sich den ganzen Tag lang schon niedergeschlagen fühlte.

Doch Lori konnte sie nichts vormachen. „Ernsthaft, Nico, du solltest mir ehrlich sagen, ob du ihn dabeihaben willst oder nicht. Ich kann mich auch später mit ihm treffen."

Nicola schüttelte den Kopf und zwang sich zu einem etwas überzeugenderen Lächeln. „Es macht mir wirklich nichts aus."

Lori runzelte die Stirn. „Ist alles in Ordnung?"

„Ich weiß, dass ich schon den ganzen Tag schlechte Leistungen bringe. Tut mir leid."

Lori streckte den Arm aus und legte die Hand auf Nicolas Arm. „Nein, du machst das ganz toll. Aber du scheinst …" Sie hielt inne. „… irgendwie traurig zu sein."

Nicola hätte sich eigentlich davor hüten sollen, mit einem Mitarbeiter über ihr persönliches Leben zu reden, doch Lori schien anders zu sein als die meisten Menschen, mit denen Nicola zusammenarbeitete. Netter. Aufrichtiger.

So wie Marcus.

Obwohl sie den Mund hätte halten sollen, ertappte sie sich dabei, wie sie sagte: „Ich habe Freitagabend einen Mann kennengelernt."

Lori riss die Augen auf. „Einen heißen Typ?"

Nicola musste lächeln. „Ja. Sehr heiß sogar." Irgendwie fühlte sie sich dazu veranlasst, fortzufahren. „Es ist allerdings nichts passiert. Außer dass ich eingeschlafen bin, bevor wir uns auch nur geküsst haben."

„Oh", erwiderte Lori und war offensichtlich überrascht. „Wie hat er es aufgenommen?"

„Gut eigentlich. Er hat mir am nächsten Morgen Kaffee gekocht." Und dann hatte er ihr erklärt, dass sie zu jung und süß für ihn sei.

„Kaffee? Das ist alles?"

Sie seufzte. „Genau genommen hat er mich geküsst. Ein Mal."

„Und?"

„Und es war umwerfend."

„Umwerfend ist gut, oder?"

„Nicht, wenn direkt danach der Abschied folgt", entgegnete Nicola.

Lori wirkte verwirrt. „Warte mal. Er hat dich geküsst, und das war es dann?"

„Ja. Und aus irgendeinem Grund lässt mich die ganze Sache nicht mehr los. Es tut mir wirklich leid, Lori. So bin ich normalerweise nicht. Vor allem nicht bei einem Typen, den ich gerade erst kennengelernt habe und nie mehr wiedersehen werde."

Weil Lori eine ganze Weile schwieg, geriet Nicola in Panik. Was hatte sie sich nur dabei gedacht, ihre Geheimnisse mit jemandem zu teilen, der im Grunde genommen immer noch ein Fremder war? Hätte sie als gebranntes Kind das Feuer nicht scheuen sollen?

„Hör mal, ich hätte gar nicht davon anfangen sollen …"

Ehe sie ihren Gedanken zu Ende bringen konnte, schlang Lori die Arme um sie. „Ich kann das total verstehen. Männer sind manchmal echt mies", sagte sie. Als sie sich von Nicola löste, sah sie ein bisschen schuldbewusst aus. „Es gibt etwas, das ich dir schon längst hätte sagen müssen. Ich bin mit Smith Sullivan verwandt."

„Oh. Wow." Nicola hatte Smith im Laufe der letzten Jahre auf ein paar Events der Branche getroffen. Irgendetwas regte sich in ihrem Gedächtnis. „Wenn du seine Schwester bist, hast du dann nicht ungefähr ein Dutzend Geschwister?"

Lori lachte. „Nicht ganz. Wir sind acht. Obwohl ich mir sicher bin, dass es sich für meine Mutter manchmal wie zwölf angefühlt hat."

Eines verstand Nicola nicht. „Warum wolltest du nicht, dass ich das weiß?"

„Ich wollte den Job nicht nur bekommen, weil ich ihn kenne."

„Das hätte ich nie getan."

„Das weiß ich jetzt auch", entgegnete Lori. „Es tut mir leid, dass ich nicht offener war."

Nach der vergangenen Nacht konnte Nicola sich die Königin der Verschlossenheit nennen. „Mach dir darüber keine Gedanken, Lori. Es spielt wirklich keine Rolle, mit wem du verwandt bist."

Lori grinste. „Wenn der Kerl, den du neulich kennengelernt hast, nicht begreift, wie toll du bist und wie froh er sein kann, dass du dich sogar von ihm hast küssen lassen, dann verdient er es sowieso nicht, mit dir zusammen zu sein."

Nicola erwischte sich dabei, wie sie die Tränen zurückhalten musste. Die Menschen waren immer nett zu ihr. Weil sie ein Star war. Weil sie Macht in einer Industrie versprach, die nach Macht strebte und dadurch aufblühte. Und weil sie etwas wollten, von dem sie glaubten, dass Nicola es für sie erreichen könnte.

Aber selten war jemand *einfach nur so* nett zu ihr.

Die Türklingel ging, und Nicola schätzte, dass die Tänzer von ihrer Pause zurückkehrten. Sie stand auf und ging zu der Stange an der verspiegelten Wand, um sich warm zu machen, bevor sie mit dem Training fortfuhren.

Sie dehnte sich gerade, den Kopf auf ihrem Knie, als sie Lori vor Freude juchzen hörte. „Wow, da bist du ja!"

Nicola lächelte und wollte gerade den Kopf heben, um sich den Mann anzusehen, den Lori so offensichtlich vergötterte, als sie die Stimme hörte, die durch ihren ganzen Körper zu vibrieren schien. „Hier entstehen also die Wunder?"

O Gott.

Marcus war Loris großer Bruder?

6. KAPITEL

Nein.

Auf keinen Fall.

Marcus versteifte sich in der Umarmung seiner Schwester, nachdem er die einzige Person entdeckt hatte, die außer ihnen noch in dem Raum war.

Nicola.

Was zur Hölle tat sie denn hier?

Ihrem Outfit nach zu urteilen, das aus einem abgeschnittenen Tanktop und engen Shorts bestand, war sie Tänzerin. Typisch für ihn, dass ausgerechnet sie eine von Loris Tänzerinnen sein musste.

Doch er empfand es keineswegs als Pech, sie so unvermutet wiederzutreffen.

Denn egal, wie oft er sich gesagt hatte, es sei richtig gewesen, sich am Samstagmorgen von ihr zu trennen, war es ihm noch nicht gelungen, das auch zu glauben. Sein Körper und sein Geist waren in dieser Sache vollkommen unterschiedlicher Meinung.

Den ganzen Tag und die ganze Nacht lang hatte er nach ihrem einzigen Kuss das Bedürfnis verspürt, eins mit ihr zu werden.

Er hatte schon Freitagnacht in dem Lederkleid gesehen, wie gut ihre Figur war. Doch jetzt überließ der dünne, elastische Stoff, der ihre wunderschönen Kurven bedeckte, fast nichts mehr der Fantasie.

Gott, war das eine Schweißperle, die zwischen den Brüsten ihren Körper hinabrann?

Lori löste sich ein wenig aus seiner Umarmung, und er zwang sich dazu, den Blick von Nicola zu wenden. Seine kleine Schwester schaute ihn an – eindringlicher und prüfender als sonst.

„Sind deine Meetings heute gut gelaufen? Du wirkst ein bisschen angespannt."

Er riss sich zusammen, um seine Aufmerksamkeit auf seine Schwester zu richten und nicht nach der Frau zu sehen, die vor dem Spiegel stand. „Es lief alles gut."

Lori runzelte die Stirn, als sie seine knappe Antwort hörte. Der Weinanbau hatte sie immer fasziniert, und Marcus sprach normalerweise immer bereitwillig mit ihr über alles, was das Geschäft betraf. Nicht nur, weil sie neugierig darauf war, sondern auch, weil sie gute Ideen hatte. Wenn sie nicht Karriere als Tänzerin und Choreografin hätte machen wollen, dann hätte er sie aus dem College direkt bei sich eingestellt.

„Irgendetwas stimmt nicht." Es war keine Frage. „Im Moment habe ich keine Zeit, aber später werde ich dich dazu bringen, es mir zu erzählen." Sie ließ eine seiner Hände los und zog ihn am Arm zu Nicola, die sie aufmerksam beobachtet hatte. „Komm her. Ich kann es nicht erwarten, dich Nico vorzustellen."

Nico?

Irgendetwas klingelte bei ihm – etwas, das er bereits seit Freitagabend hätte wissen sollen. Allerdings war er so überrascht und durcheinander, die Frau wiederzusehen, an die er das ganze Wochenende hatte denken müssen, dass er es im Moment nicht begreifen konnte.

„Nico, das hier ist mein Bruder Marcus."

Nicola – *Nico* klang in seinen Ohren einfach nicht richtig, auch wenn seine Schwester sie voller Überzeugung so nannte – hatte die Stange vor dem Spiegel so fest umklammert, dass ihre Knöchel weiß hervortraten. Sie wirkte etwas blass, und sie gab sich keine Mühe, das Entsetzen zu verbergen, das sie bei Marcus' Anblick ergriffen hatte.

Ein schlechtes Gewissen packte ihn. Sie war ein Risiko eingegangen, als sie ihn um eine zweite Nacht gebeten hatte. Und er hatte sie eiskalt abgewiesen. Abgesehen von dem Kuss, der alles andere als eiskalt gewesen war.

Nun stand er hier und platzte in ihr Tanztraining.

Ihn zu sehen war bestimmt das Letzte, was sie wollte.

Lori blickte mit einem völlig verwirrten Gesichtsausdruck zwischen den beiden hin und her. Ihm war klar, dass er etwas unternehmen musste, ehe seine Schwester begriff, wie kompliziert die ganze Situation war. Also reichte er Nicola die Hand. „Nett, dich kennenzulernen", sagte er.

Nicola starrte eine ganze Weile seine Hand an, bevor sie ihn mit ihren großen Augen, die ihn schon die ganze Zeit zu verfolgen schienen, ansah. Ihre Bewegungen wirkten abgehackt, beinahe mechanisch, als sie sich schließlich von der Tanzstange löste und seine Hand ergriff.

„Hallo." Sie räusperte sich und zog ihre Hand wieder zurück. „Freut mich auch, dich kennenzulernen."

Das Schweigen hing unangenehm drückend zwischen ihnen. „Wie lange arbeitet ihr beide schon zusammen?"

Lori warf ihm wieder einen ungläubigen Blick zu. „Du weißt doch, dass wir uns hier seit ein paar Tagen auf den Videodreh vorbereiten."

Gut, dann musste Nicola eine von ihren neuen Tänzerinnen sein. Aber bevor er eine weitere Frage stellen oder Small Talk machen konnte, damit Nicola sich etwas entspannte, kam eine große Gruppe Leute durch die Tür. Er erkannte die meisten der Männer und Frauen wieder – mit vielen hatte Lori schon in der Vergangenheit zusammengearbeitet. Die Tänzerinnen und Tänzer hoben grüßend die Hände.

„Hast du Wein für uns dabei, Marcus?"

Er lächelte, auch wenn ihm nicht danach zumute war. Nicola sah ihn noch immer so an, als wäre ihr sein Auftauchen im Tanzstudio ganz und gar nicht recht.

„Ich werde dafür sorgen, dass ihr am Ende eine Kiste bekommt", versprach er. Er wandte sich Lori zu. „Sieht so aus, als müsstest du weitermachen. Ich verschwinde dann mal."

Sie legte ihre Hand auf seinen Arm. „Ich wollte, dass du bleibst und mir zusiehst." Dann warf sie Nicola einen Blick zu. „Es ist doch in Ordnung, dass er hierbleibt, oder?"

Unsicher strich sich Nicola mit der Zunge über die Lippe. Und dann lächelte sie, wobei das Lächeln ebenso aufrichtig wirkte wie das, das er gerade den Tänzern zugeworfen hatte.

„Na klar." Ihr Lächeln wurde breiter. Es wirkte fast wie eine Grimasse. „Dein Bruder sollte sehen, welche Wunder du hier vollbracht hast, Lori." Schließlich sah sie ihn an. Als ihre Blicke sich trafen, konnten sie die Augen nicht mehr voneinander lassen. „Deine Schwester ist unglaublich gut", fuhr Nicola schließlich fort.

Nicola war so wunderschön und wirkte so verdammt verletzlich, wie sie jetzt vor ihm stand, dass er sich sehr zusammenreißen musste, um ihr antworten zu können. „Ich weiß."

Viel zu lange standen sie voreinander und starrten einander wortlos an.

„Komm, setz dich hier hin, damit dir niemand aus Versehen den Fuß ins Gesicht schleudert", hörte er wie von Weitem Loris Stimme.

Jemand stellte die Musik an, während Lori und Marcus den Raum durchquerten. „Marcus, was ist los? Ich hätte nicht gedacht, dass du dich in ihrer Gegenwart so benimmst", zischte sie.

Marcus erwiderte das Stirnrunzeln seiner Schwester. Hatte Nicola seiner Schwester erzählt, dass sie ihn getroffen hatte?

Hatte sie ihr erzählt, dass sie in Smiths Haus gewesen waren und sie auf seinem Schoß eingeschlafen war?

Nein. Lori hätte so etwas niemals für sich behalten können. Sie hätte ihn sofort angerufen, um zu erfahren, was er sich dabei denken würde, etwas mit einer ihrer Tänzerinnen anzufangen.

„Nico trifft genauso wie Smith den ganzen Tag Leute, die in ihrer Gegenwart herumstottern und sich seltsam benehmen. Ich habe dich überhaupt nur gefragt, ob du hierherkommst, weil ich dachte, dass du mit ihrer Bekanntheit umgehen könntest und keine große Sache daraus machen würdest."

Mitten in der Standpauke, die er von seiner kleinen Schwester wegen seines Verhaltens bekam, ging Marcus ein Licht auf.

„*Nicola* ist der Popstar, für den du arbeitest?"

Lori sah ihn an, als hätte er den Verstand verloren. „Ihr Name ist Nico. Und du weißt doch, dass sie mich engagiert hat, um in ihrem Video mitzuspielen. Warum benimmst du dich so komisch?"

Plötzlich wurde Marcus klar, warum Nicola ihm am Freitagabend so seltsam bekannt vorgekommen war. Lori hatte ihm sicherlich Bilder von der Sängerin gezeigt, als sie engagiert worden war, um an dem Video mitzuarbeiten. Aber er konnte sich nur an viel Make-up und einen eng anliegenden funkelnden Bodysuit erinnern.

Glücklicherweise hatte Lori keine Zeit, um seine Antwort abzuwarten, denn einer ihrer Tänzer brauchte ihre Hilfe. Sie blickte ihn ein letztes Mal missmutig an und begab sie sich wieder auf die Tanzfläche.

Nicola hatte ihm den Rücken zugewandt, doch er sah ihr Gesicht im Spiegel. Verdammt, er konnte nicht aufhören, sie anzustarren und wieder ihre unfassbare Schönheit in sich aufzusaugen. Ihr Haar war zu einem Zopf zusammengebunden, und er konnte sehen, wie hart das Tanztraining gewesen war, weil sich feuchte Löckchen um ihr Gesicht kringelten.

Alle Tänzer hatten tolle Körper, aber in Marcus' Augen waren Nicolas kurvige Hüften und Brüste so reizvoll, dass seine Lust ihn zu überwältigen drohte.

Kurz trafen sich im Spiegel ihre Blicke, und sie senkte den Kopf. Lori trat zu Nicola, legte eine Hand auf ihren Arm und beugte sich zu ihr, um etwas zu sagen. Nicola schüttelte den Kopf und begab sich in die Ausgangsposition.

Im nächsten Moment stellte Lori das Lied an, und Nicola fing an zu tanzen.

Gott, sie ist so schön.

Marcus verfolgte gebannt, wie sie zu dem erstaunlich guten Song sang und in der Mitte der Gruppe tanzte. Kein Wunder, dass sie ein Star war – er hatte nicht die geringste Chance, den Blick von ihr abzuwenden.

Er erinnerte sich daran, wie ihr die Aufmerksamkeit aller anderen Gäste sicher gewesen war, als sie den Club betreten hatte. Inzwischen wusste er, dass es zum Teil an ihrer Bekanntheit lag. Doch selbst wenn sie nicht berühmt gewesen wäre, hätten die Menschen innegehalten und sie angeblickt.

Als sie sich in ihrem eng anliegenden Outfit bewegte, konnte er nicht verhindern, sich zu fragen, wie sie wohl nackt aussehen mochte, wenn sie verschwitzt unter ihm läge … Würden ihre Augen leuchten, wie sie es taten, wenn sie sang? Wie würde es sich anfühlen, wenn sie ihre durchtrainierten Arme und Beine um ihn schlang, während er in sie drang? Wie würde sie schmecken – war der Rest von ihr genauso süß wie ihr Mund?

Als hätte sie seine Gedanken gelesen, geriet Nicola plötzlich ins Straucheln, taumelte gegen einen der männlichen Tänzer, und Lori stellte schnell die Musik aus.

Ihm war bewusst, dass er sie durcheinanderbrachte und besser verschwinden sollte. Aber er wollte nicht gehen. Nicht, wenn er die Gelegenheit hatte, ihr noch einmal gegenüberzutreten.

Marcus Sullivan versuchte nicht, sich zu drücken und seine Fehler zu vertuschen. Er übernahm dafür Verantwortung. Einzig seine Beziehung zu Jill hatte er sich schöngeredet – auch wenn es alles andere als schön gewesen war. Er hätte seinem Bauchgefühl vertrauen sollen. Doch er hatte sich zu sehr darauf konzentriert zu sehen, was er hatte sehen wollen. Was tatsächlich gewesen war, hatte er ausgeblendet.

Was zwischen ihm und Nicola war, wusste er allerdings genau. Die Funken sprühten so hell und heiß, dass er die Hitze des einzigen Kusses noch immer spüren konnte.

Es war ein dummer Fehler gewesen, sie abzuweisen.

Er würde nicht einen noch dümmeren Fehler machen, indem er sie jetzt wieder stehen ließ.

7. KAPITEL

Irgendwie gelang es Nicola, sich zusammenzureißen und während der Probe schließlich fehlerlos zu tanzen. Aber den ganzen Nachmittag über fand in ihrem Kopf ein erbitterter Kampf statt: *„Bitte geh!"* gegen *„Bitte bleib!"*.

Abwechselnd schwankte sie zwischen dem Wunsch, dass Marcus verschwand, und dem Verlangen, ihm nahe zu sein. Kein Wunder, dass sie sich kaum auf die Probe konzentrieren konnte. Ihr Kopf und ihr Körper wurden in zwei verschiedene Richtungen gezerrt, wann immer er sie mit seinen dunklen, sehnsuchtsvollen Augen ansah, die sie nicht vergessen konnte.

Als sie schließlich Feierabend hatten, zerstreuten sich die Tänzer schnell und ließen sie mit Lori allein. Und mit Marcus.

Nicola hatte schon lange kein Lampenfieber mehr. Sie hatte sich ein dickes Fell zulegen müssen, um mit ihrer Musik erfolgreich zu sein. Doch Marcus machte sie auf eine Art nervös, die sie so nicht kannte. Offensichtlich war es ein Riesenunterschied, eine Künstlerin zu sein – oder einfach eine Frau.

Sie steckte ihre restlichen Sachen in ihre große Tasche. „Danke, dass du heute so intensiv mit uns gearbeitet hast, Lori. Wir sehen uns dann m…" Ein Klopfen an der Tür unterbrach sie, und ein Typ mit einem T-Shirt von *Mel's Diner* kam mit einigen Tüten voller Essen herein.

„Marcus, wie toll, dass du daran gedacht hast, Essen für uns zu bestellen!" Lori klatschte in die Hände. „Das sind die besten Burger und Pommes frites der Welt, Nico. Ich habe einen Bärenhunger. Und du musst bestimmt vor Hunger sterben, weil du dein Mittagessen kaum angerührt hast. Du kannst doch bleiben und etwas mit uns essen, oder?"

Entsetzt blickte Nicola Lori an. Was dachte Marcus sich dabei? Hatte er vergessen, dass er sie vor gerade einmal zwei Tagen abgewiesen hatte? Merkte er nicht, wie unangenehm die Situation für sie war? Warum zum Teufel hatte er Essen für sie drei bestellt?

„Ich würde gern bleiben, aber ich sollte ins Hotel und mich ausruhen. Im Übrigen habt ihr zwei bestimmt einiges zu besprechen, also danke …"

„Bleib zum Essen, Nicola. Bitte."

Marcus' sanfte Worte berührten Nicola so tief, dass sie sich zusammennehmen musste, um sich nicht an ihn zu schmiegen. Es war keine Aufforderung und auch kein Machtwort gewesen. Doch seine schlichte Bitte hatte sie vollkommen verwirrt. Genau wie sein Kuss am Samstagmorgen sie berührt und ihre Selbstbeherrschung ins Wanken gebracht hatte.

„Tja", sagte sie schließlich. „Es duftet wirklich verführerisch."

Ein paar Minuten später saß sie mit Lori und Marcus an einem kleinen Tisch am Fenster und packte einen Burger aus, den sie mit Sicherheit nicht würde essen können. Nicht, wenn Marcus so dicht bei ihr saß, dass ihr Magen sich zusammenzog.

„Also, was denkst du, Marcus?", wollte Lori von ihrem Bruder wissen. „Ist Nico nicht wundervoll?"

Nicola hatte das Gefühl, am ganzen Körper zu erröten. Während der Probe hatte sie versucht, ihn so wenig wie möglich anzublicken, denn jedes Mal, wenn sie ihn versehentlich angesehen hatte, war sie aus dem Tritt geraten. Sie hatten den Song wieder und wieder geprobt, aber sie hatte seine Miene nicht deuten können, hatte nicht erkennen können, ob er beeindruckt von ihr oder der Meinung gewesen war, ihr Song und ihre Performance wären schlecht. Sie hatte sich eingeredet, dass es ihr egal sei, ob es ihm nun gefiel oder eben nicht. Sechsunddreißigjährige Männer waren nicht gerade ihre Zielgruppe.

„Ja, das ist sie", entgegnete er mit einer Stimme, bei der sie direkt vor den Augen seiner Schwester dahinschmolz. Er sah von Lori zu Nicola. „Mir war nicht klar, wie viel Arbeit in einem Video steckt. Ihr alle habt so hart geprobt. Ich bin sehr, sehr beeindruckt."

Nicola wusste nicht, was sie darauf erwidern sollte. Und selbst wenn sie es gewusst hätte, so hatte es ihr die Sprache verschlagen und sie bekam keinen Ton heraus. Glücklicherweise führte hauptsächlich Lori das Gespräch. „Nico arbeitet härter als der Rest von uns zusammen."

„Das stimmt nicht", brachte Nicola hervor, doch Lori wischte ihren Einwand mit einer Handbewegung beiseite.

„Das tust du, Nico. Ernsthaft – deine Arbeitseinstellung stellt die aller anderen Sängerinnen und Sänger, mit denen ich schon zusammenarbeiten durfte, in den Schatten."

Marcus hatte die Augen nicht von Nicolas Gesicht gewendet. Sie spürte die Intensität und die Hitze seines Blickes bis in ihre Zehenspitzen, als er sie fragte: „Hast du den Song geschrieben?"

Sie schluckte die bissige Bemerkung hinunter, das sei schließlich ihr Beruf. „Das habe ich", erwiderte sie stattdessen.

Er verzog den Mund zu einem kleinen Lächeln. „Du bist sehr talentiert."

Nicola stieß den Atem aus, den sie, ohne sich dessen bewusst zu sein, angehalten hatte. Plötzlich fing Loris Handy an, auf dem Tisch zu vibrieren. Lori sprang auf, als sie sah, wer anrief. „Tut mir leid, Leute, ich muss kurz rangehen."

Nicola konnte am Ausdruck auf Marcus' Gesicht erkennen, dass er nicht glücklich über den Namen und das Bild des Anrufers war, die er auf dem Display von Loris Handy gesehen hatte. Lori hielt Wort und kehrte zurück, nachdem sie kaum zwei Worte mit dem Anrufer gewechselt hatte. Sie war zart errötet und offensichtlich aufgeregt.

„Es tut mir wirklich leid, aber ich habe ganz vergessen, dass ich heute Abend noch etwas zu erledigen habe. Kommst du bis morgen ohne mich zurecht, Nico?"

Nicola spürte, dass etwas nicht stimmte, und sie wollte Lori nicht noch mehr unter Druck setzen. „Na klar. Mach dir keine Sorgen."

Erleichtert wandte sich Lori ihrem Bruder zu. „Marcus, sorge bitte dafür, dass Nico später sicher ins Hotel zurückkommt, ja?"

„Natürlich", entgegnete er im selben Moment, als Nicola einwandte: „Ich rufe mir einfach ein Taxi."

Doch Lori schien keinen von beiden gehört zu haben. Sie umarmte Nicola zum Abschied und entschuldigte sich noch einmal, dass sie so plötzlich aufbrechen musste. Nicola nahm die Reste ihres schnellen Mahls und warf sie in den Mülleimer, während Marcus seine Schwester zur Tür begleitete.

Sie hatte nicht vorgehabt, die Unterhaltung der beiden zu belauschen, aber Marcus und Lori gaben sich nicht wirklich Mühe, leise zu sprechen, also konnte sie nicht verhindern, das Gespräch mitzubekommen.

„Ich dachte, du würdest dich nicht mehr mit ihm treffen. Waren wir uns nicht einig, dass er dir nicht guttut und dass du etwas Besseres verdient hast?"

„Ich treffe mich ja gar nicht mehr mit ihm ... Ach, es ist kompliziert."

Marcus wirkte nicht glücklich mit der Antwort seiner Schwester. „Ruf mich wenigstens an, wenn du heute Nacht nach Hause kommst, damit ich weiß, dass es dir gut geht."

„Ich bin erwachsen, Marcus. Ich brauche keine Ausgangssperre mehr." Ihre Stimme klang genervt.

Er war der perfekte, fürsorgliche ältere Bruder. Nicola bemerkte, dass sie bei jedem seiner Worte noch ein bisschen mehr dahinschmolz. Denn obwohl sie darauf hätte achten sollen, dass sie sich selbst schützte und Distanz wahrte, berührte es sie mitzuerleben, wie besorgt er um seine Schwester war.

Als Lori gegangen war, kam Marcus zurück. Gedankenverloren fuhr er sich mit gespreizten Fingern durchs Haar. „Ist alles in Ordnung?", erkundigte sich Nicola.

Er schüttelte den Kopf. „Ich weiß es nicht. Lori findet, ich mache mir zu viele Sorgen um sie, doch ich kann nicht anders. Für mich wird sie immer das kleine Mädchen bleiben, das mich braucht."

O Gott, hätte er noch süßer, netter und lieber sein können?

Nicola war überzeugt davon, dass sie etwas wirklich Dummes tun würde, wenn sie noch länger in seiner Nähe blieb. „Ich bin nicht hungrig. Am besten nehme ich mir jetzt ein Taxi zurück ins Hotel."

Aber bevor sie sich umdrehen und gehen konnte, fragte er: „Warum hast du mir nicht gesagt, wer du bist?" Das Verlangen in seinen Augen war noch immer da. Doch dasselbe galt für die Spur von Wut, die ihr nicht entging.

Es gefiel ihr nicht, dass seine Nähe sie so durcheinanderbrachte. „Ich habe dich nicht angelogen. Mein Name ist Nicola." Sie wusste, dass sie abwehrend klang.

„Du hättest mir sagen sollen, dass du auch Nico bist. Dass du ein Popstar bist. Warum hast du das nicht getan?"

„Das würdest du nicht verstehen."

„Wetten, dass?"

Sie wollte sich nicht vor ihm rechtfertigen, aber sie wusste auch, dass sie stur und unvernünftig war. Er hatte recht mit dem Vorwurf, dass es nicht fair gewesen sei, ihre Bekanntheit vor ihm zu verheimlichen – vor allem wenn die Fotos von ihnen beiden im Club gut genug gewesen wären, um gedruckt zu werden. Aus irgendeinem Grund wollte sie, dass er sie verstand.

„Für eine Nacht war es aufregend, einfach normal zu sein." *Wieder einmal ich selbst zu sein.* „Ich treffe so gut wie nie jemanden, der nicht weiß, wer ich bin."

„Nico."

Ihr gefiel es nicht, wie er ihren Künstlernamen aussprach. Ihr gefiel auch die Vorstellung nicht, dass Marcus sie behandelte wie jeder andere auch.

„Ich heiße Nicola." Wie am Samstagmorgen, als er sie aus dem Haus seines Bruders geworfen hatte, verspürte sie wieder diesen schmerzhaften Stich ins Herz. „Und ich muss jetzt wirklich gehen."

Sie drehte sich um und wollte zur Tür gehen.

„Ich habe mich geirrt, Nicola."

Mit diesen Worten hatte sie nicht gerechnet. Eine kluge Frau wäre nicht stehen geblieben. Eine kluge Frau wäre durch die Tür gegangen und hätte sich ein Taxi gerufen, um zurück in ihre große, einsame Penthouse-Suite zu fahren.

Was hat Marcus an sich, dachte Nicola hilflos, das mich dazu bringt, statt der richtigen immer die falschen, die dummen Entscheidungen zu treffen?

Hätte sie es nicht eigentlich besser wissen müssen? „Geirrt? In welcher Sache genau?", hakte sie nach.

In seinem Blick stand nichts von der Distanziertheit vom Samstagmorgen. Obwohl er ihr nicht nähergekommen war, hatte sie das Gefühl, als hätte er sie in seine Arme geschlossen.

„Ich meine, es war ein Irrtum, keine weitere Nacht mit dir zu verbringen."

Das Verlangen und die Hoffnungen, die sie mühsam beiseitegeschoben hatte, kamen plötzlich wieder in ihr hoch.

Ein letztes Mal versuchte sie, sich selbst zu retten. „Was ist mit all den Gründen, die du Samstagmorgen noch gegen eine weitere Nacht mit mir anführen konntest? Bin ich nicht noch immer zu jung?" Sie schleuderte ihm all seine Ausreden entgegen. „Was ist denn mit deiner Erleichterung und grenzenlosen Freude darüber, dass du beinahe einen Riesenfehler begangen hättest und ihn im letzten Moment noch abgewendet hast?"

„Was ich am Samstagmorgen zu dir gesagt habe, tut mir leid", erwiderte er. „Ich möchte noch eine Nacht mit dir verbringen, wenn du es auch willst."

Seine Worte waren wie ein Streicheln auf ihrer Haut. Er hatte ihre Frage nicht beantwortet, und sie ahnte, dass der Altersunterschied noch immer ein Problem für ihn war. Doch es schien ihm genauso zu gehen wie ihr: Sie konnte nicht einfach gehen und ihn vergessen.

„Natürlich will ich dich noch immer", sagte sie. Ihre Stimme war kaum mehr als ein Flüstern.

Sie hatte die Worte kaum ausgesprochen, als er ihre Hand ergriff und Nicola eng an sich zog. „Gott sei Dank. Denn ich wünsche mir nichts mehr, als dich wieder zu küssen."

Im nächsten Moment spürte sie seine Lippen auf ihren. Mit der Zunge erkundete er ihren Mund, schmeckte sie und forderte sie auf, das Gleiche zu tun. Niemand hatte sie je zuvor so geküsst, als wollte er sie besitzen – ihren Körper und ihre Seele. Sie vergaß ihre Aufregung, vergaß, dass sie seit sechs Monaten keinen Mann mehr geküsst hatte, und vergaß, dass sie auch nicht sehr erfahren war.

Ihr wurde klar, dass das alles für ihn keine Rolle spielte. Er hatte die Führung übernommen. Sie musste sich ihm einfach nur hingeben.

Sein Kuss ließ sie förmlich dahinschmelzen. Wenn dies ein Hinweis darauf war, was es in ihr auslösen würde, wenn er sie eine Nacht lang liebte, dann würde er sie direkt ins Reich der Sinne führen.

Die Spitzen ihrer Brüste hatten sich unter dem dünnen Stoff ihres Sport-BHs und dem Shirt aufgerichtet. Sie sehnte sich danach, seine Berührung zu spüren. Doch obwohl sie sich an ihn drängte, empfand sie keine Linderung für ihr Verlangen. Sie wollte, sie brauchte mehr.

Viel mehr.

Glücklicherweise schien es so, als würde dieser Wunsch erhört werden.

8. KAPITEL

Hand in Hand liefen sie die Stufen zur Tiefgarage unter dem Tanzstudio hinab. Bis auf den Moment, in dem Nicola in sein Auto stieg, ließ Marcus ihre Hand nicht los.

Nicola war vollkommen versunken in das Gefühl, wie Marcus mit dem Daumen kleine Kreise in ihre Handinnenflächen malte. Erst nachdem sie schon fast beim Hotel waren, fiel ihr etwas ein. „Es gibt einen Seiteneingang, den ich für gewöhnlich benutze." Mit der freien Hand griff sie in die Tasche, zog ihre Schlüsselkarten hervor und reichte Marcus die Ersatzkarte. „Wie wäre es, wenn du mich hier aussteigen lässt und wir uns dann in meinem Zimmer treffen? Ich bewohne die Penthouse-Suite."

Sie spürte, wie seine Finger sich kurz anspannten, und ihr wurde bewusst, dass sie ihn möglicherweise gerade gekränkt hatte.

„Es geht nicht darum, dass ich nicht mit dir gesehen werden möchte", erklärte sie sanft. Es nervte sie, dass sie das alles sagen musste, damit er die Situation verstand. „Wenn die Leute mitkriegen, dass wir heute zusammen das Gebäude betreten und jemand ein Foto von uns beiden schießt, könnte man denken, dass wir ein …"

Sie verstummte, ehe sie das Wort „Paar" benutzte. Nicht, weil ihr der Gedanke missfallen hätte. Sondern weil sie sich plötzlich so sehr danach verzehrte, mit Marcus zusammen zu sein, dass die Heftigkeit dieses Wunsches sie überraschte. Mehr noch, als ihr Verlangen sie überraschte.

Sie begann noch einmal neu. „Man könnte denken, dass wir mehr als nur eine Nacht miteinander verbringen wollen." Ihre Stimme war kaum mehr als ein Flüstern.

Ihr war bereits klar, dass eine Nacht ihr nicht reichen würde.

Was ist nur los mit mir?

Marcus und sie waren sich von Anfang an einig gewesen: Bei ihrem One-Night-Stand würde es sich nur um Sex drehen – um nichts anderes als körperliches Vergnügen.

Aber die Ermahnung nützte nichts.

Denn sie hatte von seiner Mutter, seiner Schwester – und nicht zuletzt durch die Zeit, die sie in seinen Armen verbracht hatte – bereits genug über ihn erfahren, um zu wissen, dass sie emotional mehr in die Sache verstrickt war, als gut für sie war.

„Du hattest kein Problem damit, am Freitag den Club mit mir zu verlassen."

Es war ihr wichtig, dass er sie verstand. „Du warst an dem Abend wegen irgendeiner Geschichte wütend, erinnerst du dich?", entgegnete sie. „Tja, ich war auch aufgewühlt und habe gehandelt, ohne nachzudenken. Ich hätte gar nicht den Club besuchen sollen. Und ich hätte definitiv nicht mit dir zusammen verschwinden sollen." Es war an der Zeit, reinen Tisch zu machen. „Es sind Fotos von uns geschossen worden."

Sie wandte den Blick nicht von ihm ab, auch wenn seine Reaktion genauso war, wie sie es erwartet hatte. Er war sauer.

Bevor er Fragen stellen konnte, fuhr sie fort: „Meine Pressesprecherin rief an und erzählte mir von den Bildern. Ich wusste, dass einige Leute mit ihren Handys Bilder gemacht hatten, aber zum Glück war das Licht in dem Club echt schlecht. Die Fotos waren zu verschwommen, um von irgendeinem Magazin abgedruckt zu werden." Sie holte ihr Handy hervor und zeigte ihm die Bilder, die ihre Presssprecherin ihr zugeschickt hatte. „Hier sind sie."

Marcus war gefährlich still.

„Ich würde es verstehen, wenn du keine Lust mehr hast, mit mir die Nacht zu verbringen. Wahrscheinlich ist dir das alles zu kompliziert", brachte sie hervor.

Sein Blick wanderte von den Fotos auf dem Handy zu ihrem Gesicht. Er wirkte nicht glücklich über die Situation, doch der Hunger, das Verlangen nach ihr, standen noch immer in seinen Augen. Er schlang eine ihrer Locken um seinen Finger und zog Nicola sanft zu sich heran.

„Es ist nicht komplizierter als das hier."

Sein Mund war so warm und süß und perfekt, seine Zunge berührte die ihre sanft und bedächtig. Beinahe vergaß sie die hart erkämpfte Vorsicht. Obwohl sie den VIP-Eingang benutzten, hätte jemand vorbeigehen und durch die Windschutzscheibe beobachten können, wie sie einander küssten. Bei der Vorstellung, wie dann die Schlagzeilen in den Boulevardblättern wohl aussehen mochten, erschauerte sie ... Vielleicht lag es aber auch an Marcus' Kuss, der ihr Schauer über den Rücken rieseln ließ.

Schließlich rückte er von ihr ab. „Wir sehen uns dann in deinem Zimmer."

Nicolas Hand zitterte, während sie die Tür öffnete. Auch ihre Beine fühlten sich wackelig an, und sie brauchte einen Moment, um sich zu sammeln, ehe sie ins Hotel ging.

Marcus hatte nie verstanden, wie Smith mit diesem Mist zurechtkam. Seiteneingänge, Anrufe von Pressesprechern, die einem von irgendwelchen Fotos erzählten, die aufgetaucht waren, oder das heimliche Betreten und Verlassen von Gebäuden – das alles war einfach nicht normal.

Als er vor dem Haupteingang hielt und dem Angestellten seinen Autoschlüssel gab, konnte er kaum glauben, dass er sich in ein Hotel schlich, um sich mit einem wunderschönen Popstar zu treffen.

Er war sich wie ein Lügner vorgekommen, weil er Lori nicht erzählt hatte, dass er und Nicola sich bereits begegnet waren. Er mochte dieses Versteckspiel nicht. Und die Art, wie Nicola ihm die Schlüsselkarte zu ihrem Zimmer gegeben und ihm gesagt hatte, dass sie sich in der Penthouse-Suite treffen würden, gefiel ihm ebenfalls nicht.

Andererseits rief er seine Schwester nicht an, um ihr die Wahrheit zu sagen, und er stieg auch nicht wieder in seinen Wagen ein, um zu verschwinden.

Verdammt, nein. Er hatte seinen Stolz, doch er war kein Idiot.

Und nur ein Idiot würde die zweite Chance ausschlagen, mit Nicola zusammen zu sein.

Er verließ gerade den großen Empfangsbereich des Hotels, als er eine Gruppe von Leuten bemerkte, die aussahen wie College-Footballspieler. Sie umringten jemanden. Die jungen Männer waren offensichtlich angetrunken. Obwohl er so schnell wie möglich zu Nicolas Zimmer wollte, sagte ihm eine innere Stimme, dass er einmal nach dem Rechten sehen sollte.

Er war schon fast bei der Gruppe, als er ihre Stimme hörte. Ihm wurde kalt, als sie sagte: „Gebt einem Mädchen doch ein bisschen Platz zum Atmen."

Zwar bemühte Nicola sich, spielerisch locker zu klingen, aber Marcus durchschaute sie und bemerkte die Angst, die in ihrer Stimme mitschwang.

„Tretet bitte alle ein Stück zurück", sagte er scharf. „Ein gutes Stück."

Ein paar der Jungs sahen zu ihm herüber und machten den Fehler, in ihm nur einen älteren Kerl in einem Anzug zu sehen.

Die meisten der jungen Männer hatten ihre Kameras hervorgeholt. Einer nach dem anderen wollte den Arm um Nicola legen und ein Foto mit ihr machen.

Wo zur Hölle steckt der Sicherheitsdienst? Das *Fairmont Hotel* beherbergte öfter Stars wie Nicola. Es hätten mindestens sechs Mitarbeiter da sein und dazwischengehen sollen. Stattdessen waren alle Angestellten des Hotels beschäftigt … Marcus ärgerte sich maßlos darüber.

Im Laufe der Jahre war er sehr oft dazu gezwungen gewesen, unbeteiligt danebenstehen und tatenlos zusehen zu müssen, wie sein Bruder sich mit allzu aggressiven Fans und Fotografen herumgeschlagen hatte. Smith hatte seiner Familie oft erklärt, dass es sehr nett von ihnen sei, dass sie ihn verteidigen wollten, doch es sei das Beste, solchen Menschen ruhig und gelassen zu begegnen.

Marcus ermahnte sich, Smiths Ratschlag zu befolgen, als plötzlich einer von Nicolas Fans sagte: „Hey, Nico, zieh mal das Sweatshirt aus, damit alle sehen können, wie heiß du bist."

Marcus drängte sich so schnell und so unnachgiebig in die Gruppe, dass ein paar von den Collegejungs zu Boden gingen. „Hände weg von ihr", stieß er knurrend hervor. Als die jungen Männer nicht sofort reagierten, packte er sie an den Schultern und schob sie unsanft zur Seite.

„Wer zur Hölle sind Sie? Ihr Bodyguard oder so etwas?"

Marcus hatte die Hände schon zu Fäusten geballt, als Nicola ihm in den Arm fiel. „Ja, das ist er. Und ich fürchte, ich muss los. Ich bin schon spät dran. Nett, euch alle kennengelernt zu haben!" Sie zog Marcus von der Gruppe weg. „Gutes Timing", sagte sie leise, als sie schnurstracks zu den Aufzügen gingen. „Die Jungs wurden allmählich etwas zudringlich."

Etwas zudringlich? Das war alles, was ihr zu diesen Witzbolden einfiel?

Er hatte vergessen, dass sie eigentlich hatten getrennt nach oben fahren wollen. „Sie waren nicht nur ‚etwas zudringlich', sondern gefährlich." Er wollte sie in die Arme schließen, damit ihr nichts zustieß. Mehr noch: Er wollte sie an einen sicheren Ort bringen, damit sie dort blieb und ihr nichts geschehen konnte.

„Die Typen waren nicht gefährlich", entgegnete sie und schob seine Bedenken beiseite. „Sie hätten mir am helllichten Tag mitten in der Hotellobby nichts angetan."

Aber Marcus fielen einige Dinge ein, die sie ihr hätten antun können – inklusive verschiedener Arten, sie daran zu hindern, um Hilfe zu rufen.

Plötzlich wurde ihm bewusst, welche potenziellen Gefahren ihr drohten, wenn sie tat, was für andere Menschen normal war. „Wie konntest du am Freitagabend ganz allein in den Club gehen? Was wäre gewesen, wenn eine Horde Betrunkener dich auf der Straße in eine dunkle Ecke gedrängt hätte? Oder vor der Bar?" Und was wäre wohl passiert, wenn nicht er derjenige gewesen wäre, der sie mit nach Hause genommen hätte?

„Ernsthaft, solche Dinge passieren nicht oft. Für gewöhnlich setze ich eine Sonnenbrille und einen Hut auf, damit die Leute mich nicht gleich erkennen. Im Übrigen", fügte sie sanft hinzu, „hätte ich dich nicht kennengelernt, wenn ich nicht in den Club gegangen wäre."

Er wollte ihr das Versprechen abnehmen, besser auf sich aufzupassen. Doch bevor er etwas sagen konnte, trat eine Familie aus dem Lift und ein ohrenbetäubendes Kreischen ertönte, als die Kinder Nicola entdeckten.

„Oh, mein Gott! Das ist Nico!"

Der Junge und seine Schwester, die beide nicht älter als sieben oder acht Jahre alt sein konnten, warfen sich Nicola in die Arme. Sie fing sie auf, als die Kinder sie umarmten. Ihre

Mutter kämpfte derweil mit einem Kinderwagen, den sie aus dem Aufzug zu ziehen versuchte.

Schnell half Marcus ihr. Die Arme noch immer um die Kinder geschlungen, beobachtete Nicola, wie er etwas Beruhigendes zu der gestressten Mutter sagte, die daraufhin lächelte. Nicolas Schwäche für diesen schönen Mann, den sie mit nach oben nehmen wollte, um dort schmutzige Dinge mit ihm zu tun, wuchs immer weiter.

„Mom! Wir brauchen die Kamera, um ein Foto mit Nico zu machen!"

In dem Moment fing das Baby im Kinderwagen an zu weinen. Angesichts der Tatsache, dass die Mutter schon jetzt aussah, als wäre sie mit ihrer Geduld am Ende, war klar, dass sie nicht auch noch nach der Kamera suchen konnte.

„Ich muss mich um eure Schwester kümmern", erklärte die Mutter ihren Kindern und wollte das Baby aus dem Kinderwagen heben.

Nicola liebte Kinder. Ihr größter Wunsch war es, eines Tages eine eigene große Familie zu haben. Diesen Wunsch hatte sie allerdings noch nie jemandem verraten. Als Teenager war sie Babysitterin gewesen. Sie mochte ihre kleinen Fans wirklich und duldete sie nicht nur, auch deshalb kam ihre Musik bei Kindern so gut an.

Sie wollte gerade das Baby nehmen, als Marcus ihr zuvorkam. „Soll ich sie so lange halten?", bot er der Mutter an.

Die beiden Größeren jammerten laut darüber, wie entsetzlich es wäre, kein Foto mit Nico machen zu können. Kurz blickte die junge Mutter Marcus abschätzend an. Offensichtlich hatte sie Vertrauen zu dem Mann in dem schicken Anzug. „Wenn es Ihnen nichts ausmacht?", sagte sie. „Es ist auch nur für eine Minute. Ich bin mir ziemlich sicher, dass der Fotoapparat ganz unten in der Ablage vom Kinderwagen liegt."

Marcus nahm das weinende Baby entgegen, das sich sofort beruhigte, als er es hochhob. „Was bist du nur für ein hübsches kleines Ding."

Die Mutter strahlte. „Ja, sie ist umwerfend, oder?"

Er nickte, ohne den Blick vom zahnlosen Lächeln des Babys zu wenden. „Wie heißt du denn?", fragte er das Baby, als könnte es ihm antworten. Die Kleine antwortete ihm mit einer Reihe von gurgelnden Geräuschen und Bläschen.

Mit ihrem Lätzchen wischte Marcus dem Mädchen behutsam die Spucke vom Mund. Nicola schmolz dahin und war wieder überwältigt von diesem unglaublichen Mann.

Sie war sich nicht sicher, wie lange sie mit offenem Mund dagestanden und zugesehen hatte, wie Marcus sich rührend um das Baby kümmerte. Während die Mutter die Kamera suchte, spielte er Flugzeug mit der Kleinen – inklusive der passenden Geräusche. „Ich habe die Kamera gefunden!", verkündete die Frau schließlich triumphierend.

Die Worte brachten Nicola wie aus einem tiefen Nebel in die Wirklichkeit zurück. Die Kinder standen inzwischen neben ihr und lächelten in die Kamera.

O Gott. Wieso passierte ihr das? Sie kannte Marcus kaum, wusste nicht, was er gern tat, wie er seine Freizeit verbrachte oder wie seine Wohnung aussah. Sie hatte den Rest seiner Familie nicht kennengelernt und wusste nicht, ob er in der Dusche schief sang oder vielleicht früher im Chor gesungen hatte und alle Tonlagen perfekt beherrschte.

Aber, meldete sich eine kleine Stimme in ihrem Kopf, weißt du nicht bereits alles, was wirklich zählt? *Dass er seine Familie liebt, dass er gut mit Kindern umgehen kann und netter und liebevoller zu dir war als je ein anderer Mann zuvor? Ganz zu schweigen von der Tatsache, dass du in Flammen aufzugehen scheinst, wenn er dich küsst ...*

„Sagt mal ‚Cheese'!"

Nicola lächelte in die Kamera. Es war dasselbe Lächeln, das sie im Laufe der Jahre unzählige Male aufgesetzt hatte. Doch als die Frau die Kamera umdrehte und feststellte: „Seht mal, wie süß ihr alle seid!", erkannte sie entsetzt, dass sie anders lächelte als sonst.

Denn statt des typischen Popstar-Lächelns sah sie dort auf dem Display Nicola, eine Frau, die gerade von einem unerwarteten Gefühl aus der Bahn geworfen worden war. Nicola, die verwirrt und überrascht wirkte.

Sie wünschte sich, dass alles wieder so war wie immer, wenn sie Fans traf. Also wandte sie ihre gesamte Aufmerksamkeit den Kids zu, fragte sie nach ihren Namen, in welcher Klasse sie seien, ob sie ein Lieblingslied hätten. Dann bat sie die Mutter um ihre Adresse, um ihnen Konzertkarten für ihre Show am Samstagabend zukommen zu lassen.

Schließlich legte Marcus das Baby wieder in den Kinderwagen und befestigte die Sicherheitsgurte. Die Familie verabschiedete sich überschwänglich und verschwand. Nicola winkte ihnen hinterher und war erleichtert, dass ihre Hände etwas zu tun hatten, damit Marcus nicht auffiel, wie sehr sie zitterten.

Marcus drückte den Knopf am Lift. Er stand noch in ihrem Stockwerk, und die Türen öffneten sich sofort. Zusammen mit Nicola betrat er die Kabine. Genau wie an dem Abend, als sie den Club verlassen hatten, lag seine Hand auf ihrem Rücken. Wieder war sie umhüllt von seiner Wärme und dem Gefühl von Sicherheit und Geborgenheit, das sie vom ersten Augenblick an, als sie ihn im Club getroffen hatte, in seiner Nähe verspürt hatte.

Sie wählte den Knopf für die Penthouse-Suite. „Du hast dich toll um die Kinder gekümmert", sagte Marcus, als die Lifttüren zuglitten.

„Ich liebe Kinder", gestand sie. „Babys sind so süß. Grundschulkinder sind so ernsthaft. Teenager sind so echt und leidenschaftlich. Und alle Kinder sind so aufrichtig, was ihre Gefühle angeht."

„Aufrichtigkeit bedeutet dir eine Menge, oder?"

Sie dachte an Kenny und daran, wie er ihr Vertrauen missbraucht hatte. „Sie bedeutet mir alles." Als ihr bewusst wurde, wie ernst die Unterhaltung auf einmal geworden war, lächelte sie. Wenn sie nicht aufpasste, würde sie sich noch über den Schmerz, belogen worden zu sein, an seiner Schulter ausweinen. „Ich habe noch nie ein Baby gesehen, das einen Menschen so schnell lieb gewonnen hat wie dich."

Er schlug ihr Kompliment nicht aus, sondern erwiderte einfach: „Ich habe im Laufe der Jahre viel Zeit mit Babys und Kindern verbracht."

Schon am ersten Abend im Taxi, nach dem Telefonat mit seiner Mutter, hatte sie ihn nach seiner Familie fragen wollen. Aber sie hatte es sich selbst verboten, weil sie Angst hatte, mehr aufzubauen als nur eine körperliche Beziehung. In dieser Hinsicht war sie längst verloren, oder? Wie sollte es da noch schlimmer werden?

„Lori liebt dich abgöttisch. Ich schätze, deinen anderen Geschwistern geht es nicht anders?"

„Wir passen aufeinander auf."

„Es klingt eher so, als würdest du auf alle anderen aufpassen", erklärte sie.

„Hast du Geschwister?"

„Zwei jüngere Brüder."

„Lass mich raten", sagte er. „Die beiden fahren dank ihrer Schwester schicke neue Autos."

Sie musste darüber lachen, dass er ihr die Worte im Mund herumdrehte, indem er darauf verwies, dass sie sich bei ihrer eigenen Familie nicht anders verhielt.

„Ich weiß, dass ich das nicht hätte tun sollen, doch ich konnte einfach nicht anders. Meine Familie ist richtig toll. Meine Eltern haben mich immer in allem unterstützt, was ich getan habe. Und obwohl meine Brüder manchmal Idioten sein können, sind sie meistens echt cool."

Marcus lachte. „Ich würde lügen, wenn ich nicht zugeben würde, dass ich bei deiner Erklärung an Lori und Sophie denken musste. Sie sind toll, aber lass es mich so sagen …" Er schüttelte den Kopf und verzog das Gesicht. „Sie können manchmal ganz schöne Nervensägen sein."

„Natürlich verwöhnst du sie dennoch", entgegnete sie lächelnd.

„Als Lori und Sophie sechzehn geworden sind, habe ich ihnen eine Wahnsinnsparty in einem Safaripark im Napa Valley geschmissen."

„Mit Elefanten und Zebras?"

„Und Alligatoren und Pythons."

„Kein Wunder, dass Lori dich so liebt", zog Nicola ihn auf. Ehe sie es sich verkneifen konnte, fügte sie hinzu: „Obwohl ich mir ziemlich sicher bin, dass sie dich auch ohne die Geschenke lieben würde."

Sein Lächeln schwand bei ihren sehr persönlichen Worten, in denen so oft das Wort „Liebe" vorgekommen war.

Verdammt, das geht in die falsche Richtung, schoss es ihr durch den Kopf.

Glücklicherweise öffnete sich in dem Moment die Fahrstuhltür zur Penthouse-Suite, und Nicola konnte ihre hochroten Wangen vor ihm verbergen, als sie aus dem Lift traten. Sie zog die Schlüsselkarte aus ihrer Tasche und entriegelte die Eingangstür zur Suite.

Es gefiel ihr, dass Marcus kein großes Aufhebens um das schöne Zimmer machte. Sie fühlte sich immer unwohl, wenn die Leute offensichtlich darüber nachdachten, wie viel sie verdiente.

Die dreißig Minuten, die vergangen waren, seit sie das Tanzstudio verlassen hatten, kamen ihr wie Stunden vor. Sie fühlte sich unbehaglich und unsicher. „Ich bin von den Proben ganz verschwitzt. Vielleicht sollte ich lieber erst duschen."

Marcus machte die Tür hinter ihr zu und schloss sie ab. Als er Nicola anblickte, stand in seinen Augen keine Spur mehr von dem Lachen, das darin aufgeblitzt war, als sie über ihre Familien gesprochen hatten.

Jetzt erkannte Nicola darin nur noch Feuer. Und so viel Verlangen, dass es ihr den Atem verschlug.

„Komm her, Nicola."

Sie rührte sich nicht. Sie konnte sich nicht bewegen. „Aber ich sollte …"

„Keine Dusche. Jedenfalls noch nicht." Sein Blick wurde noch eindringlicher. „Nicht ohne mich."

Er hielt inne und ließ Nicola Zeit, seine Worte zu erfassen. Das Versprechen, das in seiner Äußerung mitschwang, und die Vorstellung, gemeinsam zu duschen, sich gegenseitig einzuseifen, hatten eine unglaubliche Wirkung auf sie.

Ihr war bewusst, dass er ihre Reaktion auf ihrem Gesicht ablesen konnte. Doch er sagte nichts, sondern stand einfach nur bei der Tür und wartete darauf, dass Nicola zu ihm kam.

Sie konnte es. Natürlich konnte sie es. Sie musste nur einen Fuß vor den anderen setzen. Solange ihr Herz nicht explodierte, weil es so schnell schlug, würde sie das alles hier überstehen.

Mit zitternden Knien, als hätte sie ihren allerersten Auftritt vor tausend Menschen vor sich, ging sie langsam auf Marcus zu.

9. KAPITEL

Marcus stand kurz davor, Nicola zu packen, aufs Bett zu werfen und mit ihr zu schlafen. Es brachte ihn fast um, sich zurückzuhalten und zu beobachten, wie sie langsam über den flauschigen Teppich auf ihn zukam.

Sie war nervös, das war unschwer zu erkennen. Genauso nervös, wie sie am Freitagabend gewesen war, als sie sich gemeinsam ein Taxi genommen hatten. Sie hatte so unfassbar viel Sex-Appeal – die Proben für den Videodreh hatten ihm gezeigt, dass sie genau wusste, wie sie ihren Körper einsetzen musste, um das Publikum zu begeistern. Ihre Nervosität passte irgendwie nicht dazu. Aber im nächsten Augenblick dachte er nicht mehr daran, irgendetwas begreifen zu wollen.

Jetzt zählte es nur noch, sie aus ihrer Kleidung zu befreien.

Er musste sie einfach nehmen, musste sie an ihrem Sweatshirt zu sich heranziehen und sich dann zu ihr hinunterbeugen, um ihren sündhaft verführerischen Mund mit seinem zu bedecken. Sie stöhnte leise auf, und er schob ihr Shirt hoch. Kurz löste er sich von ihr, um ihr den Pullover auszuziehen.

Darunter kamen ihre Kurven in dem eng anliegenden Oberteil zum Vorschein.

„Mein Gott, du bist so wunderschön."

Sie blinzelte ihn an. In ihren großen blauen Augen stand mehr Erregung als Angst oder Unsicherheit. „Danke."

Hatte sie nicht schon unzählige Male gehört, wie schön sie war? Wenn nicht von ihren Fans, dann doch zumindest von den Männern, mit denen sie das Bett geteilt hatte? Und dennoch war die Art, wie sie sich bedankte, so rein. So ehrlich.

Als wäre er der erste Liebhaber, der ihr je gesagt hatte, dass sie atemberaubend sei.

Wieder und wieder überraschte sie ihn. Zuerst, als sie an ihrem ersten gemeinsamen Abend wie ein zufriedenes Kätzchen auf seinem Schoß eingeschlafen war. Dann am nächsten Morgen, als sie in Smiths Küche gekommen war und trotz des Lederkleides, das sie noch immer getragen hatte, ohne Make-up so jung, frisch und unglaublich unschuldig ausgesehen hatte. Und nun vor ein paar Minuten, als sie sich aufrichtig für die Kinder interessiert hatte, die ein Autogramm von ihr hatten haben wollen.

Was ihn am wenigsten erstaunt hatte, war die Tatsache, dass sie ein berühmter Popstar war. Er hatte sich darüber geärgert, dass sie es ihm verheimlicht hatte, aber andererseits hatte er ihr auch nicht erzählt, dass er Besitzer des Sullivan-Weinguts war – immerhin wollten sie nur eine Nacht miteinander verbringen.

Er hatte damit gerechnet, sie zu begehren. Doch er war nicht darauf gefasst gewesen, dass er sie so sehr mögen würde. Nach seiner Trennung von Jill hatte er nicht erwartet, außer Begierde noch irgendetwas anderes für eine Frau zu empfinden.

Gefühle bedrohten seine mühsam aufrechterhaltene Selbstbeherrschung. Marcus wusste, dass es besser wäre, etwas zu tun – und zwar schnell –, um wieder auf die richtige Bahn zu kommen.

Auf *seine* Bahn.

Er hatte im Schlafzimmer immer den Ton angegeben und es genossen, sich um die Lust der Frau genauso intensiv zu kümmern wie um seine eigene. Jill hatte sich ihm nicht gern unterworfen. Während der zwei Jahre, in denen sie zusammen gewesen waren, hatte es zwischen ihnen fast ausschließlich Blümchensex gegeben.

Jetzt war er bereit für etwas anderes. Und angesichts der Funken, die seit der ersten Begegnung zwischen ihnen sprühten, hatte er die berechtigte Hoffnung, dass es Nicola genauso ging.

„Seit fast drei Tagen male ich mir aus, dich nackt zu sehen. Ich will herausfinden, wie zart und schwer sich deine Brüste in meinen Händen anfühlen. Wie feucht du zwischen den Schenkeln wirst, wenn ich mit den Fingern in dich tauche."

Nicola erschauerte, als er ihr Gesicht mit beiden Händen umschloss und sie langsam und bedächtig küsste. Sie zitterte, als er mit der Zunge ihren Mund erforschte, und stöhnte auf, da er ihre Unterlippe zwischen die Zähne nahm und dann sacht daran saugte.

Ohne Vorwarnung ließ er ihr Gesicht los, zog ihr das Oberteil aus und warf es auf den Boden. Instinktiv wollte sie ihre Brüste bedecken, doch er hielt ihre Hände fest.

„Nein."

Ihre Pupillen waren geweitet, und ihr Atem ging schnell, während er seine Finger mit ihren verschlang.

„Ich möchte nicht, dass du dich vor mir versteckst."

Er hielt ihre Hände in der Mulde zwischen ihrem Busen und spürte, wie hastig sie einatmete und wie wild ihr Herz schlug.

„Tritt einen Schritt zurück, damit ich dich anschauen kann."

Er konnte erkennen, wie unsicher sie war. Aber das stärkte nur seine Entschlossenheit, sie dazu zu bringen, diese Unsicherheit zu überwinden. Er nahm ihren ganz besonderen Duft wahr, spürte ihre Erregung und ahnte, wie sehr sie sich nach ihm verzehrte. Er musste herausfinden, wie sie auf seine Dominanz reagieren würde, die er schon viel zu lange unterdrückt hatte.

„Komm schon, Kätzchen."

Überraschung und Feuer flackerten in ihren Augen auf, als sie den Kosenamen hörte, und sie trat einen Schritt zurück.

Marcus wollte nicht, dass irgendetwas ihre wunderschönen Brüste verdeckte und ließ ihre Hände los. Später, viel später, würde er sie liebkosen. Jetzt aber wollte er sie nur ansehen.

Instinktiv versuchte Nicola ihre Blöße zu verbergen. Marcus sagte kein Wort, sondern schüttelte nur einmal kurz den Kopf.

Wieder weiteten sich ihre Augen, und einen Moment lang war er sich nicht sicher, ob sie seiner stummen Aufforderung Folge leisten würde. Aber dann holte sie tief Luft und reckte das Kinn. Langsam ließ sie die Hände sinken. Süße, zarte Haut kam zum Vorschein, und ihm stockte der Atem.

Kurz bevor ihre Brustwarzen sichtbar wurden, hielt Nicola inne und errötete.

Nach allem, was er im Fernsehen und auf Magazinen von ihr gesehen hatte, war ihm bekannt, dass sie auf der Bühne oftmals kaum mehr als einen Hauch von Nichts trug. Wenn er es nicht besser gewusst hätte, dann hätte er schwören können, dass sie noch keinem Mann zuvor ihre nackten Brüste präsentiert hatte. So schüchtern war sie.

„Zeig mir, wie wunderschön du bist, Nicola." Er verstand nicht, warum sie es so schwierig fand. Doch da es offensichtlich so war, sprach er instinktiv leiser. Er war behutsam, beruhigend, als er sie ermunterte: „Zeig mir, wie sehr auch du es willst. Wie sehr du mich willst."

Eine ganze Weile herrschte Stille, bis sie schließlich ihre Hände wegnahm.

Die Lust, die ihn wie ein Blitz durchzuckte, zwang ihn fast in die Knie.

Ihre zartrosa Spitzen hatten sich aufgerichtet. Ihm wurde ganz heiß, als er sich vorstellte, wie er daran saugen würde, um herauszufinden, ob sie so süß schmeckten, wie sie aussahen. Ihre Haut war leicht gebräunt – nahtlos. Ihre Brüste waren die schönsten, die er je erblickt hatte.

Schon seit ihrem Kuss im Tanzstudio drängte sich seine Erektion gegen den Stoff seiner Hose. Und seine Ungeduld stieg. Ein paar heiße Küsse und der Anblick von Nicolas nackten Brüsten hatten seine Lust ins Unermessliche gesteigert.

Daran, dass ihre vollen Brüste leicht bebten, erkannte er, dass Nicola zitterte.

Mittlerweile konnte er sich kaum noch beherrschen, aber ihm war bewusst, dass er sich zusammenreißen musste. „Du hast doch keine Angst vor mir, oder?"

Sie schüttelte den Kopf. „Nein, habe ich nicht." Aber die Art, wie sie die Lider senkte, strafte ihre Worte Lügen.

„Du und ich", sagte er, trat näher und hob ihr Kinn mit dem Finger an, sodass sie ihn anschauen musste. „Wir werden uns gegenseitig niemals anlügen."

Es war keine Frage. Es war schlicht die Wahrheit. So musste es sein.

Als sie zustimmend nickte, fragte er: „Fürchtest du dich davor, was heute Nacht zwischen uns passieren wird?"

„Ich habe keine Angst vor dir. Ich habe nur …" Wieder wollte sie unwillkürlich ihre Brüste bedecken. Sowie er ihre Hände festhielt, zitterte sie noch mehr.

„Erzähl mir, warum du dich fürchtest, Kätzchen."

„Wieso nennst du mich so?", wollte sie wissen, statt auf seine Aufforderung einzugehen.

Obwohl seine Lust ihn fast umbrachte und es ihn unendlich viel Kraft kostete, seine Begierde zu kontrollieren, ertappte er sich dabei, wie er lächelte. „Weil du auf meinem Schoß eingeschlafen bist. Wie ein zufrieden schnurrendes Kätzchen."

Ihr Blick wurde weicher, und ihr Zittern verebbte. „Ich möchte mich wie ein Kätzchen an dich schmiegen – überall", flüsterte sie scheu.

Seine Härte drückte inzwischen beinahe schmerzhaft gegen den Stoff seiner Hose. Sie beobachtete seine Reaktion und wartete ab, ob er sie bitten würde, genau das zu tun, was sie sich wünschte.

Verdammt, er wollte es, er wollte, dass sie ihre wundervollen Kurven an ihn presste. Doch wenn sie das tun würde, dann wäre es um ihn geschehen. Und sie hatte ihm noch nicht verraten, warum sie so gezittert hatte.

„Ich möchte, dass du das machst", sagte er, „doch zuerst möchte ich, dass du mir sagst, was los ist."

„Ich habe nicht …" Sie unterbrach sich und atmete tief durch. „Es ist schon eine ganze Weile her."

Ach, das erklärte, weshalb sie so nervös war. „Wir lassen es ganz langsam angehen", versprach er ihr rau. „Langsam und locker."

„Okay", erwiderte sie, und das Vertrauen, das in ihrem Blick stand, brachte ihn komplett durcheinander. „Aber was ist, wenn ich es auch schnell und hart will?"

Im nächsten Moment war es um seine Selbstbeherrschung geschehen, und er hob sie hoch.

Ein Bett. Er musste sie nur zu einem Bett bringen. Dann konnte er innehalten, nachdenken, planen, was er mit ihr anstellen würde … Er könnte sich überlegen, wie er sie vor Lust zum Schreien bringen würde.

Er hob sie auf seine Arme und lief mit ihr über den weichen Teppich zum Schlafzimmer. Fast war er schon dort, als sie sich leicht drehte, sodass ihre Brüste an seinen Oberkörper gepresst wurden. Liebevoll schmiegte sie ihr Gesicht in seine Halsbeuge. Er konnte ihren warmen Atem fühlen und spürte dann, wie sie ihre Lippen sacht auf seine Schulter drückte. Doch erst ihre Zunge auf seiner Haut, gefolgt von einem zärtlichen Knabbern, brachte ihn vollends um den Verstand.

Knapp einen halben Meter vor der Matratze beugte er den Kopf und umschloss eine ihrer Brustwarzen mit dem Mund.

Sie war so süß. Ihre Spitze wurde noch härter. Als Nicola unvermittelt seinen Namen stöhnte, schwand seine Selbstbeherrschung immer mehr. Er veränderte seine Position, sodass er ihre andere Brust verwöhnen konnte.

Marcus wusste, dass er nie zuvor etwas so Sinnliches erlebt hatte wie ihre Reaktion auf seine Liebkosungen. Er zwang sich, die restlichen Schritte zum Bett zu gehen. Mit Nicola auf seinem Schoß sank er auf die Matratze. Sie hatte die Finger in seinem Haar vergraben und reckte sich ihm entgegen, damit Marcus ihre Brüste besser erreichen konnte. Mit dem Becken rieb sie sich an seiner Erektion, und ihm war klar, dass er kommen würde, wenn er zuließ, dass sie weiterhin auf seinem Schoß herumrutschte.

Er löste seine Lippen von ihren Brüsten und schob Nicola zwischen seine gespreizten Oberschenkel. Im nächsten Moment stand sie auf zittrigen Beinen vor ihm. Er hielt sie an den Hüften fest und rückte ihren Körper in die richtige Position, damit er ihre Brüste weiter massieren konnte. Eine nach der anderen. Sie strich mit den Fingern durch sein Haar, und die kleinen Geräusche, die sie ausstieß, während er leckte, saugte, knabberte, weckten in ihm den Wunsch, diese Nacht möge mehr als nur ein paar Stunden dauern.

10. KAPITEL

Nicola hatte sich noch nie so außer Kontrolle gefühlt. Ihr Geist, ihr Körper – nichts schien mehr miteinander verbunden zu sein. Zwischen Marcus' Küssen und seinen Händen auf ihrer Haut hatte sie das Gefühl, den Halt zu verlieren. Als er ihr die Shorts und das Höschen auszog, war sie vollkommen nackt.

Voller Leidenschaft küsste er sie, und Nicola glitt mit den Händen hinab zu seiner Hose.

Sie fing an, den Knopf und den Reißverschluss zu öffnen, doch er umfasste ihre Finger mit einer Hand. „Noch nicht. Nicht, bevor du nicht für mich gekommen bist."

Er verschränkte seine Finger mit ihren und schob seine Hand gemeinsam mit ihrer zwischen ihre Oberschenkel. Überrascht keuchte sie auf.

„Sag mir, wie es sich anfühlt", forderte er sie leise auf.

„Gut." Sie konnte kaum atmen. „So gut."

Ihre Beine zitterten, und er hielt sie in seinen Armen, während er mit den ineinander verschlungenen Fingern ihren sensibelsten Punkt streichelte.

„Marcus."

Sie stöhnte seinen Namen, als die Lust sie durchzuckte. In seinen Augen flackerte Verlangen auf, bevor er sich vorbeugte und seine Lippen auf ihre Brust presste. Nicola keuchte, während er ihrer beider Hände schneller und schneller über sie kreisen ließ. Sie stand kurz davor, war nur noch einen Augenblick davon entfernt, hielt den Atem an, als ...

„Jetzt sollst du nur noch mich spüren."

Sie nahm seine Worte kaum bewusst wahr, während er ihre Hand losließ und dann mit einem Finger tief in sie drang.

Nicola glaubte, ihn sagen zu hören, wie eng, wie schmal sie sei, aber seine Stimme klang wie aus weiter Ferne.

„Komm für mich. Ich will es sehen. Ich will fühlen, wie deine Muskeln mich umschließen, wenn du den Orgasmus erlebst."

O Gott, sie wollte es. Bei seinen erregenden Worten hatte sich ihr Innerstes bereits wie zu einem Vorboten des Höhepunktes zusammengezogen. Sie war kurz davor zu kommen. Doch je mehr sie auf den Orgasmus zusteuerte, desto stärker zitterten ihre Beine.

Sie wollte sich entspannen, wollte nicht länger schüchtern sein, wollte sich den wundervollen Dingen hingeben, die Marcus mit ihr anstellte. Aber ein Gedanke hielt sie davon ab.

Wenn sie sich dieser Leidenschaft, dieser Wildheit mit Marcus zusammen ergab, bedeutete das, dass sie tatsächlich die Schlampe war, als die Kenny sie in der Öffentlichkeit hingestellt hatte?

Marcus spürte ihr Zögern und hörte auf, sie zwischen den Oberschenkeln zu streicheln. Sie wollte protestieren, doch bevor sie etwas sagen konnte, hatte er sie hochgehoben. Er legte sich auf die Matratze und zog sie zu sich, sodass sie auf ihm saß.

Mit den Händen strich er ihr sacht über den Rücken, und ihr wurde bewusst, dass er Wort halten würde.

Langsam und locker.

Und in dem Moment begriff sie, dass es keine Rolle spielte, was die Welt von ihr hielt. Wenn sie mit Marcus im Bett war, zählte nur noch das, was sie empfand. Nur die intensive Lust, die er ihr schenkte, war von Bedeutung.

Sie beugte sich vor und küsste ihn stürmisch, beinahe schon wild.

Während des Kusses bemerkte sie, dass er erneut mit der Hand zwischen ihre Beine geglitten war. Ein lustvolles Stöhnen entrang sich ihr, als er wieder einen Finger in sie tauchte. Erfreut stellte sie fest, dass es ihr in dieser Position leichter fiel, sich gegen seine Hand zu pressen.

„Mehr", flehte sie. „Bitte, Marcus."

Sie beobachtete, wie er mit sich rang. Ein Muskel zuckte in seinem Kiefer. „Halt still."

Es brachte sie fast um den Verstand, sich nicht mehr zu bewegen. Ihr stockte der Atem, sowie sie spürte, wie er mit mehr als nur einem Finger in sie stieß.

„Nicola?"

Voller Angst, dass er aufhören würde, beugte sie sich wieder vor und küsste ihn. „Bitte, hör nicht auf."

Während er tiefer in sie drang, schlossen sich ihre inneren Muskeln um ihn. „Küss mich", flüsterte er. Dann vergrub er die Finger seiner freien Hand in ihrem Haar und zog sie zu einem Kuss an sich. „Genau so."

Unzählige wunderbare Gefühle durchströmten sie, während ihre Erregung seinen Fingern den Weg bereitete. Als er mit der freien Hand ihre Brüste streichelte und zugleich zwischen ihren Schenkeln ihren geheimsten Punkt fand, spürte sie es kommen. Die Lust rollte wie eine riesige Welle heran. So riesig, dass sie glaubte, es nicht aushalten zu können.

Nein, sie *wusste*, dass sie es nicht aushalten würde.

Sie beendete ihren Kuss und legte ihre Hände flach auf seine Brust, um sich von ihm zu lösen, als seine raue Stimme ihre Panik durchdrang. „Nicola. Sieh mich an. Ich bin bei dir."

Irgendwie gelang es ihr, sich auf ihn zu konzentrieren, während die Woge der Lust sie mit sich riss.

„Lass los", raunte er ermutigend und schaute sie an, als hätte er in seinem ganzen Leben noch nie etwas Schöneres, etwas Faszinierenderes oder Zauberhafteres gesehen. Und das war es, was sie endlich dazu brachte, sich gehen zu lassen und den Höhepunkt zu genießen.

Noch nie war Marcus mit einer Frau zusammen gewesen, die für die Begierde wie geschaffen und so leidenschaftlich war wie Nicola. Eine Frau, die sich benahm, als hätte sie nie etwas so Schönes erlebt wie seine Berührung. Eine Frau, deren Höhepunkt eine Ewigkeit zu dauern schien.

Gott, er wollte nicht, dass ihr Orgasmus je endete. Er wollte nie vergessen, wie sie den Kuss unterbrochen hatte, damit sie sich auf ihm winden und bewegen konnte, um jede Sekunde ihrer Lust voll auszukosten. Er wollte nie vergessen, welch süße kleine Laute sie ausstieß, als sie ihn küsste – ein Keuchen, das zu Stöhnen wurde. Er wollte nie vergessen, wie sie um mehr gebeten hatte – mehr Berührungen, mehr Küsse, mehr Höhepunkte.

Aber ihm war längst klar, dass er – selbst wenn er es irgendwann versuchte – diese Laute oder den unglaublichen Anblick der hübschesten Frau der Welt, die sich in seinen Armen ihrer Lust hingab, nie mehr würde vergessen können.

Schließlich kam sie wieder zur Ruhe. Ihre angespannten Muskeln wurden weich und nachgiebig. Sie ließ den Kopf auf seine Brust sinken. Ihr Atem ging schnell. Er konnte spüren, wie ihre Lunge arbeitete, um genug Luft zu bekommen, während Nicola auf ihm lag. Obwohl er noch immer vollständig angezogen war – und unfassbar erregt –, gefiel es ihm, wie sie sich an ihn kuschelte. Da war es wieder, das Kätzchen.

Dennoch blieb ihr jetzt keine Zeit, um Kraft zu schöpfen nach ihrem Orgasmus. Denn er war noch längst nicht fertig damit, sie zu verwöhnen. Ihr würde noch der Rest ihres Lebens bleiben, um sich von diesem Abend zu erholen. Genau wie ihm.

Bis zum Sonnenaufgang aber gehörte sie ihm.

Ohne Vorwarnung drehte er sie auf den Rücken und beugte sich über ihren nackten Körper.

Sie sah ihn an. Ihr Blick wirkte einem Moment lang verhangen. Doch dann blinzelte sie und lächelte. „Du hast viel zu viele Klamotten an."

Sie ließ ihn los und widmete sich den Knöpfen seines Hemdes. Das sanfte Streicheln ihrer Finger, die über seine Brust wanderten, ließ sein Herz schneller schlagen. Mit der Zunge fuhr sie sich über die Oberlippe, während sie sich darauf konzentrierte, ihn auszuziehen. Er konnte sich nicht verkneifen, sich vorzubeugen und ebenfalls über ihre Lippen zu lecken.

Als seine Zunge ihre berührte, öffnete sie sacht den Mund für ihn. Aus dem Bedürfnis, sie zu schmecken, wurde ein weiterer überwältigender Kuss.

Er hätte sie für immer so küssen können. Nicht einmal das Geräusch von reißendem Stoff überraschte ihn so, dass er den Kuss unterbrochen hätte. Sie hatte sein Hemd aufgerissen, weil die Knöpfe sich nicht schnell genug aufmachen ließen.

Achtlos warf sie das kaputte Hemd auf den Boden und glitt mit den Händen über seine Bauchmuskeln. Ihre Finger fühlten sich auf seiner Haut unglaublich gut an. Verdammt gut. Aber er hätte wissen müssen, dass es noch besser werden würde, denn in der nächsten Sekunde beugte seine kleine Wildkatze sich vor, um an seiner Brustwarze zu knabbern. Seine Muskeln zuckten, als sie ihn erst sacht biss und dann mit der Zunge über die Stelle leckte.

„Ich habe noch nie jemanden so sehr gewollt", flüsterte sie, während sie einen neckischen Kuss nach dem anderen auf seine Haut hauchte. Sie ließ die Hände nach unten gleiten, damit sie seine Erektion umfassen konnte.

Marcus atmete scharf ein, als sie ihre Finger um ihn schloss. Zuerst war Nicola vorsichtig, wurde dann jedoch immer mutiger, sobald sie spürte, dass er unter ihrer Berührung noch härter wurde. Mit zusammengebissenen Zähnen hielt er den lustvollen Liebkosungen stand. „Langsam und locker, damit ich dir nicht wehtue", ermahnte er sie.

Sie schaute ihn an. „Du würdest mir niemals wehtun."

Ihr Vertrauen traf ihn mitten ins Herz. Dabei hatte er geglaubt, dass sein Herz erst einmal für jegliche Gefühle versperrt wäre. Doch schon, als sie auf seinem Schoß eingeschlafen war, als sie scheu und ohne Make-up in der Küche aufgetaucht war oder als sie mit dem Jungen und dem Mädchen gelacht hatte, die ihre Musik liebten, hatte er erkannt, dass diese Frau sein Herz berührte.

Er hatte keine Ahnung, wie sie das anstellte, wie sie ihm unter die Haut ging und ihn direkt ins Herz traf, obwohl er sich eigentlich vor so viel Nähe hatte hüten wollen. Er hätte sie als Nico, den Popstar, betrachten sollen. Am besten hätte er sich selbst eingebläut, dass er sie nach dem heutigen Abend nicht wiedersehen würde, denn schließlich würde sie ihn in ihrer Welt von Blitzlichtern und Fans vergessen.

Sie brauchte ihn nicht. Jedenfalls nicht mehr nach der heutigen Nacht.

Marcus würde es sich nie verzeihen, wenn er nach dieser Nacht das Gefühl hätte, ohne sie nicht leben zu wollen.

Es machte ihn wütend, dass dieser Ausgang ihrer Affäre immer deutlicher abzusehen war. Abrupt sprang er vom Bett auf, um sich die Hose auszuziehen. Er brauchte ein paar Sekunden, in denen sie ihn nicht berührte, um sich zu sammeln und wieder einen klaren Gedanken fassen zu können.

Ihre Augen weiteten sich. „Du bist schön, Marcus."

Er wusste, dass er einen guten Körper hatte. Viele Frauen hatten ihn schon so angesehen, aber ihre Bewunderungen hatte ihn nicht so berührt. Vielleicht weil keine der Frauen ihn je mit einem solchen Erstaunen angeschaut hatte.

Oder mit so viel Vertrauen.

Nicola konnte nichts anderes tun, als Marcus anzustarren.

Sein Körper, seine Muskeln und seine unglaublich schöne Erektion stellten jede Skulptur, die Rodin je geschaffen hatte, in den Schatten.

Und obwohl sie geahnt hatte, dass er beeindruckend groß war, wirkte er ohne Kleidung riesig. Seine Muskeln waren so stark und definiert, als würde er seinen Lebensunterhalt mit körperlicher Arbeit verdienen.

Seine Stimme riss sie aus ihren Gedanken. „… nur, wenn du dafür bereit bist. Du musst nichts tun, was du nicht möchtest", sagte er gerade. Verwirrt blickte sie ihn an, dann bemerkte sie, dass er ein Kondom übergestreift hatte.

Sie hatte es heute Abend genossen, ihm die Führung zu überlassen. Doch ihre Zurückhaltung bedeutete keineswegs, dass sie nicht für ihn bereit war. Sie musste unbedingt verhindern, dass er aus falsch verstandenem Ehrgefühl ging. Es gefiel ihr nicht, dass er noch immer neben dem Bett stand, die Hände zu Fäusten geballt, als wollte er sich selbst davon abhalten, sie noch einmal zu berühren.

Nicola wartete nicht länger – sie konnte nicht riskieren, dass er es sich noch einmal anders überlegte. Ohne länger darüber nachzudenken, erhob sie sich von der Matratze und schmiegte sich an ihn. Sie kreuzte die Hände in seinem Nacken und schlang die Beine um seine Taille. Atemlos stieß er ihren Namen hervor. Sie lockerte die Umarmung ein wenig und ließ sich langsam auf seine Härte sinken.

Längst war sie so sehr erregt, dass er mühelos in sie eindringen konnte, und er spürte, wie sie ihn voller Lust in sich aufnahm. Er rang um Fassung und versuchte, sich nicht von ihr mitreißen zu lassen.

„Nein, Nicola. Nicht so. Noch nicht."

Doch sein Körper strafte seine Worte Lügen. Unwillkürlich ergriff Marcus ihren Po und fing an, sich behutsam zu bewegen und weiter in sie hineinzugleiten. Nicola keuchte auf. Sie ließ den Kopf in den Nacken fallen und schloss die Beine enger um ihn, damit er noch tiefer in sie eintauchen konnte.

„Tue ich dir weh?"

Seine raue Stimme schien über ihren Hals zu streichen. Mit den Zähnen knabberte er zärtlich an der Stelle, wo ihr Pulsschlag sichtbar wurde.

Sie wollte ihm antworten, wollte ihm sagen, dass er ihr keine Schmerzen zufügte, denn sie wusste, dass er genau das hören wollte. Aber sie hatte versprochen, ihm heute Nacht die Wahrheit zu sagen. Deshalb hob sie den Kopf und schaute ihm in die Augen.

„Ein bisschen. Aber es ist ein guter Schmerz. Ich will mehr davon. Mehr von dir."

Bevor er ihr sagen konnte, dass sie aufhören mussten, presste sie ihren Mund auf seinen und küsste ihn voller Leidenschaft. Der Schmerz wich unglaublicher Lust.

Sie fühlte, wie er sie packte und wieder aufs Bett legte. In der nächsten Sekunde spürte sie ihn auf sich. Schweißperlen glitzerten auf seiner Brust.

Marcus zwang sich, ruhig zu bleiben und sich nicht von seinem Verlangen mitreißen zu lassen. Sanft löste er sich von ihren Lippen.

Fragend sah Nicola ihn an. Wieder schoss ihr durch den Kopf, wie umwerfend attraktiv er war, wie sehr sie seine muskulöse, gebräunte Brust, seine starken Arme, seine schmalen Hüften liebte.

„Langsamer", brachte er hervor. „Ich möchte jede Sekunde mit dir genießen."

Vielleicht hatte er recht. Doch sie sehnte sich nach dem Gegenteil. Ihr ganzer Körper war bereit für schnellen, wilden Sex. Sie wollte herausfinden, wie es sich anfühlte, wenn Marcus sich gehen ließ und seine eiserne Selbstbeherrschung verlor. Und das mit dem Bewusstsein, dass sie diejenige war, die ihn so weit gebracht hatte.

Sie wünschte sich, er möge alles um sich herum vergessen. Er sollte nur noch daran denken, wie sehr er sie brauchte, sie wollte, sie haben musste.

Denn genau das empfand sie in diesem Moment für ihn.

Und sie wollte, dass auch er sich nach ihr verzehrte.

„Ich will nicht langsamer machen", entgegnete sie. „Ich will dich. Alles von dir."

Sie bog ihm die Hüften entgegen, zwang ihn dazu, ihr mehr zu geben. Unwillkürlich keuchte sie auf, als er ganz in sie drang. Und sie konnte die Tatsache nicht leugnen, dass er mit jedem Zentimeter, den er tiefer in sie glitt, nicht nur mehr und mehr von ihrem Körper eroberte, sondern einen Teil ihrer Seele. Es war ein Gefühl, das sie nicht für möglich gehalten hätte.

„Jetzt gibt es kein Zurück mehr."

„Ich will auch gar nicht zurück", wisperte sie.

Aber das bedeutete nicht, dass es ihr keine Angst machte zu wissen, wie sehr er von ihr Besitz ergreifen würde. Und das, so ahnte sie bereits jetzt, galt nicht nur für das Körperliche – trotz der Vereinbarung, die sie für ihre gemeinsame Nacht getroffen hatten.

Sie schlang die Arme noch enger um seinen Nacken. „Ich mag dich, Marcus. Ich mag dich sogar sehr."

Er beugte den Kopf hinunter und küsste sie. „Ich mag dich auch."

Dann setzte er sich auf. Sie strich über seine Brust, während er vor ihr kniete, ihre Hüften packte und sich in die richtige Position brachte. Sie keuchte auf, als er sich zurückzog und dann mit einer fließenden Bewegung in sie drang.

Seine Augen waren dunkel vor Lust. „Das gefällt dir auch, oder?"

„Mhm." Sie konnte nichts sagen, konnte die Lippen nicht bewegen, um die Worte zu sagen, die ausdrücken würden, wie sehr es ihr gefiel. Doch ihr Körper antwortete ihm und bog sich jedem seiner bedächtigen Stöße entgegen.

„Genau so", forderte er sie auf. „Umschließe mich genau so."

Als hätte er die Kontrolle über ihren Körper, fühlte sie, wie ihre inneren Muskeln ihn massierten. Sie stöhnten beide, während die Empfindungen immer stärker wurden, sich vervielfältigten und sich zu überwältigender Lust steigerten. Nicola konnte spüren, wie sich ein weiterer Orgasmus ankündigte, sich langsam aufbaute und jede Faser ihres Seins ergriff.

„O ja, Marcus. Komm mit mir. Bitte. Ich brauche dich jetzt. Hier."

Ihre verzweifelten Worte, ihr unüberlegtes Flehen brachen offenbar den Bann, denn mit einem Mal war all die Selbstbeherrschung, um die er so lange gerungen hatte, verschwunden.

Er stieß in sie, ohne darauf zu achten, ob er ihr wehtat oder nicht, ohne einen Gedanken daran, ob sie seiner Kraft standhalten konnte.

Es gefiel ihr, wie der Höhepunkt sie so unvermittelt mit sich riss, dass es ihr den Atem verschlug.

Und es gefiel ihr, dass sie mit ihm einem Sturm der Gefühle ausgesetzt war, in dem er mit ihr zusammen immer schneller und schneller herumwirbelte, während sein Körper ihren so wundervoll beherrschte. So perfekt.

Von den Wänden des Schlafzimmers hallten die Laute unendlicher Lust wider – seine anerkennenden Worte, wie schön sie sei, wie makellos, übertönt von ihrem Stöhnen, ihrem Keuchen und ihren Lustschreien. Und selbst als sie glaubte, ihr Orgasmus wäre zu Ende – der Höhepunkt konnte ja nicht für immer anhalten, oder? –, bewegte Marcus sich sanft weiter in ihr und reizte sie mit der Hand zwischen ihren Oberschenkeln.

„Gib mir mehr", fordert er. Nicola fragte sich, woher er wusste, dass sie noch immer Reserven hatte. Wieder spürte sie, wie eine Welle der Lust sie mit sich nahm, weniger intensiv dieses Mal, aber dennoch so gut, dass sie seinen Kopf zu sich heranzog, damit sie ihn küssen konnte.

Ihr Kuss war etwas bedächtiger als zuvor, ruhiger und gemächlicher, nachdem sie die Leidenschaft und das intensive Verlangen ausgelebt hatten. Sie liebte es, seine Zunge an ihrer zu fühlen.

Eine Weile später drehte er sich behutsam mit ihr um, sodass er auf dem Rücken und sie halb auf dem Bett und halb auf ihm lag. Irgendwann spürte sie, wie er das Kondom entfernte, doch im nächsten Moment zog er sie wieder an sich. Ihr Kopf ruhte auf seinem Brustkorb, während sie sich eng an ihn schmiegte.

Nicola konnte sich nicht daran erinnern, wann sie sich zuletzt so müde gefühlt hatte – aber auch so zufrieden. Dennoch würde sie nicht gut schlafen können, befürchtete sie. Denn der Gedanke, dass es am nächsten Morgen vorbei sein würde, ließ sie nicht los. Und auch wenn die Nacht mit Marcus unglaublich gewesen war und sie sich matt und schläfrig fühlte bis in die letzte Faser ihres Körpers, fand sie keine Ruhe.

Und die Wahrheit war: Wäre sie wacher gewesen und hätte sie einen klaren Gedanken fassen können, dann hätte sie ihm niemals diese eine Frage gestellt. „Wie wäre es mit zwei Nächten statt einer?"

Das Gefühl, wie sehr ihre Körper sich ergänzten, die Art, wie er sie an sich zog und mit der Hand über ihr Haar streichelte, waren ihr Antwort genug. Nicola musste sich nicht länger anstrengen, um wach zu bleiben. Wohlig gab sie sich dem Schlaf hin.

Verdammter Mist.

Marcus starrte an die Decke. Die Lichter des nächtlichen San Francisco fielen durch die dünnen Vorhänge und erhellten das Zimmer.

Ihm hatte Sex immer Spaß gemacht, aber das, was er gerade mit Nicola erlebt hatte, ging weit darüber hinaus.

Das alles hatte ihn nicht nur körperlich umgehauen, sondern auch seelisch.

Und jetzt wollte sie eine weitere Nacht mit ihm.

Selbstverständlich sehnte er sich auch danach. Wieso hätte er sich nicht wünschen sollen, den spektakulärsten Sex seines Lebens zu wiederholen? Noch dazu mit einer der schönsten Frauen, mit denen er je das Vergnügen gehabt hatte, schlafen zu dürfen, und die darüber hinaus auf all seine Wünsche einging?

Doch genau da lag das Problem.

Es hatte nur Sex sein sollen.

Es hatte nur eine unbekümmerte gemeinsame Nacht sein sollen.

Es hatte nichts als Lust, nichts als eine Folge von Orgasmen sein sollen.

Nicola, die sich an ihn gekuschelt hatte, rührte sich. Sofort spürte er, wie sein Verlangen wieder erwachte, obwohl er für die nächsten dreißig Minuten hätte befriedigt sein sollen. Mindestens.

Wenn er nicht sechsunddreißig Jahre alt gewesen wäre, wenn er nicht von der Frau betrogen worden wäre, die er eigentlich hatte heiraten wollen, wenn er nicht gerade unglaublich lustvollen Sex erlebt hätte und bei der bloßen Erinnerung daran schon wieder Verlangen verspürt hätte, dann hätte er sich vielleicht selbst davon überzeugen können, die Lüge zu glauben, die er glauben wollte.

Aber er hütete sich davor, es auch nur zu versuchen.

Denn die unbestreitbare Wahrheit war, dass die Nacht, die er gerade mit Nicola verbracht hatte, bedeutender gewesen war, als er gedacht hätte.

Als er gesagt hatte, er möge sie, war es ihm ernst gewesen. Er mochte sie sogar mehr, als ihm lieb war. Irgendwie verschmolzen alle Bilder von ihr – ihre Unterhaltung mit den Kindern am Aufzug, die Nacht auf seinem Schoß, ihre Zurückhaltung und Scheu am nächsten Morgen in der Küche seines Bruders, ihre Hemmungslosigkeit und Leidenschaft im Bett – zu seiner Vision der perfekten Frau.

Wenn schon eine Nacht mit ihr ihn so weit bringen konnte, wie würde er sich erst nach zwei Nächten fühlen?

11. KAPITEL

Nicola hatte einen wundervollen Traum. Sie lag in einem unfassbar gemütlichen Bett an einen starken, muskulösen Körper geschmiegt. Durch die Wärme, die sie umhüllte, fühlte sie sich sicher und geborgen. Sie fühlte sich sogar sicher genug, um sich hemmungslos ihrer Sinnlichkeit hinzugeben, als sie die Hand spürte, die über ihre Brüste strich, ihren Bauch hinunter bis zwischen ihre Schenkel. Instinktiv drängte sie sich der Hand entgegen, stöhnte vor Lust auf, spreizte die Beine und genoss die Berührung.

Ein ungeahntes Verlangen erfüllte ihren Körper, dann strichen die Finger noch tiefer, eroberten den Punkt ihrer größten Lust, um ihn erbarmungslos zu reizen. Plötzlich spürte sie, wie diese Finger, von denen sie träumte, in sie eindrangen.

Nicola fühlte, wie der Höhepunkt kam – es war ein Orgasmus, der so stark war, dass er in ihren Zehenspitzen zu beginnen und bis in ihre Fingerspitzen zu reichen schien. Ihr Atem ging stoßweise, und durch die flatternden Augenlider hindurch sah sie, wie die Traumwolke, in der sie sich befand, sich aufzulösen begann.

Nein! Sie wollte nicht aufwachen, wollte nicht aus einem der erstaunlichsten Träume gerissen werden, den sie je gehabt hatte. Nicht, bevor sie …

Zu dem Geräusch eines Handys, das auf einer Tischplatte vibrierte, kam das laute Klingeln des Hoteltelefons auf dem Nachttischchen, kaum einen Meter von Nicolas Kopf entfernt.

O verdammt! Sie schreckte hoch, und ihr Herz hämmerte wie wild, während in ihrem Kopf nur ein Wort wieder und wieder hin- und herging: *verdammt!*

Wie hatte sie nur den Videodreh vergessen können?

Sie stand kurz davor, die Decke zurückzuschlagen, aus dem Bett zu springen und ins Bad zu rennen, um so schnell wie noch nie zu duschen, als ihr bewusst wurde, dass die Hand zwischen ihren Schenkeln kein Traum war.

Als die letzten Spuren des Schlafs sich auflösten und ihr alles wieder einfiel, bemerkte sie, dass ihr Herz heftig schlug – und das hatte nichts damit zu tun, dass sie zu spät zur Arbeit kam.

Die Lust pulsierte noch immer zwischen ihren Schenkeln. Unwillkürlich griff sie nach der Decke und zog sie über ihren nackten Körper. Eigentlich wusste sie, dass das nach der vergangenen Nacht nicht nötig gewesen wäre. Vielleicht war sie noch ein wenig durcheinander, weil sie so abrupt aufgewacht war. Möglicherweise lag es auch daran, dass Marcus unglaublich aussah. Seine sonnengebräunten Muskeln hoben sich gegen die weiße Bettwäsche ab, die er nachts über seinen wundervollen Körper gezogen hatte.

Oder es kam daher, dass sie es nicht gewohnt war, mit der Hand eines Mannes zwischen ihren Schenkeln aufzuwachen.

„Ich bin spät dran für das Video. Unglaublich, dass ich vergessen habe, den Wecker zu stellen."

Für gewöhnlich erschien sie immer ein paar Minuten früher zu Terminen – vor allem nach der Katastrophe mit Kenny, als ihr von einem Tag auf den anderen das Image des wilden Partygirls anhaftete und sich in den Köpfen der Leute festgesetzt hatte.

Sobald Marcus ihre Worte hörte, zog er die Hand zurück. Sofort vermisste Nicola die Wärme seiner Berührung. Er setzte sich ebenfalls im Bett auf, nur machte ihm seine Nacktheit offensichtlich nichts aus.

Er war augenscheinlich erregt, und einen Moment lang vergaß Nicola alles andere um sich herum. Sie konnte nur noch daran denken, wie gut es sich anfühlen würde, über ihm zu sein, sich auf ihn sinken zu lassen und ihn in sich aufzunehmen. Sein Körper war mehr als bereit für Sex.

Und wahrscheinlich hätte sie ihrem Verlangen nachgegeben, doch seine Worte holten sie in den Alltag zurück. „Das ist meine Schuld", räumte er ein. „Ich habe dich gestern zu lange wach gehalten, obwohl ich wusste, dass du heute arbeiten musst."

Oje, warum musste ihr gemeinsames Aufwachen immer so peinlich sein? Und es war keineswegs hilfreich, dass ihre Telefone nicht aufhörten zu klingeln.

„Es tut mir leid", sagte sie. „Ich muss schnell rangehen und Bescheid sagen, dass ich unterwegs bin."

Sie schnappte sich das nächste Telefon. „Hallo. Ja, entschuldige." Ehe sie fortfuhr, strich sie mit der Hand über ihr Gesicht. „Ich habe verschlafen, aber ich bin gleich da." Dann legte sie auf. „Das war Lori. Sie klingt echt besorgt wegen …"

Ihre Stimme erstarb, als ihr auffiel, dass Marcus nicht mehr im Bett lag. Er stand an der Tür und hatte sich bereits die Hose angezogen. Sie war diejenige, die schon angezogen und zum Gehen bereit hätte sein sollen. Doch der Ausdruck auf seinem Gesicht zeigte, dass er eindeutig vorhatte, ihr zuvorzukommen. Außerdem erkannte sie an seiner angespannten Körperhaltung und der Reue in seinen Augen, dass er sich nichts mehr wünschte, als hier zu verschwinden und sie und die unglaubliche Nacht, die sie beide erlebt hatten, hinter sich zu lassen.

Ausgerechnet in diesem Moment musste ihr wieder einfallen, was sie ihn gefragt hatte, ehe sie in seinen Armen eingeschlafen war. *Wie wäre es mit zwei Nächten statt einer?*

Nicolas erster Impuls war es, zusammenzuzucken und sich wie eine jämmerliche Idiotin zu fühlen. Wie am Morgen nach ihrer ersten gemeinsamen Nacht hatte sie ihn noch einmal um mehr Zeit angefleht. Sie zog die Decke vom Bett, um ihre Blöße zu bedecken, und betrachtete den Mann, der ihr mehr Lust bereitet hatte, als sie je für möglich gehalten hätte.

Schon wollte sie ihn gehen lassen, bevor sie sich noch weiter blamierte. Doch wie ein Blitz durchzuckte sie eine Erkenntnis: Sie hatte sich alles genommen, was sie sich je gewünscht hatte.

Egal, wie schwer es war, wie demütigend es werden konnte, und egal, wie sehr ihr Stolz darunter zu leiden hatte – tief in ihrem Inneren wusste sie, dass sie und Marcus etwas Besonderes miteinander geteilt hatten. Nicht nur Sex, sondern eine einzigartige Verbindung.

Sie war nicht bereit, das alles aufzugeben. Und ganz sicher war sie nicht bereit, so wundervoll befriedigt zu werden und dann hinzunehmen, dass Marcus sie einfach verließ.

Deshalb ignorierte sie ihr nervös pochendes Herz und ging quer durch den Raum auf ihn zu. Sein Blick verfinsterte sich, als sie näher kam, und die Muskeln in seinem Kiefer zuckten, als die Bettdecke ein Stück von ihrem Körper freigab.

Sie wusste, dass sie die Decke einfach fallen lassen könnte und bekommen würde, was sie wollte. Und es war verführerisch, das zu tun, so verführerisch, wieder von seiner flammenden Leidenschaft verzehrt zu werden, dass sie dem Wunsch beinahe nachgegeben hätte.

Doch eine Stimme in ihrem Kopf hielt sie davon ab. Widerstrebend gab sie zu, dass sie sich wünschte, seine Entscheidung, noch eine Nacht mit ihr zu verbringen, beruhe auf mehr als nur der Tatsache, dass er ihren Körper wieder unter sich spüren wollte.

Nicht, dass sie – abgesehen von den kommenden Tagen vielleicht – eine Zukunft mit Marcus sah. Er passte nicht zu ihr. Er war ein Geschäftsmann, der bestimmt bald bereit für eine Frau und Kinder war. Und sie passte nicht zu ihm. Sie war ein Popstar und häufiger im Flugzeug als auf dem Boden.

Dennoch hatten sich zwischen ihnen Gefühle entwickelt. Selbst in dem Club an ihrem ersten Abend hatte inmitten der lauten Musik und der fremden Menschen um sie herum ein besonderes Gefühl, eine besondere Anziehung zwischen ihnen geherrscht. Ob das nun gut oder schlecht war: Nicola, die Frau in ihr, wollte mehr davon entdecken und ans Licht bringen – genau wie Nico, die Künstlerin, sich ganz und gar in jeden Song stürzte, den sie je geschrieben hatte, und sich den Emotionen hingab.

Jetzt stand sie nur noch ein paar Zentimeter von ihm entfernt. „Die letzte Nacht war umwerfend", sagte sie und hielt seinen dunklen, unglaublich intensiven Blick. „Es hat mir gefallen, mit dir zusammen zu sein. Alles daran." Ehe er etwas erwidern konnte, trat sie noch näher und fuhr mit den Fingerspitzen über sein stoppeliges Kinn. Diese kleine Berührung jagte ihr schon Blitze durch den Körper. „Ich werde noch für den Rest der Woche in der Stadt sein. In den nächsten drei Tagen drehe ich ein Video, und am Samstag gebe ich ein Konzert. Aber zwischen Donnerstagabend und Samstagnachmittag habe ich die meiste Zeit über frei."

Sie wollte sich an ihn schmiegen, wollte ihn küssen. Doch sie musste erst zu Ende bringen, was sie begonnen hatte, musste sichergehen, dass sie mehr verband als nur ein paar weitere Küsse.

Der direkte Weg sei der einfachste, sprach sie sich Mut zu – zumindest galt das beim Schreiben von neuen Songs. Und sie hoffte, dass es auch hier, vor dem schönsten Mann stehend, den sie je kennengelernt hatte, so war. „Ich würde gern mehr Zeit mit dir verbringen, Marcus. Ganz ohne Verpflichtungen. Einfach nur mehr von dem hier …"

Damit stellte sie sich auf die Zehenspitzen und küsste ihn sanft. Nun hatte sie alles getan, was in ihrer Macht stand. Sie war absolut aufrichtig zu ihm gewesen.

Jetzt konnte sie nur noch abwarten, ob auch er mehr wollte oder ob er Lebewohl sagen würde.

Marcus hatte sich entschieden.

Was er mit Nicola hatte – es war nicht einmal mehr ein One-Night-Stand, weil sie ja bereits zwei Nächte miteinander verbracht hatten – konnte zu nichts führen.

Gut, körperlich passten sie perfekt zueinander. Er würde sich nicht selbst etwas vormachen und behaupten, dass er in den vergangenen zwanzig Jahren eine ähnlich starke körperliche Anziehung zu einer anderen Frau erlebt hätte. Was in der letzten Nacht mit Nicola passiert war, ließ sich mit keiner Reaktion auf eine andere Frau vergleichen, und ihm war noch immer schwindelig davon. Und wenn heute Morgen nicht sämtliche Telefone in der Penthouse-Suite auf einmal geklingelt hätten, dann wäre er noch immer bei ihr. Und in ihr.

Es war beinahe unmöglich, seinen Geist und seinen Körper dazu bringen zu wollen, über diese perfekte Verbindung hinwegzukommen und Nicola zu vergessen. Vor allem, wenn sie so vor ihm stand, die Bettdecke locker um sich geschlungen. Die Sonnenstrahlen fielen durch die leichten Vorhänge und erhellten ihre wundervollen Kurven, die sich unter dem Stoff erahnen ließen.

Aber ihm war bewusst, dass ein paar weitere Tage mit ihr zu gefährlich wären, zu eindrucksvoll, zu bedeutend ... Und er wollte ihr nicht das Herz brechen. Nicht, nachdem er nun wusste, wie süß und lieb sie war, wie unschuldig.

Er verstand nicht, warum sie ihn mit so viel Vertrauen und so viel Hoffnung im Blick ansah. Vielleicht lag es daran, dass er so neu und unbekannt für sie war. Vielleicht war aber auch seine seriöse Rolle des Geschäftsmannes so anders als die der hippen Stars und anderen Berühmtheiten, mit denen sie für gewöhnlich ihre Zeit verbrachte. Doch schon mit Jill, von der er angenommen hatte, sie würde sich vom Leben dasselbe wünschen wie er, hatte es nicht funktioniert. Da würde es mit einem jungen Popstar ohne Zweifel erst recht nicht funktionieren. Ganz sicher würde es Nicola mit ihm schnell langweilig werden, und dann würde sie in ihre schillernde Welt zurückkehren wollen.

Ein kluger Mann würde sich zurückziehen, ehe er sich die Finger verbrannte. Und bis er Jill kennengelernt hatte, war Marcus der Überzeugung gewesen, ein kluger Mann zu sein. Jemand, der die richtigen Entscheidungen traf, auch wenn sie nicht einfach waren. Er hatte gedacht, er wüsste, was er wollte – und was er brauchte.

Er spürte Nicolas Blick auf seinem Gesicht ruhen, während ihm nun all diese Gedanken durch den Kopf gingen. Nach zwei gemeinsamen Nächten hatte er ganz gut gelernt, sie zu durchschauen. Er wusste, dass sie nervös auf seine Reaktion wartete. Denn am Samstagmorgen, als sie ihn um eine weitere Nacht gebeten hatte, hatte er sich nicht zu einem Ja hinreißen lassen. Nicht, bis er sie in dem Tanzstudio wiedergesehen und gewusst hatte, dass eine Nacht voller heißem Sex mit ihr unvermeidlich war – genauso unvermeidlich wie die Einsicht, dass es niemals darüber hinausgehen könnte.

Ihre Telefone fingen wieder an zu klingeln, und er wusste, dass es das Stichwort für ihn war, sich zu verabschieden.

Aber statt der Worte, die er eigentlich hatte sagen und mit denen er die Sache mit ihr ein für alle Mal hatte beenden wollen, ertappte er sich dabei, wie er den Arm ausstreckte, die Hand auf ihren Rücken legte und sie zu sich heranzog.

Im Vergleich zu ihm war sie so zierlich. Dennoch wusste er, wie stark sie war. Stark genug, um zu tanzen und zu singen und stundenlang mit ihm zu schlafen, ohne eine Pause zu benötigen.

Mit den Fingern strich er durch ihr Haar und hielt sie sanft fest. Sie stieß den Atem aus, den sie unbewusst angehalten hatte. Dann neigte er den Kopf und gab ihr den Kuss, den er ihr schon seit Stunden geben wollte. Seit sie sich in dem großen Bett an ihn geschmiegt und so friedlich geschlafen hatte. Leise seufzend schlang sie die Arme um seinen Hals, als aus dem sachten Kuss schnell eine hemmungslose Verschmelzung von Zungen und Lippen wurde.

Ja, das Ende ist unvermeidlich, dachte Marcus, als er Nicolas Leidenschaft, ihre natürliche Sinnlichkeit in sich aufnahm. Doch alles, was vorher kommen würde, versprach so unglaublich, so umwerfend zu werden, dass er an diesem Punkt nicht aufhören konnte. Das, was sie taten, ließ sich nicht einfach als eine weitere Nacht zusammen rechtfertigen. Er wusste, dass es mehr war. Aber er konnte nicht widerstehen. Er konnte sich nicht zurückziehen und sie verlassen.

Noch nicht.

Marcus beendete den Kuss, ließ sie jedoch nicht los. „Ich muss zurück ins Napa Valley, um ein paar Dinge zu erledigen, aber ..." Er unterbrach sich, um ihr einen Kuss auf die Stirn zu hauchen, die sie in Falten gezogen hatte, als er gesagt hatte, er werde gehen. „Ich werde Donnerstagabend wieder zurück sein."

Ihr Lächeln war strahlender als die Sonne. Diese Freude zu sehen, für die er verantwortlich war, weckte in ihm das Gefühl, alles schaffen zu können und sich jeder Herausforderung zu stellen, wenn er Nicola damit glücklich machen konnte.

„Keine Verpflichtungen", wiederholte er noch einmal.

Er glaubte, ihr Lächeln wäre eine Spur blasser geworden. Doch als sie sagte: „Ich bin ganz bestimmt nicht auf der Suche nach einer Beziehung!", beschloss er, dass er sich das eingebildet haben musste.

„Gut. Ich werde deine Schlüsselkarte behalten und direkt hierherkommen, wenn ich alles erledigt habe", sagte er zufrieden. Doch gleichzeitig fragte er sich, warum sie für etwas Ernstes nicht bereit sei. Er drückte ihr einen Kuss auf die Lippen. „Du solltest dich jetzt für das Videoshooting fertig machen."

Zögerlich löste sie sich aus seiner Umarmung. Keiner von beiden merkte, dass er auf der Decke stand, bis Nicola sich umdrehte und die Decke von ihrem Körper glitt.

Offensichtlich überrascht von ihrer plötzlichen Nacktheit versuchte sie instinktiv, ihre Blöße mit den Händen zu bedecken. Marcus wusste, dass sie beide keine Zeit für Sex hatten und dass jede Minute, die sie nicht am Set für den Videodreh war, unglaublich viel Geld kostete, aber dennoch wollte er, dass sie eine Sache begriff.

„Während wir zusammen sind, möchte ich, dass dein Körper nicht nur *deiner* ist, sondern auch *meiner*."

Sie war schon zart errötet, doch als sie seine Worte hörte, wurden ihre Wangen noch dunkler. Einen Moment lang rührte sie sich nicht und hielt sich weiter die Hände vor den Körper. Schließlich allerdings atmete sie tief durch und ließ die Arme sinken. „Das will ich auch."

„Geh jetzt duschen", sagte er, wohl wissend, dass er sich nur schwer zurückhalten konnte.

Für einen Augenblick sah es so aus, als wollte sie ihm widersprechen. Aber obwohl jede Zelle seines Körpers danach schrie, sie an sich zu ziehen, sie auf die Matratze zu drücken und mit ihr zu schlafen, bis sie von ihren Lustschreien heiser war, respektierte er ihre Karriere genug, um sich umzudrehen und nach seinem Hemd zu greifen.

Er hörte, wie sie über den flauschigen Teppich zum Badezimmer lief, und zwang sich, den Geschmack ihres süßen Mundes, den er noch immer auf seinen Lippen wahrnahm, zu ignorieren.

„Marcus?"

Innerlich wappnete er sich dafür, seine Selbstbeherrschung noch ein wenig länger aufrechtzuerhalten, und warf Nicola über die Schulter hinweg einen Blick zu. Sie war unglaublich schön, als sie so in der Duschkabine stand und das Wasser gerade anstellen wollte.

„Ich weiß nicht, ob ich bis Donnerstagabend warten kann."

Sie drehte das Wasser auf. Marcus war sprachlos, als er beobachtete, wie sie den Kopf in den Nacken legte, sodass das Wasser über ihre Brüste, ihren Bauch und zwischen ihren Schenkeln entlanglief.

Er brauchte sie noch einmal, bevor er ging. Es würde nicht lange dauern. Vermutlich würde er kaum mehr als dreißig Sekunden brauchen, wenn er bedachte, wie verdammt heiß er war.

Ein paar Sekunden später hatte er sich seiner Sachen wieder entledigt, streifte ein Kondom über und stieg zu Nicola in die Duschkabine.

„Du Nervensäge."

Sie nickte, schlang lächelnd die Arme um seinen Nacken und zog sich an ihm hoch, sodass sie die Beine um seine Taille legen konnte.

„Es gefällt dir", stellte sie fest.

„Das sollte es eigentlich nicht", gab er mit rauer Stimme zu, während er sich mit ihr zusammen umdrehte, sodass sie mit dem Rücken an den Fliesen lehnte. So konnte er die Hände benutzen, um ihre Brüste zu umfassen. Er hörte, wie Nicola lustvoll aufkeuchte. „Aber ja, es gefällt mir."

Alles, was sie seit ihrer ersten Begegnung im Club getan hatte, hatte ihn so gereizt, dass er mehr als einmal die Selbstbeherrschung verloren hatte.

Irgendwo tief in seinem Inneren sagte eine kleine Stimme, dass Nicola von der vergangenen Nacht eigentlich noch zu erschöpft sein müsse. Doch selbst dann hätte er sich nicht mehr stoppen können. Mit der Hand strich er von den Brüsten hinunter bis zu den Löckchen zwischen ihren Beinen und stellte fest, dass sie schon feucht für ihn war.

„Nicola, ich kann nicht mehr warten. Es tut mir leid." Er hörte sich selbst wie aus weiter Ferne, ein Mann, der um Vergebung flehte. Aber er konnte sich nicht mehr zurückhalten. Genau jetzt musste er sich nehmen, was er brauchte – auch wenn sie vielleicht noch nicht bereit für ihn war.

„Komm", flüsterte sie. „Ich kann auch nicht mehr warten." Ihre Worte waren wie ein Schalter, der umgelegt wurde, ein grünes Licht, das ihn blendete, und es war ihm unmöglich, nicht auf der Stelle mit ihr Sex zu haben.

Ihr Körper hieß ihn willkommen, als wäre sie dafür geboren worden, ihn zu umschließen. Mühelos schlang sie Arme und Beine noch etwas fester um ihn, und er bewunderte ihren starken, durchtrainierten Körper. Nun, da er sie überhaupt nicht mehr halten musste, hatte er die Hände frei, um ihre Brüste zu streicheln, während er in sie stieß. Ihr Kuss war heiß und verzehrend, irgendwann allerdings ließ Nicola den Kopf in den Nacken fallen und stöhnte so laut auf, dass es in der Duschkabine widerhallte.

„O ja, genau so!", drängte sie ihn.

Marcus wollte ihr noch näher sein, noch tiefer in sie dringen. Also fasste er sie an den Hüften und stieß so stürmisch in sie, wie er es sich in der letzten Nacht schon gewünscht hatte. Er nahm sie so hart, dass er hoffte, die kommenden drei Tage zu überstehen, ohne beim Videoshooting aufzutauchen und sie in einen leeren Raum zu entführen, damit er dort mit ihr schlafen konnte.

Sie schluchzte seinen Namen, während der Höhepunkt sie überwältigte. Wie er es liebte, ihr dabei zuzusehen und zu spüren, wie sie kam. Jeder Muskel in ihr spannte sich an, während sie ihre Lust auskostete.

Er wollte ihren Orgasmus miterleben, wollte keine Sekunde ihrer Erlösung versäumen. Aber in ihrer Nähe konnte er sich einfach nicht zurückhalten. Begierig küsste er sie, während er sich in ihr verströmte. Wie in der Nacht zuvor schien es sie zu reizen, seine Lust zu fühlen, denn leise stöhnend flehte sie ihn an, sie noch ein weiteres Mal zum Höhepunkt zu bringen.

Mit der Hand strich Marcus von ihren Hüften hinunter zwischen ihre Oberschenkel. Nicola riss die Augen auf, als ihr Körper sofort auf die sinnliche Berührung reagierte.

Sanft löste er seinen Mund von ihren Lippen. Er wusste, was sie brauchte, und erinnerte sich noch sehr genau daran, wie sie in der vergangenen Nacht reagiert hatte.

„Noch mal", forderte er sie auf, während er sie zwischen den Beinen streichelte und reizte. „Komm noch einmal für mich, Nicola."

Wie er gehofft hatte, schloss sie bei seinen Worten die Augen. Ihr Atem ging stoßweise und schnell, und ihr Körper gab sich einem weiteren Orgasmus hin.

Er hatte auf seinem Weingut im Napa Valley so viel Schönheit gesehen. So viele Sonnenaufgänge und Abendstimmungen über den Rebstöcken hatte er miterlebt – einer atemberaubender als der andere. Doch er hätte jeden dieser Momente für die Möglichkeit aufgegeben, Nicola erröten zu sehen und bei ihr zu sein, wenn der Rausch des Augenblicks sie mit sich riss.

Kraftvoll schob er beide Hände unter ihre Hüften, als ihre Muskeln sich entspannten und sie die Arme und Beine von ihm löste.

„Ich halte dich", flüsterte er ihr ins Ohr, während er sich auf den eingebauten Sitz in der Ecke sinken ließ und Nicola in seinen Armen hielt.

„Oje, ich bin echt spät dran." Sie hob den Kopf und lächelte Marcus zu. „Du hast einen schlechten Einfluss auf mich." Dann wandte sie sich ab und griff nach dem Shampoo. Deshalb sah sie die Überraschung auf seinem Gesicht nicht.

Marcus hatte sich sein Leben lang bemüht, ein gutes Vorbild für seine Geschwister und für seine Mitarbeiter zu sein. Und jetzt glaubte ein Popstar, dass er einen schlechten Einfluss ausübte? Allerdings konnte er ihr kaum widersprechen. Immerhin war er der Grund dafür, dass sie zu spät zum Videodreh kam. Wenn seine Schwester Lori wüsste, dass er dafür verantwortlich war, würde sie ihn umbringen. Er musste sicherstellen, dass sie nicht noch später kam. Das war das Mindeste, was er tun konnte.

Mit einem Klecks Shampoo fing er an, ihr weiches Haar einzuschäumen.

„Ich kann das allein", protestierte sie halbherzig.

„Gönn mir die Freude, dich zu verwöhnen."

Sie nickte. „Okay." Dann begab sie sich in seine Hände.

Sechzig sehr effektive Sekunden später duftete ihr Haar, und er spülte gerade die letzten Seifenreste von ihrer wundervollen Haut. Kurz darauf hatte er sie bereits mit einem flauschigen Handtuch abgetrocknet.

„Und jetzt zeig ihnen, was du kannst", sagte er schließlich lächelnd und küsste sie auf ihre vollen Lippen.

Aber sie rührte sich nicht und löste sich nicht aus seiner Umarmung. Plötzlich wirkte Nicola, als wäre ihr die Situation höchst unangenehm. „Diese Sache hier zwischen uns ... Ich weiß, dass es fürchterlich klingt, doch ich möchte, dass wir beide sehr vorsichtig sind, damit nichts davon an die Öffentlichkeit gelangt."

Offensichtlich überrascht, dass sie glaubte, noch einmal darauf hinweisen zu müssen, nickte er. „Natürlich bleibt die Sache zwischen uns."

„Gut." Sie lächelte ihn ein wenig unsicher an. „Toll!"

Dann warf sie ihm ein letztes Lächeln zu, zog sich schneller an, als er es je bei einer anderen Frau gesehen hatte, und verschwand. Marcus blieb allein in der riesigen Penthouse-Suite zurück und fragte sich, was er tun sollte, um ihretwegen nicht vollkommen den Verstand zu verlieren.

Wenn es dazu nicht schon längst zu spät war.

12. KAPITEL

Noch nie war Nicola einem Meeting einfach ferngeblieben oder zu spät zu einem Termin für eine Show oder ein Interview gekommen. Dennoch hütete sie sich davor, davon auszugehen, dass ihre bisherige Zuverlässigkeit heute eine Rolle spielen würde.

Die Leute glaubten über sie, was sie glauben wollten. Und sie war sich ziemlich sicher, dass alle automatisch davon ausgingen, sie hätte in der Nacht zuvor heftig gefeiert und käme deshalb nicht pünktlich zu ihrem eigenen Videoshooting. Wenngleich sie versucht war, sich in aller Form zu entschuldigen, wusste sie es doch besser. Sie musste sich, sobald sie das Set betrat, vollkommen im Griff haben.

„Hallo zusammen", sagte sie locker. „Es tut mir leid wegen der Verspätung. Ich hatte heute Morgen noch eine sehr wichtige Angelegenheit zu erledigen."

Sie machte sich nicht die Mühe, die Reaktionen der anderen allzu genau zu beobachten, denn sie fürchtete, bei der Erinnerung an die Einzelheiten der „sehr wichtigen Angelegenheit" rot zu werden.

Die Leidenschaft, die Marcus mit ihr geteilt hatte, machte sie sprachlos. Und zwar so sehr, dass sie sogar vergessen hatte, ihm gegenüber misstrauisch zu bleiben. Er hatte einen Schlüssel zu ihrem Hotelzimmer – das hieß, dass er nach Herzenslust in ihren Sachen herumschnüffeln konnte, wenn er wollte. Sie hatte sich geschworen, nie wieder einem Mann zu vertrauen, und wusste, dass es vielleicht dumm und naiv war. Doch sie konnte sich nicht vorstellen, dass Marcus ihre Sachen durchwühlen würde.

Wie auch immer: Bis das Video im Kasten war, würde sie sowieso keine Zeit haben, um darüber nachzudenken, was sie mit Marcus machen würde. Also schob sie die Gedanken an ihn energisch beiseite. Soweit das ging – denn sie spürte ihn noch immer auf ihrem Körper. Seine Hände auf ihrer Haut, seinen Mund auf ihren Lippen, seine Härte, das Gefühl, wenn er in sie drang ...

„Nico, perfektes Timing!"

Loris begeisterte Begrüßung riss Nicola aus ihren verbotenen Gedanken. „Es tut mir wirklich leid, dass ich so spät dran bin", sagte sie so leise, dass nur ihre Choreografin sie hören konnte.

Marcus' Schwester winkte ab. „Alle hatten so viel vorzubereiten, dass wir gerade erst fertig geworden sind. Sobald du mit dem Kostüm und dem Make-up durch bist, wärmen wir uns auf, ja?"

Nicola gefiel es, dass Lori kein großes Aufhebens machte und immer entspannt blieb. Viele Leute, mit denen sie im Laufe der Jahre zusammengearbeitet hatte, hätten ihr Vorwürfe gemacht und versucht, ihr zu unterstellen, dass sie eine Versagerin sei und niemand etwas anderes von ihr erwartet hätte.

„Klingt gut. Danke."

Sie hatte sich gerade umgedreht, um mit dem Regisseur zu reden, als sie Loris Hand auf ihrem Arm spürte. „Ich weiß, dass wir es eilig haben, aber noch eine Sache: Entschuldige bitte, dass ich mich gestern vor dem Abendessen mit dir und Marcus gedrückt habe."

Nicola hatte überhaupt nicht mehr an Lori gedacht, nachdem sie gegangen war. Aber das konnte sie beim besten Willen nicht zugeben. Sie fühlte sich furchtbar deswegen. „Ist alles in Ordnung?"

Lori zuckte die Achseln. „Es wird schon irgendwie alles in Ordnung gehen", lautete ihre rätselhafte Antwort. „Ich wäre nicht gegangen, wenn ich nicht der Meinung gewesen wäre, dass du bei meinem großen Bruder in den besten Händen bist. Hat er sich gut um dich gekümmert und dich sicher zurück in dein Hotel gebracht?"

Nicola riss sich mühsam zusammen, um ein möglichst ausdrucksloses Gesicht zu machen. Ihr stockte der Atem, als sie den Mund öffnete, um zu antworten, und sie muss sich ein paarmal räuspern, bevor sie sprach.

„Ja. Er war toll."

So unglaublich, erstaunlich toll, dass sie für die Chance, den ganzen Tag in seinen Armen zu verbringen, fast den Videodreh versäumt hätte.

In dem Moment kam der Regisseur zu ihr und bewahrte sie davor, noch weiter zu erröten als ohnehin schon. Froh über die Gelegenheit, sich um ihren Job zu kümmern und nicht um die verwirrenden Empfindungen, die sie nach dem Erlebnis mit Marcus fest im Griff hatten, verbrachte sie die kommenden drei Tage damit, so hart zu arbeiten wie noch nie zuvor in ihrem Leben.

Die anderen mochten am Morgen gedacht haben, sie wäre nur ein unzuverlässiger Popstar ... Doch am Ende zeigte sie mehr Kondition als sie alle.

Drei Tage später ...

Sie hatte länger durchgehalten als alle anderen. Aber zu welchem Preis?

Nachdem sie sich in den Lift geschleppt hatte, der sie in die Penthouse-Suite brachte, hatte Nicola kaum noch die Kraft, die Hand hoch genug zu heben, um die Schlüsselkarte durch das Lesegerät neben der Tür zu ziehen.

Den Kopf an die Wand gelehnt, schloss sie die Augen. Nur noch dreißig Sekunden, dann könnte sie sich endlich auf ihr

Bett werfen und für die nächsten vierundzwanzig Stunden nicht wieder aufstehen.

Das Schloss klickte, und sie verlagerte das Gewicht, um die Tür aufzuschieben. Sie sah Marcus am Tisch an seinem Laptop sitzen, doch schon im nächsten Moment schob er den Rechner von sich und kam auf sie zu.

„Nicola." Er packte sie, ehe sie zusammenbrechen konnte. „Meine Güte, was haben sie bei dem Videoshooting mit dir gemacht?"

„Es lag nicht an ihnen. Es liegt an meinem verdammten Stolz", entgegnete sie, obwohl sie wusste, dass es keinen Sinn ergab. Es fühlte sich so gut an, von ihm gehalten zu werden, dass sie den Faden verlor, als er sie zur Couch trug.

Sie schloss die Augen und gab sich ihrer völligen Erschöpfung hin.

Nicola erwachte in Marcus' Armen. Sie war verwirrt, doch es war kein unangenehmes Gefühl, von ihm gehalten zu werden. Er hatte sogar daran gedacht, ihr ein Kissen unter den Oberkörper und die Füße zu legen, während sie wie eine Tote geschlafen hatte. Es gefiel ihr, mit ihm zusammen zu sein. Bei ihm fühlte sie sich sicher und geborgen wie bei keinem anderen Menschen zuvor. Sie hatte nicht das Gefühl, ihm irgendetwas beweisen zu müssen. Sie musste bei ihm nicht immer bestens gelaunt sein oder ihm etwas vorspielen, um ihn zu beeindrucken, sondern konnte einfach sie selbst sein. In seiner Gegenwart war sie Nicola und nicht die weltbekannte Nico.

„Wie spät ist es?" Ihre Augen fühlten sich gereizt an, und jeder Muskel in ihrem Körper schmerzte vom Tanzen und davon, in den vergangenen drei Tagen einhundertzehn Prozent gegeben zu haben.

„Spät."

Sie fühlte sich schrecklich. Eigentlich hatte sie ihn um eine weitere Nacht gebeten, doch es hatte wieder damit geendet, dass er auf einer Couch saß und sie neben ihm schnarchte. „Ich schlafe immer ein, wenn du bei mir bist."

Er lachte leise. „Allmählich frage ich mich, ob das ein Zeichen ist."

„Ich werde es wiedergutmachen. Das verspreche ich", beteuerte sie, erleichtert, dass er nicht wütend auf sie war, weil sie ihn wieder einmal enttäuscht hatte.

Sie beugte sich vor, um ihn zu küssen. Mit der Zunge strich sie über seine Lippen. Abrupt und viel zu schnell löste er sich von ihr.

„Du bist müde. Erzähl mir zuerst einmal von deinem Video."

Sie hätte ihn lieber weiter geküsst, als ihm von ihrem verrückten Tag zu erzählen. Doch dann begann er, einen ihrer Füße zu massieren, und sie stöhnte auf. Es fühlte sich schmerzhaft und zugleich unglaublich gut an. Seine Berührungen waren so zärtlich und doch so bestimmt. Es erinnerte sie daran, wie er im Bett war.

Irgendwann wurde ihr bewusst, dass er ihr eine Frage gestellt hatte. Es dauerte eine Weile, bis ihr wieder einfiel, was genau er hatte wissen wollen.

„Das Shooting lief gut", sagte sie. Sie war sich nicht sicher, wie viel er wirklich wissen wollte. Vielleicht war er nur höflich. Oder er glaubte, sie wäre einer dieser Popstars, die gern über sich selbst redeten – obwohl das Gegenteil der Fall war.

„Lori rief an, bevor du zurückgekommen bist. Sie hat immer und immer wieder betont, wie großartig du bist."

Nicolas Magen zog sich zusammen. Sie konnte das Lob kaum ertragen. „Ich habe ihr nichts von uns erzählt – ich schwöre es." Was auch immer sie mit *uns* meinte.

„Das weiß ich doch. Meine Schwester war von Anfang an aufgeregt, weil sie mit dir zusammenarbeiten darf. Sie hat mir gesagt, dass sie noch nie einen Menschen kennengelernt habe, der so konzentriert und fleißig sei wie du. Und mich überrascht es nicht, das zu hören."

Mittlerweile hatte er seine Hand von ihren Füßen hinauf zu ihren Schenkeln wandern lassen, um sie dort zu massieren. Nicola spürte eine wohlige Hitze durch ihren Körper rieseln, und jetzt wurde sie angesichts seiner Worte auch noch knallrot.

„Da bist du die große Ausnahme. Die meisten Menschen sind überrascht." Der leicht bitter klingende Kommentar kam ihr über die Lippen, ehe sie es verhindern konnte. Dann bemerkte sie seinen fragenden Blick. „Mein Image ist nicht eben das eines superklugen Workaholics", erklärte sie. Es musste an ihrer Müdigkeit liegen, dass sie so offen mit Marcus über diese Dinge sprach.

Er runzelte die Stirn. „Dein Image?"

Obwohl sie wusste, dass sie die Unterhaltung beenden sollte, ging sie darauf ein. „Komm schon, du musst doch wohl wissen, wie oberflächlich der Ruf eines Promis in der Öffentlichkeit ist – immerhin ist einer deiner Brüder ein Filmstar."

„Woher weißt du davon?"

„Keine Sorge", erwiderte sie lockerer, als ihr zumute war. „Ich habe dich nicht im Internet gestalkt." Er sah sie mit hochgezogenen Augenbrauen an. „Lori hat mir erzählt, dass Smith Sullivan euer Bruder ist." Nicola legte den Kopf schräg und sah Marcus aufmerksam an. „Wenn ich auf die Familienähnlichkeit zwischen euch geachtet hätte, dann wäre es mir bestimmt aufgefallen."

„Wenn du gewusst hättest, dass ich Loris und Smiths Bruder bin, dann hättest du den Club ganz bestimmt nicht mit mir zusammen verlassen."

Es war eine Feststellung, keine Frage. „Du hast recht", stimmte sie genauso geradeheraus zu. „Ich wäre nicht mit dir zusammen gegangen." Sie machte eine kurze Pause. „Und wenn du gewusst hättest, dass ich die berühmt-berüchtigte Nico bin, hättest du mich auch nicht mit nach Hause genommen." In seinen dunklen Augen flackerte etwas auf, als sie den Ausdruck *berühmt-berüchtigt* benutzte. Sie konnte es nicht deuten. Doch ehe er antworten konnte, kam ihr eine Erkenntnis. „Hey, es war Smiths Haus, in dem wir am ersten Abend waren, oder?"

Marcus nickte nur. „Warum bist du berühmt-berüchtigt?", fragte er.

„Das weißt du wirklich nicht?"

Sie wünschte, es fiele ihr nicht so schwer, das zu glauben. Gut, am ersten Abend hatte er nicht gewusst, wer sie war. Mittlerweile aber hatte er genug Zeit gehabt, um Recherchen anzustellen.

„Ich habe dich auch nicht im Internet gestalkt."

Autsch. Es war nicht gerade schön, ihre eigenen sarkastischen Worte zu hören. Sie zuckte zusammen. „Es tut mir leid. Der Kommentar war unangemessen."

„Ja, das ist wahr", stimmte er ihr zu, während er von ihrem Unterschenkel zu ihrem Oberschenkel strich und anfing, den großen verspannten Muskel zu massieren. „Ich bin mir allerdings sicher, dass du dir so etwas jeden Tag anhören musst, oder?"

Es fiel ihr sehr schwer zu glauben, dass er nichts über ihre Geschichte, ihren Hintergrund wissen wollte. Andererseits gehörte er auch nicht gerade zu ihrer Zielgruppe.

„Das stimmt", bestätigte sie. „Doch das ist ein notwendiges Übel. Genau wie mein Image. Ich habe immer geglaubt, dass es den Kompromiss wert ist, solange ich vor Menschen auftreten und ihnen meine Musik nahebringen kann."

„Wie sieht denn dein Image aus, Nicola?"

Mist, sie hatte gehofft, dieses Thema beenden zu können, bevor sie ihm versehentlich mehr über sich und ihre Vergangenheit erzählte, als sie eigentlich wollte. Sicher, er konnte online in Sekundenschnelle alles über sie herausfinden, was er wollte, aber er schien ihr nicht der Typ zu sein, der sich an seinen Computer setzte und sich durch Onlinebilder und Artikel im *People Magazine* kämpfte.

Doch nachdem er ihr nun eine direkte Frage gestellt hatte und anscheinend an der Antwort interessiert war, konnte sie ihm diese Bitte nicht abschlagen. „Mein Image ist doch offensichtlich", entgegnete sie schief grinsend. „Sexy." Sie leckte sich über die Lippen, ehe sie das Wort herausbrachte. „Wild."

„Sexy kann ich sehen", erwiderte er. „Aber wild?" Er runzelte die Stirn und sah sich in der abgedunkelten, ruhigen Suite um. „Es sieht nicht so aus, als hättest du hier in deiner großen leeren Penthouse-Suite am laufenden Band verrückte Partys gefeiert, bevor wir uns begegnet sind."

Sie zuckte mit den Schultern. „Die Leute glauben, was am einfachsten zu glauben ist."

„Das mag stimmen", räumte er ein. „Allerdings nur, wenn es auch einen Grund gibt, es zu glauben."

Sie hasste es, darüber zu reden. Vor allem mit Marcus. Doch sie hatte ihm versprochen, ehrlich zu sein. „Ich habe nicht immer die besten Entscheidungen getroffen."

Warmherzig und dunkel spürte sie seine Augen auf ihrem Gesicht. Dann senkte er den Blick.

„Jeder trifft im Leben ab und zu mal schlechte Entscheidungen."

Sie sah ihn an. „Du auch?"

Kurz presste er die Lippen aufeinander. „Tatsächlich ist mir das vor nicht allzu langer Zeit passiert."

Sein Geständnis empfand sie als tröstlich. „Unglücklicherweise habe ich meine Fehler vor aller Welt gemacht. Deshalb das wilde Image."

„Könntest du das nicht ändern, wenn du es wolltest? Wenn du den Menschen zeigen würdest, wer du wirklich bist?"

Im Laufe des vergangenen Jahres hatte Nicola sich diese Frage sehr, sehr oft gestellt. Jedes Mal, wenn die Stylistin ihr knappe und noch knappere Outfits gebracht hatte, die kaum mehr als ein Hauch von Nichts waren. Wenn sie mit ihrem Manager, der Plattenfirma und der Pressesprecherin redete, schien es, als könnte sie es nicht ändern. Sie alle waren der Meinung, ihre Karriere sei praktisch explodiert, nachdem Kenny sie betrogen hatte. Sie war auf mehr als einem Magazintitel erschienen und Gast in zahlreichen Late-Night-Talkshows gewesen. Seitdem hatte ihre Popularität nicht abgenommen. Im Gegenteil: Sie war immer weiter angestiegen.

„Ich weiß es nicht", sagte sie. „Vielleicht." Wieder zuckte sie die Achseln. „Meine Karriere ist nie besser gelaufen. Vielleicht ist ‚wild' nicht unbedingt das Schlechteste."

„Nein, ‚wild' ist nicht unbedingt das Schlechteste", stimmte er zu. „Doch das bist nicht du, Nicola."

Wie ist es möglich, dass er mich schon so gut kennt? fragte sie sich hilflos. Hatte er in ihre Seele geblickt, als sie gemeinsam gekommen waren, als er ihre Lust ins Unermessliche gesteigert hatte? Hatte er dort die Wahrheit gefunden, die sie vor allen anderen verborgen hielt?

Als sie seine Frage nicht beantwortete, hakte er nach. „Ich habe bisher nur einen Song von dir gehört, aber der hat mir gut gefallen. Es scheint mir, dass du talentiert genug bist, um deine Lieder für sich selbst sprechen zu lassen."

Mit allem, was er sagte, kam er für Nicolas Geschmack der Wahrheit viel zu nahe. Für eine Beziehung, in der es nur um

Sex gehen sollte, schien Marcus viel zu tief in ihr Gefühlsleben zu dringen. Fast so, als führten sie eine *richtige* Beziehung.

Nicola wollte seine Aufmerksamkeit von sich ablenken. Sie fand es nicht gerecht, wenn nur er die Fragen stellte. „Genug von mir", begann sie. „Während unserer Pausen hat Lori mir etwas über dein Weingut erzählt. Wie hast du damit begonnen?"

„Meine Schwester redet gern, oder?", entgegnete er, statt ihre Frage zu beantworten.

Sie lächelte. „Du bist ihr Held." Dann wurde sie wieder ernst. „Sie hat mir erklärt, dass praktisch du es warst, der sie, ihre Zwillingsschwester und gleichzeitig noch ein paar eurer Brüder, die nur ein bisschen älter waren als sie, großgezogen hat."

Lori hatte ganz offen und unbefangen erzählt, dass ihr Vater gestorben sei, als sie gerade einmal zwei Jahre alt gewesen war. Die Mutter hatte von einem auf den anderen Moment mit den acht Kindern allein dagestanden. Nicola hatte sich augenblicklich gefragt, wie viel Verantwortung von dem Augenblick an auf Marcus' Schultern gelastet hatte. Obwohl sie erst zwei Nächte miteinander verbracht hatten, wusste sie, wie ruhig, wie sicher, wie stark er war, und ein Blick auf ihn reichte ihr, um die Antwort zu kennen.

Marcus verlagerte sein Gewicht, um ihren anderen Fuß besser erreichen zu können. Sie stöhnte wohlig auf, als er anfing, den gereizten Ballen zu massieren.

„Zu fest?"

„Nein, es ist perfekt."

Die Luft schien zu knistern, als Nicola das Wort *perfekt* aussprach. Es schien, als führten diese zwei Silben sie direkt in die Momente zurück, als er in sie gedrungen war und sie ihn angefleht hatte, sie heftiger, härter, tiefer zu nehmen. Sie wusste, dass er Angst gehabt hatte, ihr wehzutun.

Doch es hatte sich gelohnt, den kleinen Schmerz auszuhalten, den sie beim ersten Mal gefühlt hatte.

„Mein Vater hat seinen kleinen Garten geliebt", erzählte Marcus, während er sich von ihrem Fuß zu ihrem Unterschenkel hinaufarbeitete. „Meine ersten Erinnerungen habe ich an die gemeinsame Gartenarbeit mit ihm. Ich grub in der Erde, während er Tomaten und Erdbeeren pflanzte."

Sie schmolz dahin, als sie sich Marcus als Kleinkind vorstellte und sich ausmalte, wie er mit seiner kleinen Schaufel umgrub. Sie versuchte, sich einzureden, dass sie so reagierte, weil sie Babys liebte. Aber sie wusste, dass es genau genommen an Marcus selbst lag. Und natürlich spielte es auch eine Rolle, dass er ihrem Oberschenkel immer näher kam und damit allmählich auch der Stelle, die sich so sehr nach seiner Berührung sehnte.

„Menschen mit dem grünen Daumen habe ich immer bewundert." Sie betrachtete ihre Hände. „Ich fürchte, ich habe nur die ‚schwarzen Daumen des Todes'. Pflanzen würden am liebsten schreiend die Flucht ergreifen, wenn sie mich kommen sehen."

Ihr gefiel sein Lächeln, als er entgegnete: „Ich glaube nicht, dass meine Daumen grüner sind als deine. Im Grunde genommen hat es nur etwas mit Mathematik und Naturwissenschaften zu tun."

Aus seinem Mund klang es so leicht, beinahe so, als würde er nichts dazutun, doch sie glaubte ihm nicht. „Das ist so, als würde man behaupten, Lieder wären nur eine Mischung aus Noten und Worten." Sie schüttelte den Kopf. „Prinzipiell ist das nicht falsch, aber meiner Meinung nach wird ein Song nur zu etwas Besonderem, wenn er eine nicht genau zu greifende Magie hat, die entweder da ist oder nicht. Ich wette, dass es bei deinen Rebstöcken ähnlich ist." Sie lächelte ihn an. „Und ich glaube, dass du die Quelle der Magie bist, die deine Rebstöcke so gut wachsen und gedeihen lässt."

„So habe ich es noch nie betrachtet", sagte er langsam. „Als Magie."

Sie wartete darauf, dass er ihre Worte abtat und auf seine messbare Mathematik und Wissenschaft pochte. Stattdessen wirkte sein Blick ernst, und das Verlangen, das ihr Blut zum Kochen brachte, stand wieder in seinen Augen.

„Ich denke, du hast da etwas sehr Wahres gesagt."

Und plötzlich war der Zauber, der seit ihrer ersten Begegnung im Club zwischen ihnen herrschte, wieder da und erwachte zu neuem Leben, als hätte eine Fee ihren Zauberstab geschwungen.

13. KAPITEL

„Heb die Arme über den Kopf."

Sie schluckte, als sie seine leise Aufforderung hörte. Nachdem sie stockend Luft geholt hatte, legte sie sich auf das Kissen hinter sich und tat, was er von ihr verlangt hatte.

Nachdem ihre Hände und Arme aus dem Weg waren, ergriff er den Reißverschluss der lockeren Kapuzenjacke, die Lori ihr am Ende des harten Tages ausgeliehen hatte. „Erinnerst du dich noch an unsere Abmachung von neulich Morgen?", fragte er, während er bedächtig den Reißverschluss öffnete.

„Ja", erwiderte sie. Das Wort war kaum mehr als ein Flüstern. „Ich erinnere mich."

„Gut. Sag es mir."

O Gott, das Atmen fiel ihr von Sekunde zu Sekunde schwerer – vor allem, wenn er mit den Händen sacht ihre Brüste berührte, während er die Jacke öffnete.

„Während wir zusammen sind …" Sie konnte es nicht über sich bringen, seine Worte zu wiederholen.

„Weiter. Ich höre."

Zittrig atmete sie ein. Sie wusste, dass sie es nicht sagen musste, doch etwas in ihrem Inneren wollte es, wollte ihn zufriedenstellen. „… ist dieser Körper nicht nur *meiner*, sondern auch *deiner*."

Er nickte beifällig, und seine Augen weiteten sich. In seinem Blick stand so viel Begierde, dass es ihr den Atem verschlug. „Zieh die Jacke und das Tanktop aus, leg dich dann wieder hin und heb die Arme über den Kopf."

Abgesehen von der Massage hatte er sie bisher heute Abend noch nicht berührt. Dennoch war sie durch seine Befehle bereits unglaublich erregt und beinahe schon bereit für ihn. Vielleicht sollte ihre Reaktion auf seine sanfte Dominanz oder die Tatsache, dass ihr Körper seine Art anscheinend *liebte*, sie nicht mehr überraschen. Aber so war es.

„Hat dir schon einmal jemand den Po versohlt, Nicola?"

Sie riss die Augen auf, als seine schockierende Frage sie aus ihren Gedanken riss. „Den Po versohlt?"

Ihr Herz schlug bei der Vorstellung, dass er sie, nackt wie sie war, übers Knie legte und ihr einen Klaps versetzte, noch schneller.

„Nein." Sie schüttelte den Kopf. „Natürlich nicht."

Er verzog den Mund zu einem Lächeln. Doch statt noch weiter über Schläge auf den Po zu reden, sagte er: „Um was habe ich dich gebeten?"

Plötzlich fiel ihr auf, dass sie die Kapuzenjacke und das Tanktop noch nicht ausgezogen hatte. Den Bruchteil einer Sekunde war sie hin- und hergerissen zwischen der Entscheidung, die Sachen anzulassen und einen Klaps auf den Po zu riskieren – bei dem Gedanken strömte erschreckenderweise Lust durch ihren Körper –, oder der Alternative, seiner Aufforderung Folge zu leisten.

Die Angst vor dem Unbekannten und vor ihren eigenen überraschenden Begierden brachte sie dazu, zu tun, um was er sie gebeten hatte.

Als ihr Oberkörper nackt war, legte sie sich zurück aufs Kissen und wollte die Arme heben. Aber obwohl Marcus ihre Brüste mittlerweile kannte, war es ihr unangenehm, sich vor einem Mann so zu präsentieren.

„Du machst das gut."

Seine Worte und die Warmherzigkeit, die in seinen Augen stand, brachten sie schließlich dazu, die Arme über den Kopf zu nehmen.

Sie rechnete damit, dass er sie berühren würde, streicheln, schmecken. Stattdessen betrachtete er sie einfach. Er sah sie so lange nur an, dass ihre Brustspitzen sich vor Verlangen fast schmerzhaft aufrichteten und es zwischen ihren Schenkeln zu pochen begann. Dann verblüffte Marcus sie, indem er nach der Jacke griff und sie um ihre Handgelenke band.

„Beweg deine Hände, damit ich sehen kann, wie fest die Fesseln sind."

Seine Stimme klang rau vor Lust. Nicola bewegte die Arme. Der Stoff fühlte sich weich auf der Haut an, und dennoch wusste Nicola, dass es anstrengend werden würde, wenn sie sich befreien wollte.

Noch vor einer Woche hätte sie schwören können, sich niemals in eine Situation wie diese zu begeben. Sie sollte versuchen, sich von den Fesseln zu lösen. Doch sie wollte es gar nicht …

Marcus schien die stummen Fragen gehört zu haben, die sie sich selbst stellte. „Sag mir, was du brauchst, Nicola. Sag mir, was du willst."

Er legte die Hände auf ihre Taille. Seine gebräunte Haut hob sich von ihrem blassen Leib ab. Nicola erzitterte, sowie ihr auffiel, wie zierlich sie im Vergleich zu ihm war. Im Moment hätte er alles mit ihr tun können, was er wollte – sie war ihm hilflos ausgeliefert. Diese Gedanken hätten sie nicht weiter erregen sollen. Aber seltsamerweise taten sie genau das.

„Wenn du es mir nicht verrätst, muss ich es ausprobieren", murmelte er, ehe er sich über ihren nackten Oberkörper beugte. Seine Haare kitzelten an der Unterseite ihres Kinns, während er sie auf die Schulter küsste – gerade lange genug, dass seine Hitze sie zu versengen drohte, ehe er sich wieder aufrichtete.

Sie war es nicht gewohnt, ihre sexuellen Wünsche zu äußern. Doch der Gedanke gefiel ihr plötzlich. Sie vergaß völlig, dass sie noch immer gehorsam die Arme über den Kopf streckte. Gerade wollte sie Marcus berühren, als sie spürte, dass ihre Hände festgebunden waren.

Von Marcus.

Offensichtlich fiel ihm auf, wie Verlangen in ihren Blick trat. „Also gut. Ich kann jetzt alles mit dir tun, oder?"

Obwohl die Welt in ihr eine Sexbombe sah, war sie Feministin. Sie war eine Anhängerin von Girl Power. Bei Marcus' Worten hätte sie eigentlich wütend werden müssen. Auf gar keinen Fall hätte sie bei der Vorstellung, dass er *alles mit ihr tun* konnte, beinahe einen Orgasmus kriegen dürfen.

„Das ist nicht ..." Sie hatte keinen Schimmer, wie sie ihm erklären sollte, was sie empfand. Aber instinktiv ahnte sie, wie wichtig es war, die richtigen Worte zu finden. „Ich sollte nicht so empfinden."

„Sag mir, was du fühlst."

Seine ruhige Stimme strich über ihre Haut und durch ihren Körper hindurch. Er brachte sie dazu, den Wunsch zu verspüren, alle Geheimnisse mit ihm zu teilen. Das Verlangen zu teilen, das sie verspürte. Das Begehren, von dem sie nicht einmal gewusst hatte, dass es noch da war. Die Lust, die entdeckt werden wollte.

„Das bin ich nicht. Ich mag es nicht, wenn man mich herumkommandiert."

Sie hätte schwören können, dass er beinahe lächelte. Doch sie ärgerte sich nicht darüber. Er schien sie nicht auszulachen, sondern gab ihr das Gefühl, es sei gar nicht so seltsam, dass ihr die Dinge, die er sagte und tat, gefielen.

„Kommandiere ich dich herum?"

Sie wollte gerade Ja sagen, da wurde ihr klar, dass es nicht stimmte. „Du forderst mich auf, bestimmte Sachen zu machen", flüsterte sie. Sie konnte ihn nicht anblicken und war unsicherer und zurückhaltender als zuvor. „Ich sollte diese Sachen nicht tun." Ihre Wangen waren heiß. „Es sollte mir nicht gefallen, sie zu tun."

Er legte die Finger unter ihr Kinn und hob es sanft an. „Ich beobachte gern, wie du auf mich reagierst. Es gefällt mir, wie die schönste Frau, die ich je gesehen habe, vor mir steht und vor Begierde zittert. Ich mag es zu hören, wie du mich anflehst, dich zu berühren, dich zu küssen, dich zu nehmen."

Alles, was er gerade gesagt hatte, und sein rauer Tonfall ließen sie vor Lust erschauern. Dennoch glaubte sie, ein letztes Mal versuchen zu müssen, zu protestieren und Vernunft walten zu lassen. „Aber ich bin diejenige, die den Leuten normalerweise sagt, was sie zu tun haben."

„Hast du schon mal daran gedacht, dass das hier möglicherweise die ersehnte Verschnaufpause für dich sein könnte?", fragte er ruhig. „Dass dies die Chance ist, dich ein paar Stunden lang von jemand anders umsorgen zu lassen, statt dich um alles allein zu kümmern?"

Vor Erregung konnte sie kaum einen klaren Gedanken fassen. Dennoch schien das, was er ihr zuraunte, Sinn zu ergeben.

„Berühre mich jetzt, Marcus. Küss mich." Sie hielt inne und sammelte all ihren Mut „Nimm mich."

Im nächsten Moment hatte er ihr die Shorts und das Höschen abgestreift, und sie lag ausgestreckt unter Marcus. Mit seinem Körper drückte er sie in die Kissen. Mit einer Hand hielt er ihre Arme über ihrem Kopf fest, während er mit der anderen zwischen ihre Schenkel strich und gleichzeitig den Mund auf eine ihrer Brüste presste.

Sie reckte sich ihm entgegen. Von ihm zu hören, wie sehr er es liebte, ihr zu befehlen, und ihr Geständnis, ihm gern zu gehorchen, war Vorspiel genug gewesen. Ganz zu schweigen von seiner Massage. Sie war bereit für ihn.

„Gib mir mehr, Nicola", forderte er von ihr. Er hauchte Küsse auf ihre Brust und umschloss mit den Lippen ihre harte Spitze. „Gib mir alles."

Ihre inneren Muskeln massierten seine Finger so fest, dass sie vor Lust und Schmerz aufschrie, als der Höhepunkt sie mit sich riss. Marcus ließ aufreizend den Daumen kreisen, und sie hob ihr Becken an, während der Orgasmus weiter durch ihren Körper pulsierte.

Erschöpft von der intensiven Lust bekam Nicola nur verschwommen mit, wie Marcus ihre Fesseln löste und sich dann entkleidete. Durch ihre halb geschlossenen Lider beobachtete sie, wie er ins Badezimmer ging und kurz darauf zurückkehrte. Er hatte sich ein Kondom übergestreift. Ihre Hände waren nicht mehr gefesselt, doch sie hatte einfach nicht die Kraft, sie zu bewegen.

Im nächsten Moment kniete er vor der Couch und zog Nicola zu sich heran. Mit dem Rücken und den Schultern lag sie noch immer auf den Kissen, ihre Hüften jedoch ragten über die Kante. Bevor sie Luft holen konnte, packte Marcus sie am Po und drang in sie.

Sie vergrub die Finger in den Kissen des Sofas, musste sich an irgendetwas festhalten, während er in sie glitt und unwiderruflich in Besitz nahm. Nichts außer der Musik hatte sie jemals so befriedigt. Und obwohl sie vom Videodreh, von der Massage und dem überwältigenden Höhepunkt, den sie gerade erlebt hatte, eigentlich völlig erschöpft war, brachte das Gefühl, ihn in sich zu spüren, sie dazu, die letzten Reserven zu mobilisieren.

Sie wollte seine Muskeln unter ihren Fingerspitzen spüren. Voller Erregung schlang sie die Arme um seinen Nacken und presste ihre Brüste an seinen Oberkörper. Ihr Mund fand den seinen, begierig, ihn zu küssen. Seit drei langen Tagen sehnte sie sich nach seinen Küssen – selbst als sie versucht hatte, sich einzureden, sie wäre zu beschäftigt, um an Marcus zu denken.

Er erwiderte ihren Kuss mit genauso viel Begierde, als könnte er nicht genug von ihr kriegen. Er stöhnte auf, und sie fühlte, wie seine Erregung wuchs. Kurz darauf füllte er sie so vollkommen aus, dass sie nach Atem ringen musste.

Plötzlich unterbrach er ihren Kuss, warf den Kopf in den Nacken und kam mit einem lauten Aufschrei. Und dann erlebte auch Nicola einen weiteren Höhepunkt, der sie fast um den Verstand brachte.

14. KAPITEL

Marcus gewöhnte sich allmählich daran, mit Nicola in den Armen aufzuwachen. Wenn er mit ihr schlief und sie mit all ihrer Begierde und Leidenschaft reagierte, vergaß er fast, wie zierlich sie war. Aber wenn er sich in dem großen Bett neben sie legte, an ihren Rücken schmiegte und sie in den Armen hielt, wurde es ihm wieder bewusst.

Seine Härte drängte sich an ihre Hüfte, als sie sich im Schlaf bewegte und sich an ihn drückte. Sie hielt eine seiner Hände an ihre Brüste, und er musste sich konzentrieren und tief in seinem Inneren nach seiner Selbstbeherrschung suchen, die eigentlich schon in dem Moment mächtig ins Wanken geraten war, als er Nicola zum ersten Mal begegnet war. Verdammt noch mal, er würde sie doch nicht nehmen, noch bevor sie aufgewacht war.

Er hielt sie fester und zog sie näher an sich, während er sich eingestand, dass der Weg, den er eingeschlagen hatte, völlig verrückt war.

Er hätte nicht noch eine Nacht mit Nicola verbringen sollen. Verflucht, sogar die eine Nacht, als sie auf Smiths Couch auf seinem Schoß geschlafen hatte, war schon zu viel gewesen. Wie ein Kind in der Süßwarenabteilung eines Supermarktes sehnte er sich danach, einen ganzen Tag mit ihr zusammen zu verbringen. Er sollte sich nicht auf die Gelegenheit freuen, zu sehen, wie ihre Haut in der Sonne glühte. Mit angehaltenem Atem wartete er darauf, dass sie wieder lachte. Und er füllte seine Seele mit ihrer Freude und ihrer Schönheit. All das ging in eine vollkommen falsche Richtung.

Mittlerweile fürchtete er den Moment, in dem er sich von ihr verabschieden musste und sie ins Flugzeug steigen und in die nächste Stadt zu ihrem nächsten Auftritt fliegen würde.

Er hatte sich so sehr darauf konzentriert, sich gegen alles zu wappnen, was er für sie empfinden könnte, dass er erschrak, als er spürte, wie sie bedächtig einen seiner Finger mit ihrer Zunge liebkoste. Und dann den nächsten. Und den nächsten.

Gott, hatte sie wirklich vor, jeden seiner Finger so aufreizend langsam abzulecken?

Verflucht, es schien tatsächlich so.

Glücklicherweise hatte er ein paar Kondome in die Nähe des Bettes gelegt, sodass er sich leicht eines schnappen konnte. Es gefiel ihm nicht, Nicola länger als unbedingt notwendig loszulassen. So schnell er konnte, öffnete er mit den Zähnen die Verpackung des Kondoms und streifte es über seine harte Erektion.

Sie sprachen kein Wort, während er mit seinen Händen über ihre Schenkel strich und ihre Hüften anhob, sodass er in sie stoßen konnte. Nicola atmete scharf durch, als er so tief in sie glitt, wie es ging, und sie dann ganz eng an sich drückte.

„*Marcus*", flüsterte sie. Ihre Stimme stockte, während sie seinen Namen aussprach, denn ihre Lust übernahm die Führung.

Das würde er am meisten vermissen, wurde ihm klar, als er mit der Hand über ihre Brüste streichelte und ihr Herz heftig und schnell schlagen spürte. Nicht nur ihren unglaublichen Körper, nicht nur ihre Leidenschaft, nicht nur die Tatsache, dass sie immer bereit war, ihn zu nehmen ... Nein, er würde besonders vermissen, wie rein, wie süß sie war.

Die unerwartete Flut an Emotionen für Nicola bewirkte, dass er auch den letzten Rest seiner mühsam aufrechterhaltenen Selbstbeherrschung verlor. Er wusste, dass ihm kaum mehr als dreißig Sekunden blieben, ehe er gewaltig kommen würde. Also hörte er auf, ihre Brüste zu massieren. Sie keuchte auf, da er die Finger zwischen ihre Beine gleiten ließ und sie reizte. Dann drängte sie sich seiner Hand so wild entgegen, dass er wusste, sie war kurz vor dem Orgasmus.

Gemeinsam begrüßten sie den Tag mit so viel Lust und Befriedigung, wie Marcus noch nie zuvor empfunden hatte. Und als ihr Höhepunkt seinen auslöste, konnte er die Wahrheit nicht länger leugnen: Ein Teil seines Herzens gehörte ihr.

Ob es ihm nun gefiel oder nicht.

Nicola schaute Marcus über den kleinen runden Tisch am Fenster hinweg an. Sie hatten gerade Pfannkuchen, Würstchen und eine große Schale Obstsalat gegessen. Wie kommt es, fragte sie sich, dass sich ein gemeinsames Frühstück genauso intim und vertraut anfühlen kann wie Sex?

Wahrscheinlich, dachte sie, liegt es daran, dass ich schon lange keinen so entspannten Morgen danach mit einem Mann mehr erlebt habe. Genau genommen hatte sie diese Erfahrung noch nie gemacht, denn Kenny war immer zu verkatert gewesen, um vor Mittag aus den Federn zu kommen.

Obwohl Marcus in der Weinindustrie arbeitete, konnte sie sich ihn nicht betrunken vorstellen. Und auch das gab ihr ein gutes, ein sicheres Gefühl.

Plötzlich wünschte sie sich, er wüsste, wie sehr sie ihn schätzte und wie sehr sie ihre gestohlenen, geheimen Stunden zusammen genoss. „Ich weiß, wie viel du auf deinem Weingut zu tun haben musst." Sie griff über den Tisch hinweg nach seiner Hand. Eine Gänsehaut breitete sich auf ihren Armen aus, als er seine Finger mit ihren verschlang. „Danke, dass du Zeit mit mir verbringst."

„Es gibt keinen Ort, an dem ich gerade lieber wäre", entgegnete er. „Was machst du sonst für gewöhnlich an deinen freien Tagen?"

Sie biss sich auf die Unterlippe. „Keine Ahnung. Ich hatte nicht besonders viele freie Tage, seit ich angefangen habe zu singen." Vor allem in den vergangenen sechs Monaten, seit ihr Herz – und ihr Stolz – gebrochen worden waren, war es leichter gewesen, all ihre Konzentration auf ihre Musik und ihre Karriere zu richten.

„Bei mir ist es ähnlich. Wie du gesagt hast: Die Weinstöcke fordern viel Aufmerksamkeit."

Obwohl sie so unterschiedlich waren, war Nicola überrascht festzustellen, dass sie nicht in jeder Hinsicht gegensätzlich waren.

Sie lächelte ihn an. „Ist das nicht traurig? Zwei Workaholics, die nicht wissen, was sie mit einem wunderschönen freien Tag anstellen sollen."

Liebevoll zog er sie auf seinen Schoß. „Mir fallen da ein paar Dinge ein."

Leise lachte sie, als er an ihrem Hals knabberte. Lächerlicherweise war sie versucht, den ganzen Tag mit ihm im Bett zu verbringen. Vor allem, wenn er so ausgelassen war wie jetzt. Sie wandte ihm das Gesicht zu, und er gab ihr den wundervollsten Kuss, den sie je bekommen hatte.

„Wie fändest du es, wenn ich dich zu einem meiner Lieblingsplätze bringe?", schlug er vor.

Marcus war ihr von Anfang an wie ein Mensch vorgekommen, dem seine Privatsphäre wichtig war. Deshalb wusste sie es besonders zu schätzen, dass er diesen Vorschlag gemacht hatte.

„Das wäre schön." Gedrückt fügt sie hinzu: „Allerdings bleibt es an den meisten Orten, an die ich komme, nicht lange ruhig."

„Ich weiß. Mein Bruder Smith hat dasselbe Problem. Unsere Familie hat im Laufe der Jahre gelernt, damit umzugehen.

Also mach dir keine Sorgen. Der Ort, an den ich denke, ist perfekt." Er strich mit der Fingerspitze über ihre Unterlippe und spürte, wie Nicola erschauerte. „Er ist sehr entlegen."

Ihre Antwort war eher ein Flüstern. „Abgelegen ist gut." Bilder von den Dingen, die sie an abgelegenen Orten miteinander anstellen konnten, ließen ihr Herz schneller schlagen.

Sie wollte ihn gerade küssen, als er murmelte: „Wenn ich dich noch mal küsse, werden wir das Hotel vermutlich nie mehr verlassen."

„Okay."

Im nächsten Moment hatte er die Hände in ihren Haaren vergraben und zog Nicola zu einem Kuss an sich. Ausgehungert ließ sie sich im Sessel auf ihn sinken. Zwischen ihren Schenkeln spürte sie seine harte Erektion. Instinktiv machte sie kreisende Bewegungen, während sie einander voller Leidenschaft küssten.

Zum ersten Mal übernahm sie beim Sex die Führung. Obwohl sie es mochte, seinen sinnlichen Anweisungen zu folgen, gefiel es ihr auch, das Kommando zu haben. Sie genoss es, ihn mit ihrem Mund in den Wahnsinn zu treiben, mit den Händen über seine Brust zu streichen und sie unter das langärmelige Shirt zu schieben, das er nach dem Duschen mit ihr übergestreift hatte. Nach einem unglaublich erotischen Spiel unter der Dusche übrigens, nach dem sie zumindest bis Sonnenuntergang befriedigt hätte sein müssen.

Aber ihr Verlangen, ihre Sehnsucht nach Marcus kannte keine Grenzen. Zum Glück, dachte sie lächelnd, scheint er genauso zu empfinden.

Sie unterbrach ihren Kuss. „Ich bin gleich wieder da."

Ehe er sie festhalten konnte, war sie von seinem Schoß gerutscht und holte ein Kondom. Nachdem sie zurückgekehrt war, sah sie die Überraschung und das Verlangen in seinen

Augen aufblitzen. Ganz offensichtlich gefiel es ihm, dass sie sich in der Zwischenzeit ihrer Kleidung entledigt hatte.

Noch immer scheute sie sich davor, sich nackt vor ihm zu zeigen. Doch die Lust, die sie in Marcus' Augen las, während sie auf ihn zukam, machte sie mutig. Er wollte nach ihr greifen, als sie näher kam. Aber statt sich wieder auf seinen Schoß zu setzen, ging sie langsam zu ihm und kniete sich zwischen seine Beine.

„Nicola?"

Seine Stimme klang rau, beinahe heiser. Ihre Hände zitterten vor Begierde und vor Unsicherheit. Langsam öffnete sie seine Hose.

Er nahm ihre Hände. „Du musst das nicht tun."

Vertrauensvoll schaute sie ihm in die Augen. „Ich möchte es aber." Und so war es auch – der Wunsch war so stark, dass es sie selbst erschreckte.

Bei seinem Stöhnen richteten sich unwillkürlich ihre Brustwarzen auf. Sie hoffte, er würde über ihre Technik – oder die mangelnde Erfahrung – nicht enttäuscht sein. Mit seiner Hilfe gelang es ihr, seine Boxershorts herunterzuziehen, um ...

Wow. Er war wunderschön. Doch er war auch groß. Größer, als sie vermutet hatte, obwohl sie ihn bereits gesehen und in sich gespürt hatte.

Sie streckte den Arm aus, um ihn zu berühren, und streichelte mit den Fingerspitzen die zarte Haut über dem harten Schaft.

„Ja, das fühlt sich so gut an."

Nicola war so darin versunken, Marcus zu erkunden, dass sie seine Worte kaum hörte, während sie die Hand um ihn schloss. Begierig hob er die Hüften an, und sie konnte es kaum mehr erwarten, ihn zu spüren. Ohne nachzudenken, beugte sie sich vor und leckte über seine Spitze. Laut aufstöhnend vergrub Marcus die Hände in ihrem Haar. Ihr war bewusst, dass er leicht das Kommando übernehmen und den Spieß hätte umdrehen können. Aber obwohl ein Teil von ihr sich gern von ihm dominieren ließ, war sie dieses Mal froh darüber, dass er ihr die Führung überließ.

Seine Haut war sauber und zugleich salzig. Ihn nur einmal kurz zu schmecken, reichte Nicola nicht. Im nächsten Moment glitt sie mit der Zunge über ihn, als könnte sie nicht genug von seinem Aroma bekommen. Doch selbst das genügte ihr nicht. Sie wollte ihn in ihrem Mund fühlen. Ganz und gar.

Doch in diesem Moment ergriff Marcus die Initiative und zog sie zu sich heran, damit sie sich auf ihn setzen konnte.

„Ich war noch nicht fertig", protestierte sie.

Ohne darauf zu achten, packte er sie und küsste sie stürmisch. Sie verlor sich in dem Kuss. Als er hart und schnell in sie drang, keuchte sie überrascht auf.

Er hielt inne. „Nicola?" Er machte sich offensichtlich Sorgen, ihr wehzutun.

Aber sie presste sich noch enger an ihn. „Es ist perfekt. Absolut perfekt."

Und als sie gemeinsam den Gipfel der Lust erklommen und den Höhepunkt erlebten, war es wirklich perfekt.

Als sie kurz darauf das Hotelzimmer verlassen wollten, bereitete Nicola sich innerlich auf das Unvermeidliche vor.

„Warum gehst du nicht zuerst nach unten, und wir treffen uns dann am Seiteneingang?" Sie nahm eine Baseballkappe und eine große Sonnenbrille aus der Tasche. „Ich werde die hier aufsetzen und ein weites T-Shirt tragen."

Vor fünfzehn Minuten noch hatte sie sich in seinen Armen sicher und geborgen gefühlt. Jetzt überlegte sie sachlich, wie sie das Hotel verlassen konnten, ohne zusammen gesehen zu werden. Sie hasste es. Sie hasste es, den Gegensatz so deutlich wahrnehmen zu können.

„Ich finde es nicht gut, es so zu machen, Nicola."

„Mir gefällt es auch nicht, aber …" Sie seufzte und schüttelte den Kopf. „Was hältst du von Smiths Leben?"

„Er hat viel erreicht. Ich bin stolz auf ihn."

„Ja, aber beneidest du ihn? Hast du dir je gewünscht, im Fernsehen zu sein und Frauen zu treffen, die dich nach einem Autogramm fragen?"

„Um Gottes willen, nein."

Sie hatte gewusst, dass er so antworten würde. „Ich weiß, dass du nicht gern solche Versteckspielchen spielst. Was aus deinem Leben werden würde, wenn wir uns anders verhielten, gefiele dir allerdings noch viel weniger."

Ein paar angespannte Sekunden lang blickte Marcus sie an. „Wir sehen uns dann unten."

Sie sah ihm hinterher. Die Tür fiel ein bisschen zu heftig ins Schloss, und sie musste den Kloß in ihrem Hals hinunterschlucken. Es gefiel ihr nicht, wie wütend er war, doch sie wusste, dass sie konsequent sein und verhindern musste, dass irgendjemand von ihrer Beziehung erfuhr.

Nicht, weil sie fürchtete, er könnte sie benutzen, wie ihr Exfreund es getan hatte. Marcus hatte augenscheinlich überhaupt kein Interesse an Ruhm oder daran, im Blitzlichtgewitter zu stehen. Und sie war sich ziemlich sicher, dass er das Geld, das der Verkauf ihrer Geschichte über sündige Nächte einbringen würde, nicht brauchte.

Unglücklicherweise waren ihre Ängste inzwischen ganz anderer Art.

Sie befürchtete, den Fehler zu machen, sich in ihn zu verlieben, wenn sie nicht darauf achtete, dass der dicke Schutzwall um ihr Herz nicht zu bröckeln begann.

Die Sache war die: Nicola hätte der ganzen Welt sofort verkündet, dass Marcus und sie ein Paar waren, wenn sie der Meinung gewesen wäre, ihre Beziehung könnte funktionieren. Aber sie hütete sich davor, an diesen Traum zu glauben. Marcus und sie hatten großartigen Sex. Viel Sex. Und natürlich verband sie dieser intime Kontakt ebenso wie die Stunden, die sie miteinander verbrachten.

Doch Tatsache war, dass sie am Montag ihr Leben weiterleben würde und er seines. Erinnerungen in Form von Paparazzifotos oder Interviewfragen zu dem umwerfenden Geschäftsmann, mit dem sie gesehen worden war, brauchte sie nicht.

Ja, sie wollte Marcus vor alldem schützen, was auf ihn zukäme, wenn er mit ihr in Verbindung gebracht würde.

Aber sie musste auch sich selbst schützen. Und sie musste ihr Herz auf den unvermeidlichen Abschied am Montagmorgen vorbereiten.

15. KAPITEL

Marcus war sein ganzes Leben über gerecht gewesen. Nachdem er unzählige Auseinandersetzungen zwischen seinen Brüdern und Schwestern geschlichtet hatte, war er bisher immer der Meinung gewesen, die Fähigkeit ausgebildet zu haben, alle Seiten eines Problems beleuchten, analysieren und möglichst neutral bleiben zu können.

Was also war sein Problem, wenn es um Nicola ging? Sie verdiente weder seine Wut noch seinen Frust, weil sie sich heimlich treffen mussten. Es war nicht ihre Schuld, dass sie berühmt war. Sie hatte ihm am Montagabend die Möglichkeit gegeben, den Komplikationen, die ihre Berühmtheit mit sich brachte, aus dem Weg zu gehen. Doch er hatte ihr Angebot nicht angenommen.

Er musste sich dringend zusammenreißen, damit Nicola sich nicht noch mehr zurückzog und er sie verlor, noch ehe sie sich voneinander verabschiedeten. Während sie über die Golden Gate Bridge und nach Norden nach Marin County fuhren, spürte er, wie sie sich mit jedem Kilometer, den sie in seinem Wagen zurücklegten, mehr abkapselte. Tatsache war, dass die Vorstellung, sie zu verlieren, schrecklich für ihn war. Er hasste diesen Gedanken noch viel mehr, als sich verstecken zu müssen, um ihr Hotelzimmer zu verlassen und sie dann am VIP-Seitenausgang abzuholen.

Zögernd griff er nach ihrer Hand und verschlang ihre Finger miteinander. „Es tut mir leid."

Mit großen Augen sah sie ihn überrascht an. Sie war wunderschön. „Wie bitte?"

„Ich weiß, wie schwer es für Menschen sein kann, berühmt zu sein. Verdammt, ich habe es selbst in der Hotellobby gesehen. Verzeihst du mir, dass ich so ein Mistkerl war?"

Es machte ihn unglaublich froh zu sehen, dass sie den Mund zu einem Lächeln verzog. „Du musst dich nicht entschuldigen."

Er hob ihre Hand an seine Lippen und hauchte ihr einen Kuss auf die Handfläche. „Doch, das muss ich. Das wird mir nicht noch mal passieren."

Noch immer hielt er ihre Hand fest und zog Nicola enger an sich. In diesem Auto waren sie einfach zu weit voneinander entfernt. Sie gehörte auf seinen Schoß, an seine Brust geschmiegt, sodass er ihr übers Haar streicheln und sie beschützen konnte. Sie sollte sich in seinen Armen entspannen und den Stress ihres anstrengenden Lebens für eine Weile hinter sich lassen können.

„An dem ersten Abend im Club", sagte sie leise, „hast du nicht gewusst, worauf du dich einlässt. Ich bin diejenige, die sich entschuldigen sollte, weil ich nicht von Anfang an ehrlich zu dir war. Ich hätte dich schon vor langer Zeit um Verzeihung bitten sollen, weil ich dich in dem Glauben gelassen habe, dass ich nur irgendein Mädchen bin."

„Du könntest niemals nur *irgendein Mädchen* sein. Und das hat nichts mit der Tatsache zu tun, dass du berühmt bist." Sein Griff um ihre Hand verstärkte sich. „Du bist etwas ganz Besonderes, Nicola. Etwas ganz, ganz Besonderes."

War ihm nicht klar, dass er ihr nicht solche Dinge sagen konnte, wenn er nicht wollte, dass sie sich Hals über Kopf in ihn verliebte? Der spektakuläre Sex war schon schlimm genug.

Jetzt sagte er ihr, dass sie etwas Besonderes sei ...

Besorgt fragte sie sich, ob ihm vielleicht noch mehr Schmeichelhaftes einfallen würde. Sie wusste, dass der Schutzwall, den sie um ihr Herz errichtet hatte, nicht mehr lange halten würde. Ein Gespräch über seine Familie war erst einmal sicheres Terrain, beschloss sie.

„Da wir gerade von etwas Besonderem sprechen", begann sie, „ich würde gern mehr über deine Geschwister erfahren. Obwohl wir nur drei Kinder waren, war es bei uns zu Hause schon laut und verrückt."

„Laut und verrückt trifft es genau", bestätigte er und fing an zu strahlen, wie er es jedes Mal tat, wenn er über seine Familie sprach.

Eines Tages würde er ein toller Vater sein. Und ein guter Ehemann. Sie versuchte, die Sehnsucht zu ignorieren, die sich bei diesen ungebetenen Gedanken in ihrer Brust regte. Und sie bemühte sich, die Eifersucht nicht zu beachten, die sie durchzuckte, wenn sie an die glückliche Frau dachte, die eines Tages das alles mit ihm teilen würde. Ihr war klar, dass es unangemessen war, so etwas für einen Mann zu empfinden, den sie erst seit ein paar Tagen kannte. Doch das änderte nichts an ihren Gefühlen.

„Lori hat erzählt, dass sie eine Zwillingsschwester hat. Sind die beiden sich sehr ähnlich?" Marcus lachte laut auf. „Ich schätze, das soll ,Nein' heißen", schob sie schnell hinterher.

„Ihre Spitznamen sind Engelchen und Teufelchen", entgegnete er amüsiert.

„Ich nehme an, dass Lori das Teufelchen ist?"

„Worauf du wetten kannst. Und das Engelchen, auch bekannt als Sophie, ist eine ruhige, freundliche Bibliothekarin."

„Verstehen sie sich gut?"

„Sicher", erwiderte er. „Bis auf die Phasen, in denen sie sich gerade nicht gut verstehen."

„Es muss schwierig für dich gewesen sein, als Lori und Sophie angefangen haben, sich mit Männern zu treffen."

„Sie haben angefangen, sich mit Männern zu treffen?"

Er wirkte bei seinen Worten so ernst, dass sie eine Sekunde lang irritiert war. „Wie viele potenzielle Freunde musstest du in die Flucht schlagen?", wollte sie schließlich lachend wissen.

„Genug, dass sie eigentlich noch immer enthaltsam leben müssten."

„Erzähl mir von deinen Brüdern", erwiderte sie grinsend.

Ein paar Minuten später war ihr fast schwindelig, als sie zu verarbeiten versuchte, dass es in der Familie einen Feuerwehrmann, einen Profi-Baseballspieler, einen Filmstar, einen Fotografen und einen genialen Automechaniker und -händler gab.

„Ihr Sullivan-Brüder habt eure Mutter in eurer Kindheit und Jugend sicherlich ordentlich auf Trab gehalten."

„Daran hat sich genau genommen nichts geändert."

Sie fügte all das zusammen, was sie über seine Familie erfahren hatte, über die Liebe zu seinen Geschwistern, den frühen Tod seines Vaters. „Es muss schwer für dich gewesen sein, von jetzt auf gleich so viel Verantwortung zu übernehmen. Immerhin warst du ja noch ein Junge, der keine andere Wahl hatte, als in die Fußstapfen des Vaters zu treten und sich um seine Brüder und Schwestern zu kümmern."

Zu spät bemerkte sie seine Miene. Sie konnte ihre Worte nicht zurücknehmen. Er hatte so offen gewirkt, als er von seinen Geschwistern erzählt hatte. Jetzt aber erkannte sie den Schmerz, den ihre Worte wieder in ihm aufgewühlt hatten, in seinem Blick.

„Es tut mir leid", sagte sie leise und drückte seine Hand. „Das war gedankenlos von mir. Ich finde es nur hart für dich, dass du in so jungen Jahren schon so viel hast durchmachen müssen."

„Nein, du hast ja recht. Ich hatte das Gefühl, in die Fußstapfen meines Vaters treten zu müssen. Und ich wollte es auch. Ich wollte helfen."

Sie erinnerte sich daran, wie nett seine Mutter am ersten Abend am Telefon zu ihr gewesen war, als Nicola sie unvermutet angerufen und gefragt hatte, ob sie sich bei Marcus sicher fühlen könne. „Wie ist deine Mutter mit alldem zurechtgekommen?"

„Sie war immer für uns da. Rückblickend betrachtet weiß ich, dass sie ihr Leben hintangestellt hat, um sich vollkommen ihren Kindern zu widmen. Sie hat sich mit keinem Mann getroffen. Soweit ich weiß, hat sie nicht einmal mit dem Gedanken gespielt. Ich kann mich nicht daran erinnern, dass sie einmal nicht mit einer Umarmung, einem Pflaster, Hilfe bei den Hausaufgaben oder Beifall bei einem Sportereignis zur Stelle gewesen wäre."

„Klingt, als wäre sie eine großartige Frau", sagte Nicola. Sie stellte sich vor, was sie anstelle seiner Mutter empfunden hätte, wenn sie den Mann, den sie geliebt und mit dem sie eine Familie gehabt hatte, verloren hätte. „Hat sie viel geweint?"

„Ich bin mir sicher, dass sie viel geweint hat – allerdings habe ich es nie gesehen."

Sie drückte seine Hand etwas fester. Ihr war klar, dass sie eigentlich kein Recht hatte, diese Frage zu stellen, aber sie hatte das Gefühl, es dennoch tun zu müssen. „Hast du geweint?"

Marcus schwieg einen Moment lang. „Du hast mir erzählt, dass du bereit bist, die Schattenseiten des Ruhmes auf dich zu nehmen, um den Leuten deine Musik vorspielen zu können. Erinnerst du dich?" Sie nickte. „Dafür zu sorgen, dass meine Familie glücklich ist, war alle Abstriche wert, die ich machen musste", fuhr er fort.

„*Du* bist etwas ganz Besonderes", sagte sie. Ihr Herz war voller Wärme für ihn. Er hatte so vieles in seinem Inneren zurückgehalten und war für so viele Menschen immer da gewesen. Sie wusste, dass er sich deshalb zu dem tollen Mann entwickelt hatte, der er heute war. Dennoch hätte sie sich für ihn gewünscht, eine leichtere Jugend zu haben. „Mir gefällt es sehr, wie nahe du deiner Familie stehst. Ich weiß nicht, wie viele andere Menschen so empfinden."

„Die Familie ist dir auch wichtig, oder?"

„Sehr wichtig sogar." Sie hatte ihm schon erzählt, wie sehr sie Kinder liebte. „Ich habe mir immer eine eigene große Familie gewünscht. Eine Familie wie deine, mit vielen Brüdern und Schwestern, die sich mal streiten, aber dabei auch immer lieben", platzte sie unvermittelt heraus.

„Wie willst du es schaffen, Karriere und Kinder unter einen Hut zu bringen?"

Nicola zuckte die Achseln. „Ich dachte immer, wenn ich etwas wirklich will, dann finde ich auch einen Weg, um es umzusetzen."

„Was wünschst du dir noch?"

Strahlend lächelte sie ihn an. „Ich wünsche mir, diesen Tag mit dir zu verbringen."

Sie beugte sich vor und küsste ihn stürmisch, bevor sie sich wieder zurückzog, damit er sich auf die Fahrt zu ihrem geheimen Ziel konzentrieren konnte.

Marcus bog vom Freeway auf eine Seitenstraße ab. Die Gegend wurde wilder. Nach so vielen Tagen und Monaten in fensterlosen Studios und Konzerthallen empfand Nicola es als aufregend, in der freien Natur zu sein. Sie schaltete das Radio ein und suchte, bis sie einen Song fand, der ihr gefiel. Dann gab sie dem Drang nach, das Fenster herunterzukurbeln, den Kopf in die Sonne und den Wind zu strecken und zu dem eingängigen Song der Bangles mitzusingen, in dem es darum ging, wie ein Ägypter zu gehen.

Marcus ließ die ganze Zeit über ihre Hand nicht los, und sie versuchte, die Freude, die sie spürte, in sich aufzunehmen, jede Sekunde zu genießen und sich das Gefühl einzuprägen.

Sie fuhren über eine Unebenheit in der Straße, und Marcus zog sie wieder ins Wageninnere. Etwas unsanft plumpste sie auf ihren Sitz zurück und lachte. Als Marcus ebenfalls anfing zu lachen, quoll ihr Herz bei seinem Anblick und der Freude in seinem Gesicht beinahe über.

Als Nächstes lief ein Lied von Whitesnake. „Ich liebe Oldie-Sender", sagte sie.

„Oldies sind Songs aus den Fünfzigern und nicht aus den Achtzigern", erwiderte er.

Ups, dachte sie. Zu spät fiel ihr auf, dass sie gerade unbeabsichtigt auf ihren Altersunterschied hingewiesen hatte. „Du hast recht", entgegnete sie fröhlich, ehe sie das Radio ausschaltete.

Kurz darauf hielt Marcus auf dem Parkplatz eines winzigen Geschäftes an.

„Ich komme gleich wieder."

Er kehrte mit einer großen isolierten Tasche über der Schulter zurück. Nicola wollte fragen, was sich darin befand. Doch er wirkte wie ein kleiner Junge mit einem wichtigen Geheimnis, also verkniff sie sich die Frage. Sie wusste mittlerweile, wie er aussah, wenn er ernst war. Sie hatte ihn natürlich auch sinnlich erlebt. Und fürsorglich. Aber dieser spielerische Ausdruck auf seinem Gesicht war eine weitere wundervolle Seite an ihm.

Es dauerte nicht lange, bis er auf eine schmale, unbefestigte Straße bog. Es bedurfte all seiner Konzentration, um heil bis ans Ende zu kommen.

Sie hatte sich schon gedacht, dass sie an die Küste fahren würden. Doch das schmälerte ihre Überraschung nicht, als er ihr aus dem Wagen half und die schwere Tasche über seine Schulter hängte. „Schließ die Augen", sagte er.

Nach ihren Erfahrungen mit Kenny hatte sie Angst davor gehabt, wieder einem Mann zu vertrauen. Aber Marcus zu vertrauen war fast wie ein Instinkt – es fiel ihr leicht. Sie holte tief Luft, schloss die Augen und war erstaunt, als sie spürte, dass er sie hochhob.

Sie riss die Augen auf und bemerkte, dass er sie anlächelte.

„Du musst mich nicht tragen", protestierte sie, obwohl es ein gutes Gefühl war, wieder in seinen Armen zu sein und seinen Herzschlag zu spüren.

„Ich kann nicht zulassen, dass du hier über Zweige oder Baumwurzeln stolperst", flüsterte er ihr ins Ohr. „Schließ die Augen wieder."

Sie erschauerte, als sie seine sanfte Aufforderung hörte. Dennoch fragte der kleine Teufel auf ihrer Schulter: „Und wenn ich nicht will?"

Der Blick, den er ihr zuwarf, war so begierig, so voller sinnlicher Absichten, dass ihre Lippen kribbelten, als hätte er sie gerade geküsst. „Willst du das wirklich herausfinden?"

Eine Stimme in ihrem Kopf rief „*Ja!*", auch wenn die Angst vor den Konsequenzen, die er in der Nacht zuvor erwähnt hatte, sie dazu brachte, die Augen zu schließen, wie er es von ihr verlangt hatte.

Er lachte leise, als sie die Arme um seinen Hals schlang und sich an ihn schmiegte. All ihre Sinne wurden angesprochen, als er sie sicher den schmalen Weg zwischen den hohen Kiefern entlangtrug. Sie hörte die Vögel in den Baumwipfeln singen. Sie konnte die sanfte Brise spüren, die über ihre Haut strich und die Stellen kühlte, an denen Marcus sie berührt hatte.

„Die Luft duftet unglaublich gut."

Er gab ihr einen Kuss auf die Stirn. Die Augen noch immer geschlossen, hob sie ihr Gesicht an, schob die Hände hinter seinen Kopf und zog ihn zu einem Kuss an sich.

„Wenn du nicht aufpasst, wirst du nichts außer den Bäumen sehen", warnte er sie, nachdem er ihren Kuss beendet hatte.

Als sie seine ruhige, leise Stimme hörte, in der sein Verlangen so unverhohlen mitschwang, war sie versucht, genau das herauszufordern. Doch dann ging Marcus weiter, und sie ließ sich zu dem Platz tragen, den er für sie ausgesucht hatte. Für sie beide.

In der Luft hing nicht mehr der Geruch von Kiefernnadeln, sondern ein salziger Duft. Marcus blieb stehen und setzte Nicola vorsichtig ab. Mit dem Rücken an ihn gelehnt stand sie vor ihm.

„So, nun öffne die Augen."

Im Laufe der vergangenen Jahre, in denen sie in Los Angeles gearbeitet hatte, hatte sie viel Zeit an den Stränden von Malibu verbringen können. Aber sie war nicht auf den unglaublichen Anblick vorbereitet, der sie erwartete.

Das Wasser leuchtete in einem so kräftigen Blaugrün, dass es beinahe unecht wirkte, wie eine Filmkulisse. Die Wellen, die sich an den großen schroffen Felsen brachen, die sich zu beiden Seiten des Sandstrandes erhoben, erinnerten sie an Orte in Neuseeland, die sie während ihrer Shows dort gesehen hatte.

„Marcus", hauchte sie überwältigt. „Das ist wunderschön."

Er hielt sie noch etwas fester und küsste sie. „Freut mich, dass es dir gefällt."

Sie hatte teure Blumen, schicke Essen und Juwelen geschenkt bekommen, doch nur Marcus war auf die Idee gekommen, ihr einen Tag am Strand zu schenken.

Plötzlich überwältigte sie der Wunsch, ihm mit mehr als nur Worten zu sagen, was sie empfand. Sie wandte sich zu ihm um und küsste ihn langsam, bedächtig. „Danke für den schönsten Tag, den ich je hatte."

Die Sonne stand direkt über ihnen, und sie hatten noch fast den ganzen Tag vor sich. Aber sie wusste, dass heute nichts mehr die Freude trüben konnte, die sie durchströmte, weil sie ein paar unbeschwerte Stunden mit Marcus allein an einem der schönsten Orte der Welt verbringen konnte.

Er sah sie an. Seine Augen waren dunkel vor Lust. Der Lust, die auch in ihren Augen stehen musste. „Hast du Hunger?"

Sie hatte Hunger, jedoch nicht auf irgendetwas zu essen. Nur auf ihn. Auf die Gelegenheit, jede dieser kostbaren Stunden mit dem Mann zu genießen, der ihr Herz Stück für Stück eroberte.

Also schüttelte sie den Kopf und zog ihre Ballerinas aus. Lustvoll seufzte sie auf, als sie den warmen Sand zwischen ihren Zehen spürte. „Das fühlt sich so gut an."

Marcus hatte sich auf einen Stein gesetzt, um sich die Schuhe und die Socken auszuziehen und seine Hosenbeine aufzukrempeln. Sie war überrascht, als er sie auf seinen Schoß zog und sie küsste. Genauso abrupt schob er sie zurück auf ihre zitternden Beine, nahm ihre Hand und ging mit ihr den langen, vollkommen menschenleeren Strand entlang.

„Das gefällt dir, oder?", neckte sie ihn.

„Ja, ich küsse dich gern."

„Nein", entgegnete sie. „Du holst mich gern von den Beinen. Du nimmst mich gern auf den Arm und trägst mich herum. Und du ziehst mich gern zu dir heran und küsst mich, wenn dir danach ist." Sie sah ihn mit gespielt empörtem Blick an. „Ich glaube, das geht Hand in Hand mit deiner Neigung, mir zu sagen, was ich tun soll."

Er ließ ihre Hand nicht los, als er seinen Arm hob und mit den Fingerknöcheln über ihre Wange strich. „Dir gefällt es doch auch."

Seine bestimmten Worte, seine freimütige Äußerung, dass es ihr gefallen müsse, sein Spielball zu sein, über den er bestimmen konnte, wie es ihm gefiel, hätten sie verärgern müssen.

Allerdings wussten sie beide, dass sie es insgeheim genoss.

Plötzlich hatte sie das Gefühl, auf einem Boot zu sein, das den Anker verloren hatte und nun langsam, aber sicher auf die offene See hinaustrieb. Und sie stieß die eine Frage hervor, auf die sie in der Zeit, die sie einander nun kannten, noch keine Antwort gefunden hatte.

„Wie kommt es, dass ein umwerfender, erfolgreicher, toller Kerl wie du mit sechsunddreißig noch keine Frau und Kinder hat?" Als sie spürte, wie er sich verspannte, wurde ihr klar, dass sie die Sache falsch angefangen hatte. „Ich meine, wenn man bedenkt, wie gut du im Bett bist, würde ich davon ausgehen, dass andauernd irgendwelche Frauen in Brautkleidern an deiner Tür scharren."

Das brachte ihr ein Lächeln ein. „Wie gut bin ich denn genau?"

„Jetzt willst du nur ein Kompliment hören." Sie lachte. „Du bist verdammt gut."

Die Wellen brachen sich nun höher als zuvor, und Nicola wollte zurückweichen. Marcus jedoch ließ sie nicht aus dem Wasser, das ihr in ihrem kurzen Jeansrock bis zu den Knien reichte.

„Das ist kalt!", protestierte sie.

„Ich sehe dich gern feucht."

„Du hast eine schmutzige Fantasie", entgegnete sie. Ihre leichte Atemlosigkeit verriet allerdings, dass ihre Gedanken in dieselbe Richtung gingen.

„Da hast du recht", bestätigte er. Mit seinem dunklen, begierigen Blick fesselte er sie. Sie stand vor ihm, und ihr stockte der Atem. „In meiner schmutzigen Fantasie will ich eines, Nicola. Zieh dich aus."

Sie blickte sich am menschenleeren Strand um. „Bist du verrückt?"

„Nur, wenn ich mit dir zusammen bin." Er zog eine Augenbraue hoch. „Ich warte."

O Gott, sie bekam kaum Luft, wenn sie daran dachte, sich hier vor Marcus auszuziehen.

„Wenn jemand kommt …", begann sie, bevor ihr etwas klar wurde. „Oh, heute kommt niemand an diesen Strand, oder?"

„Nein", sagte er. „Der Strand gehört heute uns."

Sie hatte genügend Zeit mit sehr wohlhabenden Menschen verbracht – Menschen, die viel mehr Geld hatten als ein Popstar wie sie –, um zu wissen, dass es durchaus möglich war, einen kompletten Strandabschnitt quasi zu mieten.

Sie wollte gerade nach dem Bündchen ihres Tanktops greifen, als ihr bewusst wurde, was er getan hatte. Sie hatte ihm eine persönliche Frage gestellt, und statt sie zu beantworten, hatte er sie aus der Bahn geworfen, indem er ihren Körper und ihr Verlangen nach ihm gegen sie verwendet hatte.

Sie strich mit den Händen über das Top. „Ich schlage dir einen Deal vor."

„Einen Deal?"

Sie hob das Kinn an. „Genau." Erleichtert bemerkte sie das leichte Lächeln, das um seine Mundwinkel spielte.

„Du hast einen wundervollen Po, Nicola. Ich freue mich schon die ganze Zeit darauf, dich übers Knie zu legen."

Erschreckenderweise war er da nicht der Einzige.

Sie versuchte, die unvernünftige erotische Vorstellung aus ihrem Kopf zu vertreiben. „Jetzt wechsele nicht das Thema", sagte sie so streng wie möglich.

Sie wurde mit seinem Lachen belohnt. „So ein wildes kleines Kätzchen." Er ergriff ihre Fäuste, ehe sie ihm damit gegen die Brust trommeln konnte. „Schieß los. Schlag mir einen Deal vor."

„Ich ziehe mich aus, wenn du meine Frage beantwortest, warum du noch nicht verheiratet bist und auch keine Beziehung führst."

Das Lachen wich so schnell aus seinen Augen, dass Nicola vor Enttäuschung beinahe aufgeschrien hätte. Sie wusste, dass es zwischen ihr und Marcus keine Verpflichtungen gab und sie den Bereich, in dem es nur um Körperlichkeit ging, eigentlich nicht verlassen sollte. Doch plötzlich erkannte sie, dass es dazu zu spät war.

Ihr Herz war verloren.

Ganz und gar.

Sie wollte mehr über Marcus wissen. Sie musste herausfinden, wie er zu dem Mann geworden war, der er war.

„Meine Freundin hat mich betrogen", erklärte er ernst. „Ich habe sie an dem Tag erwischt, als ich in den Club gegangen bin."

Durch die eine oder andere seiner Bemerkungen hatte sie gewusst, dass es mit seiner Exfreundin nicht gut gelaufen war. Dennoch sah sie ihn nun mit großen Augen an.

„*Sie* hat *dich* betrogen?"

„Ich habe noch nie eine Frau hintergangen."

„Nein", entgegnete sie schnell. „Das hätte ich auch nie gedacht. Ich kann nur nicht glauben, dass eine Frau mit gesundem Menschenverstand *dich* betrügen würde. Du musst wütend auf sie sein."

„Das war ich auch", gab er zu. „Aber dann wurde mir klar, dass sie uns beiden einen großen Gefallen getan hat."

„Wie?"

„Wir waren nicht gut füreinander, haben uns nicht gutgetan. Sie mit einem anderen Mann im Bett zu erwischen hat mich davor bewahrt, noch mehr Zeit zu vergeuden."

Obwohl sie wusste, dass die Antwort ihr vielleicht zu schaffen machen würde, musste sie die Frage stellen. „Hast du sie geliebt?"

Er hielt inne. Eine ganze Weile herrschte Schweigen zwischen ihnen. „Ich habe es geglaubt", gab er schließlich zu.

Autsch. Die Vorstellung, dass Marcus eine andere Frau liebte, hätte nicht so schmerzhaft sein dürfen. Doch es tat weh. Sehr sogar. Deshalb dauerte es auch eine Zeit lang, bis sie begriff, dass er nicht gesagt hatte, er würde seine Exfreundin lieben.

„Warte mal ... Du hast *gedacht*, sie zu lieben? Ist das ein Ja oder ein Nein?"

Sein Blick verfinsterte sich, und er schüttelte den Kopf. „Nein. Ich habe den Menschen geliebt, den ich in ihr sehen wollte. Aber dieser Mensch war sie nicht."

„Ich weiß genau, was du meinst", erwiderte sie, ehe sie es sich verkneifen konnte.

„Tatsächlich?"

Die vergangenen sechs Monate fielen mit einem Mal von ihr ab, und sie wusste, dass sie, wenn sie über Kenny redete, wahrscheinlich in Tränen ausbrechen und sich lächerlich machen würde.

„Tatsächlich."

Behutsam legte er den Finger unter ihr Kinn, hob es leicht an und zwang sie so dazu, ihn anzuschauen. „Wer auch immer er war, was auch immer er dir angetan hat – er war der größte Idiot der Welt."

Die Tränen, von denen sie gehofft hatte, sie zurückhalten zu können, rollten ihr über die Wangen. „Ich war eine noch größere Idiotin, weil ich ihm seine Lügen geglaubt habe."

„Nein, Nicola", entgegnete er und wischte ihr sanft die Tränen weg. „So, wie du bist, bist du klug, wunderschön und absolut perfekt."

Im nächsten Moment küsste er sie. Sie vergaß alles um sich herum und fühlte nur noch, wie schön es war, in seinen Armen zu liegen. Und wie unglaublich froh sie war, in dem Club gewesen zu sein und Marcus zumindest ein bisschen über seine schlimme Trennung hinweggeholfen zu haben.

„Hilf mir dabei, mich auszuziehen", murmelte sie.

Seine Augen leuchteten, als er ihr behutsam das Oberteil über den Kopf streifte. Als Nächstes befreite er sie von ihrem BH. Er warf die Kleidungsstücke in den trockenen Sand. Schließlich zog er ihr den Jeansrock und das Höschen aus. Dann stand sie vor ihm – vollkommen nackt.

Und hoffnungslos erregt.

16. KAPITEL

„Ist dir eigentlich klar, wie schön du bist?"

Mit großen Augen blickte sie ihn vertrauensvoll an.

„Nur, wenn du mich so ansiehst."

Marcus legte seine Hände auf ihre Hüften und presste Nicola an sich. Ohne jegliche Zurückhaltung küsste er sie. Nicola erwiderte den Kuss genauso leidenschaftlich. Dann griff sie nach seinen Sachen. Sie unterbrach den Kuss nur, um ihm das Shirt über den Kopf zu ziehen. Während sie ihn erneut küsste, schob sie ihm die Hose und die Boxershorts herunter.

Ohne sich von ihren Lippen zu lösen, hob er sie hoch und lief mit ihr ins Wasser.

Eine Welle rollte gegen sie, und Nicola keuchte auf, weil die Kälte sie überraschte. „Bist du wahnsinnig?"

„Allerdings", antwortete er. „Deine Nähe macht mich wahnsinnig."

Sie hauchte ihm Küsse aufs Gesicht, den Hals, die Schultern. Noch nie war er mit jemandem zusammen gewesen, der so hemmungslos war, der sich seiner Lust so hingeben und sie so bereitwillig mit ihm teilen wollte. Die Stunden, die er mit Nicola verbracht hatte, waren die glücklichsten, an die er sich erinnern konnte.

Ja, es war die Wahrheit, dass er die Abstriche, die er für seine Familie hatte machen müssen, nicht bereute. Doch er war froh, dass er gerade keinen Kompromiss machen musste, sodass er Nicola – und seine Gefühle für sie – ein paar Tage lang an erste Stelle setzen konnte.

„Ich will unbedingt hier draußen mit dir schlafen", sagte sie zu ihm und fuhr ihm mit der Zunge über das Ohrläppchen. „Aber wir haben kein Kondom dabei."

Marcus musste den drängenden Wunsch beiseiteschieben, ohne Schutz in sie zu dringen. Wenn sie mehr als nur ein paar verrückte Tage zusammen verbringen würden, dann …

Nein. Er musste sich auf das Hier und Jetzt konzentrieren, auf die Tatsache, dass Nicola ihm innerhalb weniger Tage schon so viel Lust bereitet hatte, wie ein durchschnittlicher Mann nicht einmal in seinem ganzen Leben erfuhr. Sie hatte ihm deutlich gesagt, dass sie keine Beziehung wollte.

Genauso klar, wie auch er es betont hatte.

In dem Moment zeigte er ihr, was er in der Hand hielt. „Ich habe an alles gedacht."

Überrascht auflachend schüttelte sie den Kopf. „Wie zum Teufel konntest du das Kondom aus der Tasche holen und die Verpackung aufreißen, ohne dass ich es mitbekommen habe?" Ohne auf seine Antwort zu warten, nahm sie ihm das Kondom aus der Hand. „Egal. Lass mich runter, damit ich mich darum kümmern kann."

Er war sich nicht sicher, ob er es aushalten würde, wenn sie ihn jetzt berührte. „Wage es ja nicht, mich zu reizen", warnte er sie und ließ sie herunter.

Sie blinzelte ihn an. Ihr Blick wirkte zugleich sexy, unschuldig und frech. „Wie soll ich dann sonst herausfinden, ob du deine Drohungen, mir den einen oder anderen Klaps auf den Po zu geben, irgendwann wahr machen wirst?"

„Oh, ich werde sie wahr machen. Verlass dich darauf", erwiderte er und verspürte den Wunsch, sich gleich an Ort und Stelle um ihren süßen Hintern zu kümmern. In dem Augenblick strich sie mit ihrer Zungenspitze über die Lippen und widmete sich seiner Erektion.

„*Du* bist schön", murmelte sie. Ehe er wusste, wie ihm geschah, hatte sie sich vor ihn gekniet und verwöhnte ihn. Heiß, feucht, perfekt.

Er konnte nicht glauben, dass er mit der schönsten Frau der Welt im Meer stand und sie ihn in den Wellen mit dem Mund verwöhnte. Das hier war nicht er, so war sein Leben für gewöhnlich nicht, und es war auch nicht sein Plan gewesen.

Vergiss die Pläne, dachte er sich. Begierig schob er die Hände in ihr Haar und beschloss zu nehmen, was sie ihm so bereitwillig geben wollte. Er verstärkte seinen Griff in ihr Haar, als sie ihre Lippen fester um ihn schloss. Obwohl die Lust ihn fast wahnsinnig machte, achtete er darauf, ihr nicht wehzutun. Sie stöhnte auf, und er genoss es, dass es ihr gefiel, sich ihm so hinzugeben.

Kurz bevor der Höhepunkt ihn mit sich reißen konnte, zog er sich zurück.

„Roll mir das Kondom über, Nicola."

Ihr Blick wirkte verschleiert, als sie ihn ansah. Mit zitternden Fingern tat sie, was er von ihr verlangt hatte.

Er biss die Zähne zusammen, als er ihre Hände auf seinem harten Schaft spürte. Immer wieder staunte er darüber, wie sie sich komplett aufgab und ihm ihren Körper überließ, wenn sie miteinander schliefen. Er wollte ihr zeigen, dass es die richtige Entscheidung war, ihm zu vertrauen.

„Komm her." Er wartete, bis sie seine Hände ergriffen hatte und sich von ihm hochziehen ließ. „Halt dich an mir fest." Wortlos schlang sie die Arme und Beine um ihn. „Ich liebe es, dich so zu halten", stieß er hervor.

„Ich glaube nicht, dass es dir genauso gefällt wie mir", entgegnete sie, während er tiefer in das kalte Wasser ging. „O Gott", keuchte sie, als die Wellen bis hinauf an ihren Po schlugen. „Das ist so verdammt kalt." Mit ihren großen Augen schaute sie ihn an. „Du wirst dich anstrengen müssen, um mich warm zu halten."

„Das habe ich vor", erwiderte er. Er bewegte sich zwischen ihren Beinen. „Wie ist das?"

„Hm, ziemlich gut. Aber", sie streckte einen Arm aus, „ich habe noch immer eine Gänsehaut." Er hauchte erst einen, dann unzählige weitere Küsse ihren Arm hinauf. „Wenn du das tust, zittere ich nur noch mehr", meinte sie heiser, und er hob den Mund von ihrer zarten Haut.

„Und wie ist das?"

Sie blickten einander an, während er tief in sie drang.

„Oh." Ihre Augenlider flatterten. „Ja. Genau s…" Sie verstummte und stöhnte stattdessen auf, da er leicht den Winkel veränderte, in dem er in sie stieß, und ihr so noch mehr Lust bereitete.

Mit Nicola zusammen zu sein und mit ihr zu schlafen war so natürlich, selbstverständlich. So unaufhaltsam wie die Gezeiten. Bei seinem Verlangen nach ihr gab es keine Ebbe, sondern nur die Flut. Eine unendliche Begierde, die ihn immer weiter in ihren Bann zog.

Sowie sie die Augen öffnete, erkannte er die ehrlichen Gefühle darin. Er spürte, dass hier mehr als nur zwei Körper zusammenkamen, als sie sich an ihm festhielt, von der Sonne beschienen, einen goldenen Schimmer auf der zarten Haut. Die Gefahr war ihm bewusst.

Obwohl er scheinbar die Führung übernommen hatte, wusste er genau, wer eigentlich die Kontrolle, wer das Sagen hatte. Vom ersten Moment an, in dem Nicola ihn im Club angesehen hatte, hatte sie ihn in Besitz genommen.

Zuerst hatte ihr nur sein Körper gehört – er war sich sicher gewesen, dass sein Herz und seine Seele gefeit waren vor einer neuen Liebe. Er hatte fest daran geglaubt, dass keine Frau ihn mehr wirklich interessieren könnte.

Warum also berührte sie sein Herz so wie noch kein anderer Mensch in seinem Leben?

Sie schenkten einander so viel Lust, wie er es nie für möglich gehalten hätte. Und an diesem Strand, unter einer Sonne, die nur für sie zu strahlen schien, fragte er sich hilflos, wann aus dem heißen Sex mit diesem wunderschönen Popstar ein zärtlicher Liebesakt geworden war.

17. KAPITEL

Sie lachten zusammen, als sie die Kleidung über ihre nasse Haut zogen, und gingen Hand in Hand den Strand hinauf. Dann setzten sie sich in den weichen Sand und plünderten den Inhalt der Tüte, die Marcus in dem kleinen Geschäft am Point Reyes besorgt hatte.

Nicola liebte es, Zeit mit Marcus zu verbringen, etwas zu essen und so zusammenzusitzen, dass ihre Beine sich berührten. Zwischen den Bissen küssten sie sich immer wieder. Sie war offen gesagt erstaunt darüber, dass ihr Picknick irgendwie sogar intimer war – und beängstigend intensiver – als der Sex im Meer.

Als er sie festgehalten und mit seinen Küssen und Berührungen verrückt gemacht hatte, war sie kurz davor gewesen, nur einen Kuss davon entfernt, ihm zu offenbaren, was sie tief in ihrem Inneren empfand. Doch jetzt hatte sie das Gefühl, ein Lächeln von ihm würde reichen, damit sie den Schritt machen und sich in eine der Frauen verwandeln würde, über die sie sich vorhin noch lustig gemacht hatte – mit einem Brautkleid bekleidet an seine Tür klopfend und ihn anflehend, den Rest des Lebens mit ihr zu verbringen.

Obwohl sie den besten Tag ihres Lebens genoss und obwohl er so süß gewesen war und gesagt hatte, dass ihr Exfreund sie nicht verdient habe, durfte sie nicht vergessen, ihr Herz zu schützen.

„Also", begann sie, während sie sich ein weiteres Stückchen Brot abbrach und in die Paprikapaste tunkte. „Woher kennst du diesen Strand?"

„Es war der Lieblingsstrand meines Vaters." Sie folgte seinem Blick den Strand entlang zu einem hübschen Häuschen, das auf den Klippen stand. „Seinem besten Freund aus dem

College gehörten das Haus und der Strand dazu." Ein Schatten huschte über sein Gesicht. „Joe ist vor einigen Jahren gestorben. Er hat meiner Mutter in seinem Testament dieses Stückchen Land vermacht. Wie ausgelassen wir als Kinder am Strand gespielt hatten, seien seine schönsten Erinnerungen gewesen, hat er meiner Mutter erzählt. Und dass er hoffe, eines Tages würden unsere Enkel auch hier spielen."

Nicola musste einfach zu Marcus heranrutschen, seine Hände ergreifen und sie an ihr Herz pressen. Sie hätte alles dafür gegeben, wenn sie den Schmerz hätte vertreiben können, den er schon so jung hatte erdulden müssen.

„Erzähl mir von deinem Vater. Wie war sein Name?"

„Jack." Er lächelte. „Er war toll. Es gab keinen Tag, an dem er uns nicht spüren ließ, wie sehr er uns liebte und wie froh er war, uns zu haben. Selbst wenn ein paar von uns sich stritten, anbrüllten und beschimpften, lehnte er sich zurück und ließ uns gewähren, bis wir an einen Punkt kamen, an dem wir nicht mehr weiterkonnten."

„Und was tat er dann?"

Sie hörte, wie er leise lachte. „Er kam ins Zimmer und sagte: ‚Jetzt ist es gut.'"

„Das war alles?"

Er grinste schief. „Er blieb ruhig, hatte allerdings den Rohrstock dabei."

„Klingt nach dir."

„Das dachte ich auch immer."

Sie legte den Kopf schräg. „Was meinst du? Denkst du nicht, dass du ein toller Vater sein könntest?"

„Früher habe ich mir das gut vorstellen können. Aber im Moment bin ich über die Sache mit Frau und Kindern hinweg."

Es gab überhaupt keinen Grund, wegen seiner Bemerkung verletzt zu sein. Doch die Tatsache, dass er die berühmte Sängerin, mit der er geschlafen hatte, für die Rolle als Frau und Mutter von vornherein nicht in Betracht zog, kränkte sie. Sie fühlte sich ... billig.

Der Schmerz, der sie unvermutet tief traf, brachte sie dazu, ihn anzugehen – schärfer als beabsichtigt. „Nur, weil irgendein Miststück, mit der du zusammen warst, dich betrogen hat, gibst du den Traum von einer eigenen Familie auf?"

In seinen Augen flackerte ein warnender Ausdruck auf, den sie ignorierte. *Was soll's?* Das Loch, das sie gerade grub, war sowieso schon so tief, dass sie darin verschwinden konnte. Warum also sollte sie jetzt aufhören? Vor allem, wenn sie ihn nach ihrem Abschied am Montag nie mehr wiedersehen würde. Sie konnte ebenso gut versuchen zu helfen – auch wenn Marcus ihre Hilfe eigentlich nicht wollte.

Ja, es war ausgesprochen hilfsbereit von ihr, ihm das zu erklären. Es ging nicht darum, dass er sie verletzt hatte und sie sich dafür rächen wollte.

„Ich frage nur, ob dir schon einmal in den Sinn gekommen ist, dass du vielleicht absichtlich eine miese Freundin gewählt hast, um nicht wirklich heiraten und eine Familie gründen zu müssen? Damit du nicht riskierst, eventuell die Frau zu verlieren, die du liebst, die Mutter deiner Kinder – so wie deine Mutter deinen Vater verloren hat? Du weißt schon ... Wäre es möglich, dass du deine Exfreundin als Grund benutzt hast, dich vor der Liebe zu verstecken?" Sie zuckte mit den Schultern und bemühte sich, lässig zu wirken. „Tja, das ist vermutlich auch der Grund, warum deine Wahl auf mich gefallen ist. Weil es leichter ist, mit einer Frau zu schlafen, mit der es überhaupt keine Aussicht auf eine gemeinsame Zukunft gibt."

Das Schweigen, das nach ihrer sehr genauen Analyse seines Lebens zwischen ihnen herrschte, war schwer und kalt. Mit einem Mal wurde ihr bewusst, dass sie diesen Blick von ihm noch nie erlebt hatte.

Er war wütend.

Wütend auf sie, weil sie ihm gesagt hatte, was sie dachte.

„Was ist mit dir?" Er hatte die Augen zu schmalen Schlitzen verengt und die Kiefer aufeinandergepresst. „Du hättest jeden haben können, Nicola. Warum also hast du dich mit einem wertlosen Lügner getroffen, von dem du wissen musstest, dass er dich am Ende verletzen würde? Aus demselben Grund, aus dem du glaubst, das Image eines Betthäschens verkörpern zu müssen? Aus demselben Grund, aus dem du dich hinter deinem Körper und deinem hübschen Gesicht versteckst, statt den Menschen zu zeigen, wie klug du bist? Und hast du deshalb nicht auch mich ausgewählt? Weil du mit mir ein paar Nächte lang Spaß haben kannst, aber uns beiden klar ist, dass du dich nie und nimmer mit einem langweiligen alten Kerl im Anzug abgeben würdest?"

Nie hätte sie damit gerechnet, dass er so etwas erwidern würde. Sie versuchte, ihre Hände aus seinen zu befreien, doch er ließ sie nicht los.

„Du hast nicht das Recht, so etwas zu mir zu sagen", zischte sie.

„Wer im Glashaus sitzt, sollte nicht mit Steinen werfen, Kätzchen."

O Gott, sie hasste es, dass er sie, wütend wie er gerade war, so nannte.

„Es kommt mir vor, als wärst du die Expertin im Verstecken", sagte er mit leiser, ernster Stimme. „Du versteckst dich vor der Presse. Du versteckst, wie klug und talentiert du wirklich bist. Selbst im Schlafzimmer – dem letzten Ort auf Erden, an dem du dich vor deinem Geliebten verstecken solltest – war es nicht leicht, dich dazu zu bewegen, deine Schutzmauern auch nur für den Bruchteil einer Sekunde fallen zu lassen."

Sie verstand, dass sie ihn mit ihren Worten verärgert hatte und er nun mit allen Mitteln versuchte, sie wegzustoßen. Aber dieses Wissen linderte ihren Schmerz nicht. Wenn überhaupt, machte es ihn nur noch schlimmer.

Weil sie darauf vertraut hatte, dass er ihr nicht wehtun würde.

Sie entzog ihm ihre Hände und stand auf. „Gut! Wenn du willst, dass ich mich nicht mehr verstecke, sondern offen und ehrlich bin, dann fange ich am besten sofort damit an."

Er erhob sich und blickte sie an. „Wage es ja nicht."

Doch der Fehdehandschuh lag schon zwischen ihnen. Der Streit war nicht mehr zu vermeiden. „Wie wäre es, wenn ich mich der Tatsache stellen würde, dass es mehr als dumm von mir war, zu glauben, das hier könnte ohne Verpflichtungen funktionieren?", begann sie. „Wie wäre es, wenn ich dir gestehen würde, dass ich mich in einen Kerl verliebt habe, der nie mehr von mir wollte als ein paar Tage heißen Sex?" Ihr Atem ging viel zu schnell, und Tränen verschleierten ihren Blick. „Wäre das klug genug?"

Sie musste sich von ihm abwenden, konnte es nicht ertragen, dass er sie weinen sah. Nicht, nachdem nun alles kaputt war und ihr perfekter Tag vollkommen ruiniert.

Und nicht, nachdem sie ihm all ihre dummen Gefühle für ihn gestanden hatte – und zwar so, dass er sie garantiert niemals erwidern würde.

Was nicht hieß, dass er es andernfalls getan hätte.

Marcus' Mutter hatte Nicola versprochen, sie sei bei ihrem Sohn in guten Händen und sicher. Doch Mrs Sullivan hatte sich geirrt.

„Ich muss gehen", sagte Nicola knapp und achtete darauf, dass ihre Stimme nicht zitterte. „Mein Team erwartet mich zur Probe. Ich kann nicht wie gestern schon wieder zu spät kommen."

Entschlossen ging sie den Weg zwischen den Kiefern entlang, der zu Marcus' Auto führte. Als er sie in den Wellen in den Armen gehalten hatte, war ihr trotz der Kälte des Wassers warm gewesen.

Aber jetzt war ihr, obwohl die Sonne strahlte, nur noch kalt.

Es war nicht nur der Schock darüber, zu erfahren, wie tief ihre Gefühle für ihn waren, der Marcus ins Wanken brachte.

Es war auch die Tatsache, dass er ihr ständig gepredigt hatte, sie dürfe sich nicht nur als Betthäschen präsentieren, obwohl er sie selbst so behandelt hatte. Als wäre sie nicht mehr als irgendein Flittchen, das gerade gut genug fürs Bett war. Doch als sie ihren klugen Kopf und ihr Herz dazu genutzt hatte, seine Entscheidungen zu analysieren und zu hinterfragen, hatte er die Nerven verloren.

Nachdem er alles in den Picknickkorb zurückgeworfen hatte, lief er den Weg entlang und sah Nicola in seinem Wagen sitzen. Den Rücken durchgedrückt und die Hände in den Schoß gelegt, würdigte sie ihn keines Blickes, als er einstieg.

„Es tut mir leid", sagte er vorsichtig.

Er wollte ihre Hand ergreifen, aber er wusste, wie sie reagieren würde. Das Letzte, was sie im Augenblick wollte, war, dass er sie berührte. Die Ironie der Situation entging ihm nicht: Das, was sie am wenigsten wollte, war genau das, was er im Moment unbedingt wollte – eine Annäherung, wenn auch nur durch diese kleine Geste.

„Mir tut es auch leid."

Marcus war überrascht, als sie sich entschuldigte. Er hatte ihr noch so viel sagen wollen, hatte ihr erklären wollen, wie falsch es gewesen sei, all das zu ihr zu sagen und sie damit zu verletzen. Ihm war selbst nicht bewusst gewesen, was für ein sensibles Thema der Tod seines Vaters für ihn war.

Doch als ihr ausdrucksloser, leerer Blick ihn traf, wusste er, dass es zu spät war.

„Ich hätte dich nicht um mehr gemeinsame Zeit bitten sollen", sagte sie leise. Bedauern schwang in jedem ihrer Worte mit.

Er glaubte, Tränen in ihren Augen schimmern zu sehen, aber als er genauer hinsah, wirkte ihr Blick vollkommen klar. Und so ernst und nüchtern, dass sein Magen sich bei der Erinnerung an die Leidenschaft und die Freude, die kurz zuvor in ihren Augen gestanden hatten, unwillkürlich zusammenzog.

„Du hattest recht: Wir hätten die Sache nach der ersten Nacht beenden sollen." Sie zog die Mundwinkel nach oben, aber ein Lächeln war es nicht. „Lektion gelernt: Ein One-Night-Stand sollte nie länger als eine Nacht dauern."

Marcus war immer der ruhige, ausgeglichene Sullivan gewesen, der stets gewusst hatte, was zu tun war. Doch seit er Nicola begegnet war, hatte sich das geändert. Er fühlte sich ständig überfordert und hatte keine Ahnung, was er tun sollte. So etwas hatte er noch nie zuvor erlebt. Aber obwohl ihm klar gewesen war, dass ihre Beziehung irgendwann in naher Zukunft sowieso enden würde, missfiel ihm der Gedanke, es *so* enden zu lassen.

„Du warst für mich nie der Popstar, Nicola. Du warst immer nur du. Eine Frau, die ich wollte und die ich von Anfang an mochte. Falls ich dir je das Gefühl gegeben haben sollte, du seist für mich nicht mehr als ein Sexobjekt, dann tut es mir aufrichtig leid."

Einige Sekunden lang schwieg sie. „Schön, dass du das sagst", erklärte sie schließlich.

Er wartete darauf, dass sie fortfuhr, wartete darauf, dass sie ihm sagte, er sei auch mehr für sie als irgendein Kerl im Anzug, bei dem sie vor Lust schrie, wenn sie kam. Doch sie zog nur wortlos ihr Handy aus der Tasche und warf einen Blick auf die Uhr.

„Wir lange dauert es, bis wir im *Warfield*-Theater sind?"

Plötzlich wusste er, dass er alles tun würde, um sie dazu zu bringen, sich seine Entschuldigung anzuhören. Sie dagegen schien nicht gewillt, auch nur einen Schritt auf ihn zuzugehen.

Hatte er nicht zwei Jahre lang alles getan, um Jill glücklich zu machen? Und was war dabei herausgekommen? Wenn er für Jill schon zu langweilig, zu emotionslos gewesen war, dann wäre Nicola – falls sie beide sich heute noch zusammenreißen könnten – eines Tages erst recht gelangweilt von ihm. Und irgendwann würde er das „Vergnügen" haben, sie beim Sex mit einem aufregenden, gepiercten, bärtigen Kerl zu erwischen und zu wissen, dass er mal wieder der Dumme war.

Schließlich pflegten sie auch einen komplett unterschiedlichen Lebensstil. Er stand früh auf, um sich um die Rebstöcke zu kümmern, die letzte Weinernte zu prüfen und sich mit Restaurantbesitzern und Weinhändlern zu treffen. Sie dagegen stand noch spät auf Bühnen und in Tonstudios oder ging auf Partys wie die in Hollywood, auf denen man seinen Bruder Smith oft antraf.

Einmal mehr rief Marcus sich ins Gedächtnis, dass sie nichts gemeinsam hatten – auch wenn er widerwillig zugeben musste, dass es in den Bereichen, auf die es wirklich ankam, zwischen ihnen passte.

„Das *Warfield* ist ungefähr eine Stunde von hier entfernt."

„Ich hoffe, dass der Verkehr nicht zu schlimm ist. Wenn du ein paar Abkürzungen kennst, wäre es super, wenn wir sie nehmen könnten."

Wie war es so schnell so weit gekommen? Gerade noch hatten sie sich in den Wellen geliebt, und nun saßen sie im Wagen und Nicola sprach mit ihm, als wäre er ein Fremder.

Aber sein Stolz verbot es ihm, sie noch einmal um Verzeihung zu bitten. Er hatte es versucht. Sie hatte ihn weggestoßen.

Sie waren fertig miteinander.

„Keine Sorge", erwiderte er genauso distanziert, wie sie geklungen hatte. „Ich sorge dafür, dass du pünktlich bist."

18. KAPITEL

Glücklicherweise hatte sie schon unzählige Konzerte wie dieses gegeben. Nicola brachte am folgenden Abend den Soundcheck hinter sich und alberte mit ihrer Band herum. Sie lächelte und lachte vielleicht, doch sie fühlte sich hohl. Leer.

Und wirklich, wirklich traurig.

Die Dinge, die Marcus zu ihr gesagt hatte, gingen ihr unentwegt im Kopf herum. Die Stimme in ihrem Kopf war so laut, dass sie tatsächlich während der Probe den Text eines ihrer Songs vergessen hatte. Mitten im Lied hatte sie abbrechen und sich mit einem Scherz bei ihrer Band entschuldigen müssen. Sie hatte so getan, als hätte sie die fragenden Blicke, die ihr Team ihr zugeworfen hatte, nicht bemerkt.

Ein Ausrutscher – ein Ausrutscher reichte, damit die Leute glaubten, es läge an durchzechten Nächten, Drogen und wilden Partys.

Natürlich war es nicht gerade hilfreich, dass sie ihr leichtlebiges Image durch ihre Videos, die knappen Bühnenoutfits und die gemeinsamen Fotos mit Leuten unterstrich, deren wildes Image nicht ausgedacht, sondern hart erarbeitet war.

Alles, was Marcus während ihrer Auseinandersetzung am Strand gesagt hatte, stimmte.

Nicola wusste, dass sie zum größten Teil deshalb so wütend gewesen war. Wenn sie tief durchgeatmet und sich beruhigt hätte, dann hätte sie ihm und sich selbst eingestehen können, dass sie das Image des aufreizenden Popstars leid war. Dass sie sich immer öfter fragte, warum sie dieses Image überhaupt bediente. Eigentlich wollte sie, dass ihre Songs für sich selbst sprachen.

Es sollte allein die Kraft ihrer Musik zählen – ohne das wortlose Versprechen von Sex –, um sie an die Menschen zu verkaufen.

Aber sie hatte nicht durchgeatmet.

Stattdessen war sie mit dem dümmsten, lächerlichsten Geständnis ihres Lebens herausgeplatzt.

Sie hatte ihm gesagt, dass sie sich in ihn verliebt habe.

Nein.

Sie hatte es *herausgeschrien*.

Selbstverständlich hatte er nichts über Liebe gesagt. Nicht am Strand. Und auch nicht später im Auto.

Nun saß sie in ihrer Garderobe, die ihre Tourmanagerin ihren Vorgaben nach eingerichtet hatte, um es ihr so angenehm und gemütlich wie möglich zu machen. Stumm starrte sie in den großen Spiegel mit den Lämpchen, die auf sie herabstrahlten. Sie waren viel zu hell und beleuchteten all die Teile ihrer Seele, die sie nicht sehen wollte.

Sie musste Marcus zugutehalten, dass er zum Wagen gekommen war und sich umgehend entschuldigt hatte. Doch sie hatte zu viel Angst gehabt, sich anzuhören, was ihm leidtat. Sie hatte sich davor gefürchtet, von ihm zu hören: *„Es tut mir leid, dass du dich in mich verliebt hast. Ich wollte nicht, dass das passiert."*

Sie wandte sich vom Spiegel ab, konnte ihren eigenen Anblick nicht länger ertragen.

Ein gebrochenes Herz war eigentlich gut, um Songs zu schreiben. Sie sollte sich ihre Gitarre schnappen und ein Meisterwerk erschaffen. Sie sollte die Joni Mitchell, die Songwriterin in sich, fließen lassen und über traurige Jungs und die Dämonen singen, ohne die sie offenbar nicht leben konnte.

Aber das ging nicht. Jedenfalls nicht heute Abend. Nicht, wenn alles noch so frisch war. Nicht, wenn sie sich noch immer so dumm, so lächerlich vorkam, weil sie ihr Herz so schnell und so vollkommen an einen Mann verloren hatte, von dem sie von Anfang an gewusst hatte, dass er nicht zu ihr passte.

Sie hätten nur eine Nacht miteinander verbringen sollen. Nicht mehr.

Doch als sie so in ihrer Garderobe saß und sich selbst bemitleidete, kam es ihr vor, als würden die Gitarre und der Spiegel sie von beiden Seiten des Zimmers aus anstarren und einen Feigling schimpfen.

Sie hatten recht.

Sie war feige.

Und sie war es schon viel zu lange.

Schließlich atmete Nicola durch, wie sie es schon am Strand hätte tun sollen. Dann atmete sie noch einmal und noch einmal durch, bis sie sich stark genug fühlte, um die richtige Entscheidung zu treffen.

Nicola würdigte das knappe, glitzernde Outfit, das ihre Stylistin ihr herausgesucht hatte, damit sie es auf der Bühne trug, aufreizend tanzte und die Leute anmachte, keines Blickes. Sie erhob sich, nahm ihre Gitarre und betrachtete ihr Spiegelbild.

Die Frau, die zurückblickte, sah nicht aus wie ein Popstar in schimmernder, hautenger Seide und Elasthan. Zum ersten Mal sah Nico aus wie Nicola – eine junge, hübsche Frau in den Zwanzigern in einem Jeansrock und einem T-Shirt, die einige Songs geschrieben hatte und sie dem Publikum vorspielen wollte.

Endlich gelang Nicola ein kleines Lächeln.

Hopp oder top – heute war der Abend, an dem sie den ersten Schritt in eine neue Zukunft wagen würde.

Und auch wenn sie Marcus nicht an ihrer Seite hatte, so war ihr doch für immer klar, dass sie ihm dankbar sein musste, weil er ihr den Schubs in die richtige Richtung gegeben hatte.

Er liebte sie nicht, aber er hatte sie immer respektiert.

Heute Abend würde sie sich selbst auch respektieren.

Die Gitarre wie einen Schatz an sich gedrückt, trat Nicola auf den Flur hinaus und machte sich auf die Suche nach ihrem Bandleader, um ihre Änderungswünsche zu besprechen.

Marcus hatte seiner Schwester erklärt, dass er am Samstagabend nicht mit ihr zu Nicolas Konzert gehen könne, weil er Pläne für den Abend habe, die sich nicht verschieben ließen. Die Wahrheit war, dass er es im Augenblick nicht ertragen hätte, neben Lori zu sitzen und Nicola auf der Bühne stehen zu sehen.

Er war auf sein Weingut im Napa Valley zurückgekehrt. Dort lebte er wieder sein normales Leben, in dem süße, sexy Popstars keinen Platz hatten – außer sie kamen mit ihrem Gefolge auf das Weingut, um eine persönliche Führung mitzumachen.

Doch auch wenn er sich fest vorgenommen hatte, Nicola nicht mehr zu sehen, schaffte er es einfach nicht, sich von ihr fernzuhalten. Er konnte sich die Chance, ein paar Stunden im selben Raum wie sie zu sein, nicht entgehen lassen.

Und obwohl er seine Schwester angelogen und behauptet hatte, zu beschäftigt zu sein, um sich das Konzert anzusehen, stand er nun vor dem *Warfield*-Theater in San Francisco. Er starrte auf das Schild, das ankündigte:

Special Guest heute Abend: NICO!

Am Strand in seinem Wagen hatte sein Stolz ihm gesagt, dass er ohne sie besser dran wäre und einen Schlussstrich unter die Affäre mit ihr ziehen solle, ehe sie die Sache beendete und ihm das Herz brach.

Scheiß auf den Stolz.

Denn die Erinnerung an den Moment, als sie am Freitagnachmittag vor dem Theater aus dem Auto gestiegen war, hatte ihn seither ununterbrochen verfolgt.

Es war schön, dich kennengelernt zu haben, hatte sie gesagt.

Was zur Hölle hätte er darauf erwidern sollen? Dass es ihn auch gefreut habe, sie kennengelernt zu haben? So als würden sich zwei Arbeitskollegen voneinander verabschieden?

Er hätte nett zu ihr sein und sie dazu bringen sollen, seine Entschuldigung anzuhören. Stattdessen hatte er nur ihren Namen geknurrt.

Sie hatte ihn kurz angesehen, bevor sie ihr Handy hervorgeholt und ihrer Crew Bescheid gegeben hatte, dass sie vor der Tür stehe. Kurz darauf war sie im Inneren des Gebäudes verschwunden. Die Türen waren hinter ihr abgeschlossen worden – nicht nur, um die Fans davon abzuhalten, sie bei den Proben zu stören, sondern auch, um eine Art Schutzmauer zu dem Kerl zu schaffen, der in seinem Wagen saß und ihr hinterherstarrte.

„Hey, Mann, willst du ein Ticket für die Show? Nico spielt für gewöhnlich in größeren Hallen, und dieses Konzert war innerhalb von zwanzig Minuten ausverkauft. So bald hast du nicht mehr die Gelegenheit, ihr so nahe zu kommen."

Die Worte des Schwarzmarkthändlers versetzten ihm einen weiteren Stich. Marcus betrachtete die Karte. Deshalb war er hier, oder? Um Nicola noch einmal zu sehen, um ihren Anblick in sich aufzunehmen – wenn auch nur aus der Ferne. Denn er vermisste sie schon jetzt wie wahnsinnig.

Er war ihr nahe gewesen. So nahe. Und er hatte das alles als selbstverständlich hingenommen. Dem unvermeidlichen Ende am Montag hatte er ohne Aufregung entgegengesehen.

Marcus kaufte das Ticket, betrat den Saal und stellte überrascht fest, dass das Publikum nicht nur aus Jugendlichen bestand. Er sah auch Collegestudenten und Leute in seinem Alter, die offensichtlich nicht als Begleitung jüngerer Konzertbesucher mitgekommen waren, sondern weil sie Nicola spielen hören wollten.

Als er Platz nahm, hörte er, wie zwei Teenager sich über Nicola unterhielten.

„Ich habe gehört, dass der Typ, mit dem sie letztes Jahr zusammen war, sie betrogen hat. Du weißt schon ... Er hat sie unter Drogen gesetzt, Fotos gemacht und sie dann verkauft."

„Er sah schon so schmierig aus, oder?"

„Ja, total. Ich frage mich, warum sie überhaupt mit dem zusammen war. Wenn ich so toll wie Nico wäre, dann würde ich mir den bestaussehenden Mann der Welt nehmen. Auf jeden Fall einen, der mich anbetet."

Sie kamen auf Jungs zu sprechen, in die sie verknallt waren und die keine Ahnung hatten, dass die Mädchen überhaupt existierten. Marcus lehnte sich zurück und versuchte zu verarbeiten, was die beiden gerade erzählt hatten.

Am Strand hatte Nicola Andeutungen gemacht, von einem ehemaligen Freund verletzt und betrogen worden zu sein. Und sie hatte ihm auch schon erzählt, dass sie einige falsche Entscheidungen getroffen hatte, die ihr den Ruf als wildes Partygirl eingebracht hatten.

Marcus wusste, dass es ein Leichtes wäre, mit dem Handy ins Internet zu gehen und den Rest der Geschichte herauszufinden. Aber er erinnerte sich daran, wie misstrauisch sie gewesen war, nachdem er erfahren hatte, wer sie war – sie hatte direkt angenommen, er hätte im Internet nach ihr geforscht.

Was auch immer er über ihre Vergangenheit herausfand, musste er von ihr persönlich erfahren.

Falls sie je wieder mit ihm sprechen würde.

Warum sollte sie das tun? fragte er sich, als das Licht in der Halle ausging und das Publikum zu jubeln begann. Er stellte vielleicht im Internet keine Nachforschungen über sie an, doch er saß wie ein unheimlicher Stalker hier im Dunkeln, um sie ohne ihr Wissen bei ihrem Konzert zu beobachten.

War das Verhalten ihres Exfreundes im Vergleich dazu überhaupt schlimmer gewesen?

Marcus war klar, dass er eigentlich aufstehen und verschwinden sollte. Aber wenn es um Nicola ging, versagte seine Selbstbeherrschung. Daran hatte sich auch jetzt nichts geändert.

Obwohl er sich bemühte hatte, eine rein körperliche Beziehung mit ihr zu führen, hatte es nicht funktioniert. Nicht einmal annähernd. Ihre Musik war ein so bedeutender Teil von ihr, dass er Nicola bei einem ihrer Konzerte sehen musste. Er musste verstehen, musste diesen Teil von ihr genauso kennenlernen wie die Konturen ihres wundervollen Körpers.

Das Bühnenlicht ging langsam an, und alle Konzertbesucher sprangen auf, als Nicola auf die Bühne kam. Marcus stockte der Atem, als er sah, wie zierlich sie in dem hellen Licht wirkte. Dennoch nahm sie die Bühne in Besitz und zog augenblicklich das Publikum in ihren Bann.

Überrascht bemerkte er, dass sie ein T-Shirt und einen schlichten Rock trug. Nach allem, was er beim Durchzappen durch die Musikkanäle im Fernsehen von ihr gesehen hatte, war er davon ausgegangen, dass sie eines ihrer knappen Kostüme tragen würde. Ein Outfit, das Teil und Verpackung ihres Images als aufreizender Popstar war – eines Images, das er am Strand in der Luft zerrissen hatte.

„Hallo zusammen."

Auf den riesigen Leinwänden an beiden Seiten der Bühne sah er ihr Lächeln. Sie wirkte stark und zugleich ein wenig nervös. Er glaubte, einen Hauch von Traurigkeit, jedoch auch Aufregung in ihren Augen stehen zu sehen.

Was hatte sie vor?

Plötzlich wusste er es, ohne dass sie etwas gesagt oder getan hätte. Sein wunderschönes Mädchen übernahm die Kontrolle.

„Ich freue mich, dass ihr den Abend mit mir zusammen verbringt. Die Stiftung *Musiker für Bildung* liegt mir sehr am Herzen."

„Wir lieben dich, Nico!", schrie irgendjemand.

Sie lachte. „Ich liebe euch auch."

Die Worte kamen ihr ganz leicht über die Lippen. Marcus wusste, dass sie sie auch so meinte. Ihre Fans bedeuteten ihr alles. Sie nahm die Möglichkeit, den Menschen ihre Musik vorzuspielen, nicht auf die leichte Schulter.

„Ich bin in der Stimmung, heute Abend zu Beginn unplugged zu bleiben und Gitarre und Klavier zu spielen. Seid ihr damit einverstanden?" Fünftausend Stimmen schrien jubelnd auf. Nicolas Lächeln ließ den Raum erstrahlen. „Super!"

Sie streckte den Arm aus, nahm von einem Roadie die Gitarre entgegen und hängte sich den Gurt über die Schultern. Marcus wurde bewusst, wie gut die Gitarre zu ihr passte. Das Bild war stimmig, irgendwie richtig.

Plötzlich ging ihm auf, dass er am Strand unrecht gehabt hatte. Sie hatte sich nicht vollkommen versteckt, sie hatte nur eine Seite von sich nicht gezeigt. Denn sie war beides: die Sexgöttin aus den Videos und dieses wunderschöne Mädchen, dessen Stimme klar und stark zur Gitarre erklang und das die Herzen der Menschen mit der schlichten Magie ihrer Songs berührte.

Die Leute nahmen wieder Platz. Nicht, weil die Musik sie nicht begeistert hätte, sondern weil sie den Liedern aufmerksam lauschen wollten, Note für Note. Sie wollten Nicolas Performance verfolgen. Eine Bühnenshow, die sie in ihren Bann schlug.

Zwischen den Liedern war Nicola entwaffnend ehrlich und lustig, erzählte die Geschichten hinter den Songs und brachte alle zum Lachen. Schließlich setzte sie sich ans Klavier und fing an, den Song zu spielen, den er bei den Proben für den Videodreh gehört hatte. *All it took was one moment, one look in your eyes, one taste of your lips, to know that you were the one – Ich brauchte nur einen Moment, einen Blick in deine Augen, eine Berührung deiner Lippen, um zu wissen, dass du der Richtige bist.* Und in diesem Augenblick zeigte sie dem Publikum ihr Innerstes, ihr Herz.

Ein Herz, das die Menschen entweder annehmen und behutsam festhalten konnten – oder brechen.

Während Marcus Nicola beobachtete, ihr zuhörte, während sein Herz und seine Seele sie inmitten all dieser fremden Menschen in sich aufnahmen, wurde ihm klar, dass er ein Idiot gewesen war.

Die Frau, der er vorgeworfen hatte, sich zu verstecken, war mutiger als jeder andere Mensch, den er je getroffen hatte.

Viel mutiger, als er selbst es war.

Wenn Marcus nicht längst Hals über Kopf in Nicola verliebt gewesen wäre, dann hätte er sich in diesem Augenblick in sie verliebt – zusammen mit fünftausend anderen Menschen in einer ausverkauften Konzerthalle in San Francisco.

19. KAPITEL

Während der Beifall nach der dritten und letzten Zugabe noch immer anhielt, lief Nicola schon den Flur entlang zu ihrer Garderobe. Sie brauchte ein paar Augenblicke für sich allein, ehe sie zu den Fans ging, die eine zusätzliche Spende getätigt hatten, um beim „Meet and Greet" dafür ein Foto mit ihr schießen und mit ihr reden zu können.

Nicolas Crew arbeitete schon lange genug mit ihr zusammen, um dieses Bedürfnis zu kennen und zu verstehen. Obwohl ihre Leute ihr zulächelten und die Daumen hochhielten, um ihr zu gratulieren, sprach niemand sie in diesem Moment an.

Sie schloss die Tür hinter sich und lehnte sich dagegen. Endlich atmete sie durch, nachdem sie zwei Stunden lang das Gefühl gehabt hatte, die Luft angehalten zu haben.

Sie hatte es getan. Einen ganzen Abend hatte sie auf der Bühne gestanden und die Performance allein mit ihrer Gitarre, dem Klavier und ihrer Stimme bestritten. Gott, es war unglaublich gewesen – obwohl sie überrascht war festzustellen, dass ein Teil von ihr die Lichter, Blitze und das Tanzen vermisste.

Alles oder nichts, so hatte sie es immer gesehen. Hatte sie damit falschgelegen? Und wenn es so war, konnte sie herausfinden, wie sie sich zwischen den grellen Lichtern der Bühne und ihrem Herz bewegen konnte, ohne die Fans zu verlieren und ihre Karriere aufzugeben, die sie sich so hart erkämpft hatte?

„Nico." Jemand klopfte an die Tür. Es war Jimmy, der Bodyguard, der für gewöhnlich bei ihren Konzerten für sie da war.

Sie atmete durch und öffnete lächelnd die Tür. „Hallo."

Er runzelte die Stirn. „Es tut mir wirklich leid, dich stören zu müssen."

„Stimmt etwas nicht?"

„Ich wollte dir nur Bescheid geben, dass draußen ein Mann wartet, der ein Nein als Antwort nicht akzeptieren und dich unbedingt sehen will."

Eine Sekunde lang zog sich ihr Magen zusammen, und im nächsten Moment verspürte sie einen Stich. „Es ist wahrscheinlich nur ein Student, der zu viel getrunken hat", sagte sie, obwohl sie es besser wusste.

„Nein", bestätigte Jimmy dann auch. „Er ist schon älter. Und anders als die anderen Kerle, die mir weismachen wollen, dich persönlich zu kennen. Er sieht aus wie ein Geschäftsmann."

O Gott, Marcus war da draußen. Wusste er, dass sie den ganzen Abend über in der Menge nach ihm Ausschau gehalten hatte? Dass ihr bei jedem Mann mit breiten Schultern kurz der Atem gestockt hatte, obwohl er es nicht gewesen war? Schließlich hatte sie sich eingeredet, er sei nicht da. Aber jetzt stellte sich heraus, dass er ihr Konzert gesehen hatte und hinter die Bühne kommen wollte, um sie zu treffen.

Doch nachdem sie gerade dem Publikum jedes Stück ihrer zerbrochenen Seele gegeben hatte, wusste sie, was sie in diesem Zustand in der Sekunde tun würde, wenn sie Marcus gegenüberstand: Sie würde ihn anflehen, sie zurückzunehmen. Selbst wenn es nur für eine Stunde wäre. Und wenn der Morgen käme, würde sie sich selbst hassen, weil sie sämtliche Selbstachtung vergaß, wenn es um ihn ging.

Sie schüttelte den Kopf. „Ich kann nicht ..."

Jimmy nickte. „Keine Sorge. Ich werde ihn nicht zu dir lassen. Ich wollte nur sichergehen, dass du nachher nicht allein aufbrichst, falls er beschließt, draußen auf dich zu warten. Ich bringe dich dann in dein Hotel."

Sie sah ihn an. „Gut." Sie versuchte, ihn dankbar anzulächeln, aber es gelang ihr nicht. „Danke, dass du mir Bescheid gesagt hast."

Sein Lächeln wirkte sanftmütig. „Du warst toll heute Abend. Du hast uns alle umgehauen."

Tränen traten ihr in die Augen. „Danke. Freut mich, dass dir die Show gefallen hat." Sie wies in die Garderobe. „Ich brauche nur noch einen Moment, dann komme ich raus und mache das ‚Meet and Greet'."

„Ich sage den anderen, dass du auf dem Weg bist."

Leise schloss sie die Tür hinter sich und legte die Hand auf ihr Herz. Beim bloßen Gedanken an Marcus, der vor dem Bühneneingang stand, hatte es schnell, viel zu schnell zu schlagen begonnen. Er war so nahe …

Nein. Sie musste aufhören, an ihn zu denken. Sie musste mit ihrem Job weitermachen.

Als sie eine Wasserflasche nahm und nach draußen ging, um ihre Fans zu begrüßen, wagte sie nicht, in den Spiegel zu blicken. Sie wollte ihren gehetzten Blick nicht sehen. Heute Abend ging es um diese Menschen, um die Großzügigkeit, mit der sie eine verdienstvolle Wohltätigkeitsorganisation unterstützt hatten. Nicola würde sich nicht von ihrem gebrochenen Herz ablenken lassen.

Dreißig Minuten später schmerzten ihre Wangen vom Lächeln. Doch sie wollte jeden ihrer Fans umarmen, denn für eine Weile hatte sie sich beinahe normal gefühlt – so wie vor dem Moment, als Marcus in ihr Leben getreten war und sie so zärtlich gehalten hatte.

Bevor er sie geküsst, berührt hatte.

Bevor er ihr etwas viel Schöneres – und am Ende auch viel Schmerzhafteres – gezeigt hatte, als sie sich je erträumt hatte.

Bevor sie die Liebe kennengelernt hatte.

„Oh, mein Gott, du warst einfach umwerfend!" Lori drängte sich durch die Menschenmenge, die Nicola umringte, und schlang die Arme um sie.

Nicola freute sich, sie zu sehen. Dennoch war die Verbindung zu Marcus durch Lori noch präsenter, und Nicola musste sich noch mehr anstrengen, um ein Lächeln zustande zu bringen.

„Danke", entgegnete sie und fragte sich, ob Lori wusste, dass ihr Bruder da war. „Ich hatte heute Abend auf der Bühne unglaublich viel Spaß."

„Ich wünschte, Marcus hätte da sein können. Dann hättest du einen neuen größten Fan gehabt."

Nicola schaffte es kaum, weiterzulächeln. Wenn er irgendjemand anders gewesen wäre, dann hätte sie sich Lori vielleicht anvertraut und ihr erzählt, dass sie ihr Herz an ihn verloren hatte. Ein Gespräch unter Frauen war genau das, was sie im Moment brauchte. Sie wünschte sich eine Freundin, mit der sie zu viel Wein trinken und dabei über Männer lästern konnte.

„Diese Woche mit dir hat mir viel Spaß gemacht", sagte sie stattdessen.

Marcus' Schwester grinste sie an. „Du bleibst noch bis Montag, oder?" Nicola nickte. „Einmal im Monat versammelt sich die gesamte Familie zum Sonntagsessen bei meiner Mutter. Bitte, komm doch auch. Du kennst Marcus schon, aber ich weiß, wie gern die anderen dich kennenlernen würden, nachdem ich in der letzten Zeit nur davon geschwärmt habe, wie toll du bist."

„Wow, das ist echt nett", entgegnete Nicola. Sie wollte die aufkeimende Freundschaft zu Lori nicht zerstören, indem sie den Vorschlag ablehnte. „Doch ich kann nicht einfach in ein Familientreffen platzen."

Lori missverstand Nicolas Zögern. „Wir kennen die Sache mit der Bekanntheit und dem Ruhm schon von Smith. Ich verspreche dir, dass sich alle ganz normal verhalten werden. Im Übrigen", fuhr sie fort, und ihre Augen blitzten frech auf, „hoffe ich, dass du einen meiner Brüder kennenlernst und ihr beide euch ineinander verliebt. Habe ich dir schon von Gabe erzählt? Er ist Feuerwehrmann, und meine Freundinnen sagen mir immer wieder, wie heiß er ist."

Die ganze Situation entglitt Nicola so schnell, dass sie vollkommen überrumpelt murmelte: „Wie könnte ich einem Feuerwehrmann widerstehen?"

Lori umarmte sie wieder. „Die Adresse werde ich dir per Handy zuschicken. Ich weiß, dass du beschäftigt bist, also überlasse ich dich jetzt wieder deinen treuen Fans. Wir sehen uns morgen!"

Vielleicht ist dieses Essen das Beste, was mir passieren kann, dachte Nicola, während eine Gruppe von aufgeregten jungen Mädchen sie erblickte und zu kreischen anfing.

Sie hatte schon den Mut aufgebracht, ihre Außenwirkung zu verändern, hatte heute Abend den ersten Schritt getan, um sich nicht länger hinter ihrem Image als Sexbombe zu verstecken.

Aber sich backstage nicht mit Marcus zu treffen, war alles andere als mutig gewesen.

Morgen beim Sonntagsessen würde sie ihm noch einmal gegenübertreten. Sie würde ihnen beiden beweisen, dass sie damit umgehen konnte und groß und stark genug war, um sich nicht mehr zu verstecken. Alle möglicherweise noch bestehenden verletzten Gefühle würde sie einfach aus dem Weg räumen. Dann wären sie beide frei, um ihr Leben weiterzuleben. Die wenigen Tage, die sie gemeinsam verbracht hatten, wären nicht mehr als eine Erinnerung.

Dennoch wusste Nicola, dass sie in der Nacht nicht würde schlafen können. Wie sollte sie, wenn ihr Verstand damit beschäftigt wäre, die Beziehung zu Marcus aus allen möglichen Blickwinkeln zu betrachten und zu analysieren, obwohl sie die Antwort schon kannte?

Die ganze Sache zu beenden war für sie beide das Beste. Ja, sie hätte es sauberer, netter gestalten können, doch zumindest machten sie sich nicht vor, tatsächlich eine Beziehung führen zu können.

Er wäre ohne sie glücklicher.

Und sie würde irgendwann lernen, damit umzugehen, unglücklich zu sein ohne ihn.

20. KAPITEL

Marcus hatte eine furchtbare Nacht hinter sich. Nachdem er nach dem Konzert zu seinem Weingut im Napa Valley zurückgefahren war, hatte er auf seiner Veranda gesessen und in die Dunkelheit hinausgestarrt, bis die Sonne aufgegangen war. Zum ersten Mal, seit er in das Weinanbaugebiet gezogen war und sein Zuhause – umgeben von Weinstöcken, Weinbergen und Eichen – erbaut hatte, ertrug er die Schönheit nicht. Selbst als es mit Jill nicht so gut gelaufen war, hatte er noch immer das wundervolle Umfeld seines Hauses wahrnehmen und genießen können.

An diesem Morgen konnte er mit alldem nichts anfangen. Und jeder Versuch zu schlafen war gescheitert, denn die Bilder von Nicola hatten ihn verfolgt.

Die ganze Nacht lang hatte er sich dieselbe Frage gestellt: Wie konnte er die Fehler wiedergutmachen, die er bei ihr gemacht hatte? Alles, was er getan hatte, um sie zu verletzen, um sie wegzustoßen, um sie auf Distanz zu halten, um sein Herz zu schützen, überwältigte ihn, als der Mond unterging und die Sonne seinen Platz einnahm.

Er dachte an den ersten Morgen in Smiths Küche, als Nicola ihn um eine weitere Nacht gebeten und er sie durch sein Nein verletzt hatte. Er hatte sogar noch hinzugefügt, es sei ein Riesenfehler gewesen, den Club überhaupt mit ihr verlassen zu haben.

Jene Nacht, als er herausgefunden hatte, wer sie war. Er war wütend auf sie gewesen, weil sie ihre Berühmtheit vor ihm geheim gehalten und ihn dazu gebracht hatte, den Nebeneingang zu benutzen. In dieser Nacht hatte er beschlossen, dass ihn ihre Geheimnistuerei dazu berechtigte, ihren Körper ganz selbstsüchtig zu benutzen und über den Punkt, an dem es kein Zurück mehr gab, hinauszubringen.

Ein echter Mann hätte sich seine Gefühle eingestanden und ihr den Schmerz einer weiteren Zurückweisung erspart. Er aber hatte sie dazu gebracht, sich anzustrengen, um noch mehr Zeit mit ihm verbringen zu dürfen.

Er dachte an den Schmerz in ihren Augen, als sie ihn am Strand angeschrien hatte, dass sie dumm genug gewesen sei, sich in ihn zu verlieben … Und er hatte nicht den Mut gehabt zuzugeben, dass er sich auch in sie verliebt hatte.

Marcus war angespannt, als er sich jeden seiner Fehler eingestand.

Stundenlang war er über seinen Besitz gelaufen, aus dem er ein aufstrebendes Unternehmen gemacht hatte. Aber es spielte keine Rolle, wie weit er lief – die Schönheit der Rebstöcke, die auf den Hügeln wuchsen, erreichte ihn gerade nicht. Nicht, nachdem er die schönste Frau der Welt in den Armen gehalten und nicht begriffen hatte, dass er alles hätte tun müssen, um sie zu halten, damit er sie lieben konnte, wie sie es verdiente.

Zum Glück hatte Nicolas Bodyguard ihn am vergangenen Abend nicht zu ihr gelassen. „Tut mir leid, Mann, sie ist beschäftigt. Keine Chance, sie zu sehen", hatte er entschieden gesagt. Marcus war nicht gerade in der Verfassung für vernünftige Entscheidungen gewesen und hätte mit Sicherheit alles nur noch schlimmer gemacht.

Leider war ihm noch immer kein Plan eingefallen, der durchführbar gewesen wäre, obwohl er die ganze Nacht lang gegrübelt hatte. Ihm war bewusst, dass das, was zwischen ihnen zerbrochen war, mit Blumen oder Schmuck nicht wiedergutzumachen war.

Er hatte nicht die Kraft, um sich für das Sonntagsessen bei seiner Mutter besonders herauszuputzen. Schnell schlüpfte er in Jeans und ein T-Shirt. Er rechnete fest damit, von irgendjemandem darauf angesprochen zu werden, dass er nicht gerade in Bestform war. So war seine Familie: Die lieben Verwandten waren immer da, um mit einem die tollen Dinge zu feiern – allerdings auch, um einen darauf hinzuweisen, was man vermasselt hatte. Und wenn Lori herausfand, was zwischen ihm und Nicola vorgefallen war, würde sie ihm einen Tritt in den Hintern verpassen, den er noch bis ins nächste Jahrzehnt spüren würde.

Marcus öffnete die Tür zum Haus seiner Mutter und ging hinein. Das Landhaus hatte den acht Geschwistern in ihrer Kindheit und Jugend kaum genug Platz geboten. Er selbst hatte sich ein Zimmer mit Smith und Chase geteilt, während Ryan, Zach und Gabe in einem weiteren Zimmer geschlafen hatten. Die Zwillinge hatten schließlich das dritte Zimmer bekommen. Die Beengtheit hatte im Laufe der Jahre zu vielen Streitereien geführt, jedoch auch zu Erinnerungen, die er um nichts in der Welt missen wollte.

Er durchschaute jedes Mitglied der Familie, ebenso wie die anderen ihn. Problemlos hätte er seiner Mutter ein Haus in der schicksten Wohngegend der Stadt kaufen können, doch sie wollte davon nichts wissen. Marcus glaubte, den Grund dafür zu kennen. Vermutlich hatte es weniger mit dem Haus an sich oder der großartigen Nachbarschaft zu tun, sondern vielmehr mit den Erinnerungen an ihren Ehemann. Und sie konnte den Gedanken nicht ertragen, Jack Sullivan hinter sich zu lassen.

Smith kam mit zwei Flaschen Bier in der Hand in das Zimmer. „Hey, du siehst echt scheiße aus."

„Ich freue mich auch, dich zu sehen", erwiderte Marcus. Von den Geschwistern waren sie sich altersmäßig am nächsten und hatten in ihrer Kindheit oft die Fäuste sprechen lassen. „Ich wusste gar nicht, dass du in der Stadt bist."

Smith reichte ihm ein Bier. „Wir müssen in dieser Woche ein paar Stadtaufnahmen neu drehen. Ich dachte, ich reise einen Tag früher an, um mich mit euch zu treffen." Er zog eine Augenbraue hoch. „Deine Nachricht Anfang der Woche hat mich echt überrascht. Also nehme ich an, dass es mit Jill vorbei ist? Denn ansonsten hättest du wohl kaum mein Haus gebraucht."

„Das stimmt. Wir haben uns getrennt."

Smith grinste. „Gut." Sein Grinsen wurde breiter. „Erzähl mir von der neuen Frau. Nach zwei Jahren an der Seite der Eiskönigin hoffe ich, dass die andere Dame heiß war. Und ich hoffe, dass du die Bettwäsche gewechselt hast, nachdem ihr fertig wart."

Am liebsten hätte Marcus seinem Bruder ins schöne Gesicht geschlagen. Aber er riss sich zusammen. Schließlich wusste Smith nicht, dass er Nicola mit seinen respektlosen Worten angriff.

„Es gab keinen Anlass, die Bettwäsche zu wechseln", war alles, was er entgegnete.

Bevor sein Bruder ihm noch mehr Fragen stellte, machte er sich auf den Weg in den Garten hinter dem Haus, wo bei gutem Wetter immer der große Tisch für das Sonntagsessen aufgebaut wurde. Smiths Stimme erklang, noch ehe er die Glastür zum Garten erreicht hatte.

„Wir haben übrigens einen besonderen Gast heute. Lori meinte, du hättest Nico schon kennengelernt. Tolles Mädchen, findest du nicht?"

Verdammter Mist. Fast wäre Marcus die Bierflasche aus der Hand geglitten.

Er war hin- und hergerissen zwischen dem Wunsch, an den Tisch zu treten, an dem Nicola zwischen seinen Geschwistern saß, und sie ins nächste Schlafzimmer zu zerren, um sie dort irgendwie dazu zu bringen, ihm zuzuhören – und dem Drang, auf dem Absatz kehrtzumachen und hier zu verschwinden.

Er wusste, dass er sie wiedersehen musste, wusste, dass er vor ihr auf die Knie fallen musste. Aber konnte er das vor seiner gesamten Familie tun?

Marcus war nicht weiter als bis zur Schwelle zwischen dem Wohnzimmer und der Terrasse gekommen, als seine Mutter auf ihn zukam.

Voller Wärme umarmte sie ihn, und ihre Stimme klang weich, als sie sagte: „Sie ist reizend."

Ihm blieb keine Gelegenheit, seine Überraschung zu verhehlen.

Das Lächeln seiner Mutter war warmherzig und verständnisvoll. „Ich freue mich, dass ich heute ein bisschen ausführlicher mit Nicola reden kann. Dieser spontane Telefonanruf neulich Nacht war zu kurz, um sie kennenzulernen."

O nein. Wie hatte er den Anruf bei seiner Mutter vergessen können, als sie den Club verlassen hatten?

Als er schwieg, fuhr seine Mutter fort: „Ich muss zugeben, dass ich erstaunt war, als sie mit Lori zusammen hierhergekommen ist und nicht mit dir." Sie zog eine Augenbraue hoch. „Und jetzt bin ich noch erstaunter, weil niemand – nicht einmal deine Schwester, die immerhin mit ihr zusammengearbeitet hat – von euch beiden zu wissen scheint."

Kein Mensch konnte besser Informationen aus den Sullivan-Kindern herauskitzeln als seine Mutter. Ihre Spezialität waren Fragen, mit denen sie einen ganz subtil in die Ecke drängte und praktisch dazu zwang, ihr das Herz auszuschütten, auch wenn man geschworen hatte, das Geheimnis für immer und ewig für sich zu behalten.

„Wir sind, um ehrlich zu sein, im Moment nicht zusammen." Es war draußen nicht heiß, doch er schwitzte dennoch. „Ich habe es vermasselt."

Seine Mutter betrachtete ihn aufmerksam, ehe sie den Mund zu einem Lächeln verzog. „Ich habe jahrelang gehofft und darauf gewartet, dass jemand kommt, den du endlich mehr lieben wirst als deine Familie. Jemand, der dich umkrempeln und auf einen neuen Weg führen kann." Seine Mutter sah ein bisschen schadenfroh aus, als sie sein zerknirschtes Gesicht sah. „Jemand wie Nicola, mit dem du es vermasseln kannst."

Sprachlos blickte Marcus seiner Mutter hinterher, die lächelnd davonging. „Marcus, du bist gekommen!", hörte er Lori rufen.

Schließlich gelang es ihm, die Kontrolle über seine Beine wiederzuerlangen, und er ging zu der Gruppe, die im Garten stand.

Ein halbes Dutzend Stimmen redete auf ihn ein, aber er sah nur, dass Gabe viel zu nahe neben Nicola saß. Er kannte das Beuteschema seines jüngsten Bruders. Nicola entsprach genau dem Typ Frau, den Gabe und die anderen Kerle auf der Feuerwache gern für eine Nacht mit nach Hause nahmen.

„Gabe", sagte er. „Du wirst in der Küche gebraucht."

Sein Bruder blickte ihn skeptisch an. Gabe war bekannt dafür, dass er eine Küche innerhalb kürzester Zeit in ein Schlachtfeld verwandeln konnte. Zum Glück bewegte er sich, um aufzustehen. Doch bevor er sich erhob, flüsterte er Nicola noch etwas ins Ohr. Sie lachte, und Marcus ballte unwillkürlich die Hände zu Fäusten.

Verdammt, er hatte Gabe praktisch großgezogen. Eigentlich sollte er nicht den Wunsch verspüren, ihn umzubringen, weil er Nicola zum Lachen gebracht und sie ein bisschen zu lange und mit ein bisschen zu viel Interesse angeblickt hatte.

Glücklicherweise kam Chloe zu ihm und umarmte ihn, ehe er durch den Garten rennen und sich auf seinen jüngsten Bruder stürzen konnte. „Dich habe ich ja eine Ewigkeit nicht gesehen."

Chase folgte seiner Verlobten. „Wir wollen dich demnächst mal im Napa Valley besuchen", sagte er zu Marcus und zog Chloe an sich.

Die beiden waren sich auf dem Weingut begegnet, und Marcus hatte erstaunt mitverfolgt, wie sein Bruder sich Hals über Kopf in eine Frau verliebt hatte, die er erst kurz zuvor getroffen hatte. Marcus hatte nicht nachvollziehen können, wie so etwas so schnell passieren konnte.

Aber jetzt verstand er es vollkommen.

„Kommt, wann ihr wollt. Das Gästehaus ist jederzeit für euch bereit. Es ist schon viel zu lange her."

Er meinte, was er sagte, doch er bemerkte selbst, wie unnatürlich und steif seine Worte klangen.

Zach stand am anderen Ende des Gartens und telefonierte mit dem Handy. Ryan wendete am Grill die Burger, und Sophie und Lori hatten wieder einmal an entgegengesetzten Enden des Tisches Platz genommen. Seit Monaten lagen die beiden im Streit.

Marcus hatte die Streitigkeiten der Zwillinge sonst immer beilegen können. Er hatte die beiden gezwungen, sich zusammenzusetzen und miteinander zu reden. Wenn es ein normales Sonntagsessen gewesen wäre, dann hätte er die beiden an ihren Zöpfen hinter sich her geschleift, um die Auseinandersetzung ein für alle Mal zu beenden.

Aber heute konnte er sich auf nichts anderes konzentrieren als auf Nicola. Er wusste kaum mehr, wie man einen Fuß vor den anderen setzte, oder wie man sich unterhielt, ohne wie ein kompletter Idiot zu klingen. Nachdem er sie einmal gesehen hatte, konnte er den Blick nicht mehr von ihr wenden. Sie sah so wunderschön aus. Und es kam ihm so richtig, so natürlich, so selbstverständlich vor, dass sie in dem Garten saß, in dem er aufgewachsen war.

„Hallo."

Sie blinzelte ihn an und wirkte wachsam. „Hallo, Marcus. Schön, dich wiederzusehen."

Gott, er hasste es, dass sie so distanziert klang. Genau wie in dem Moment, als sie ihm gesagt hatte, sie habe sich gefreut, ihn kennengelernt zu haben, und dann aus seinem Leben verschwunden war.

Lori bemerkte die Anspannung zwischen ihnen nicht. „Marcus ist am Montag im Tanzstudio gewesen, um sich unsere Probe anzusehen", erklärte sie den anderen fröhlich. Sie klopfte auf den Stuhl, den Gabe gerade verlassen hatte. „Komm, setz dich."

Marcus wusste nicht, wie er es schaffen sollte, sich so dicht zu Nicola zu setzen, ohne sie zu berühren und ohne sie auf seinen Schoß zu ziehen, wo sie seiner Meinung nach hingehörte. Doch er konnte auch nicht einfach stehen bleiben, während seine Familie ihn anstarrte, als hätte er den Verstand verloren.

Er fühlte sich, als würde er sich in Zeitlupe bewegen, während er um den Tisch herumging. Nicolas Augen weiteten sich, als er näher kam. Er konnte den Blick nicht von ihr wenden. Als er sich setzte, berührte sein Schenkel ihr Knie, und sie sprang unwillkürlich auf.

„Ich sehe mal nach, ob eure Mutter in der Küche noch Hilfe brauchen kann."

Lori strahlte, als Nicola davoneilte. „Ist sie nicht süß? Ich glaube, sie und Gabe verstehen sich sehr, sehr gut."

Smith schüttelte den Kopf. „Das glaube ich nicht."

Lori runzelte die Stirn. „Was meinst du damit? Sie flirten wie wahnsinnig, und jetzt benutzt sie Mom als Entschuldigung, um in der Küche noch Zeit mit ihm verbringen zu können."

„Marcus, hast du vielleicht eine Idee, warum sie so schnell verschwunden sein könnte?", wandte Smith sich an seinen Bruder.

Marcus nahm einen tiefen Schluck aus seiner Bierflasche. Er hatte die Wahl, zu trinken oder sich quer über den Tisch hinweg auf Smith zu stürzen. Oder er könnte hineingehen und Gabe verprügeln, weil er mit dieser Frau flirtete.

Verdammt, er würde es im Augenblick mit jedem seiner Brüder aufnehmen, wenn er dadurch den Frust abbauen könnte, der ihn fest im Griff hatte. Den Frust, Nicola so nahe zu sein und ihr doch nicht sagen zu können, wie er sich fühlte und wie leid es ihm tat, alles ruiniert zu haben.

Offensichtlich hatte Smith eins und eins zusammengezählt. Und ihm schien die Vorstellung, dass Marcus etwas mit Nicola anfing, überhaupt nicht zu gefallen.

Sollte Smith doch zur Hölle fahren.

Zum Glück war zumindest Lori noch immer ahnungslos. Auch Chase und Chloe brachten ihn noch nicht mit Nicola in Verbindung, aber sie machten sich anscheinend Sorgen um ihn. Zumindest schien es so.

Nur mit Sophie konnte er im Augenblick gefahrlos sprechen. „Wie läuft das neue Projekt, Engelchen?"

Sie verzog das Gesicht. „Untersteh dich, mich vor unserem Gast so zu nennen. Es ist peinlich. Ich habe einen Namen, schon vergessen?"

„Wie lautet der noch mal?", zog Zach sie auf, als er kam und sich setzte. Er schob das Handy in seine Tasche. „Ich meine, mich erinnern zu können, dass der Anfangsbuchstabe ziemlich weit hinten im Alphabet war ..."

Sie boxte Zach gegen die Schulter, bevor sie Marcus' Frage über ihr neuestes Rechercheprojekt für die San Francisco-Stadtbibliothek beantwortete.

„Sag mir noch mal, warum ich es für eine gute Idee hielt, eine Unterstützung durch öffentliche Gelder zu beantragen und dann eine Bibliografie der größten Liebesgeschichten der Welt zusammenstellen zu wollen." Sie seufzte. „Ich dachte, es wäre romantisch."

„Wie können Liebesgeschichten denn unromantisch sein?", entgegnete Chloe überrascht.

„Tja, zum einen sind die meisten berühmten Liebesgeschichten tragisch."

„Ach, du meinst zum Beispiel *Romeo und Julia*?"

Sophie nickte. „Inzwischen bin ich ziemlich entschlossen, mich niemals zu verlieben. Nicht, wenn am Ende des Regenbogens Tod und Betrug warten."

Für Marcus kam Sophies Erleuchtung eine Woche zu spät. Vor allem, weil er das Gefühl hatte, jede Sekunde, die verging, ohne dass er mit Nicola hätte reden können, brächte ihre Liebesgeschichte einem tragischen Ende ein Stückchen näher.

Wie nicht anders zu erwarten, stritt Lori sich nur um des Streitens willen mit ihrer Zwillingsschwester.

„Du bist hier die tragische Figur", erklärte Lori. „Es ist mal wieder typisch für dich, dass du die großartigen Liebesgeschichten wie *Stolz und Vorurteil* einfach außen vor lässt."

Sophie blickte ihre Schwester finster an. „Soweit ich weiß, ist es pures Glück und Zufall, dass die Dinge sich in der Geschichte so entwickeln, wie sie sich entwickeln." Sie wandte sich zu Chase und Chloe um. Ihr finsterer Blick wich einem Lächeln. „Wie bei euch. Ich kann noch immer nicht glauben, dass ihr euch an einem Straßenrand im Napa Valley begegnet seid und jetzt heiratet. Das ist so schön."

„Hast du das gehört?", sagte Chase versonnen zu seiner Verlobten. „Unsere Beziehung basiert auf purem Glück und Zufall."

„Wenn es pures Glück und Zufall ist, dass der schlimmste Tag meines Lebens sich noch zum schönsten entwickelt hat, dann ist es so", erwiderte Chloe leise.

Alle in der Runde wussten von ihrer gescheiterten Ehe, in der sie sehr gelitten hatte. Ihr Exmann hatte sie geschlagen, schließlich hatte sie fliehen müssen. Marcus war bewusst, dass er im Vergleich zu ihrer Geschichte keinen Grund hatte, sich zu beklagen.

Dennoch war er durch die Ereignisse mit Jill durcheinander genug gewesen, um das, was zwischen Nicola und ihm aufgekeimt war, zu zerstören.

Sophie seufzte wehmütig, als Chase seine Verlobte küsste. „Was ist mit dir, Marcus? Hast du in letzter Zeit jemanden kennengelernt?"

Nicola kam gerade mit einer Platte mit geschnittenem Gemüse und Dips in den Garten hinaus, als Sophie fragte, ob es bei Marcus etwas Neues gebe. Glücklicherweise trug sie flache Schuhe, denn sonst wäre sie mit Sicherheit gestolpert und hätte das Essen auf dem gepflegten Rasen verteilt. Irgendwie gelang es ihr, unfallfrei den Tisch zu erreichen.

„Ich habe in der letzten Woche ein paar Tage in der Stadt verbracht."

„Echt? Warum hast du nicht in der Bibliothek vorbeigeschaut?"

In dem Moment wandte Marcus den Blick von Sophie ab und sah Nicola an. Was Nicola in seinen Augen las, ließ ihr vor Schreck den Atem stocken. O Gott, er würde doch nichts sagen, oder?

Unmerklich schüttelte sie den Kopf und hoffte, dass er ihr Signal verstand.

Wir sind fertig miteinander, hörst du? Fertig!

Er hatte niemandem etwas von ihr erzählen wollen, als sie zusammen waren. Er hatte ihre kleine Affäre in der vergangenen Woche genauso geheim halten wollen wie sie. Es gab keinen Grund, jetzt die Bombe platzen zu lassen, nur weil es unangenehm war, ein paar Stunden zusammen verbringen zu müssen, nachdem ihre Affäre so unschön geendet hatte.

„Ich hatte in San Francisco einige unvorhergesehene geschäftliche Angelegenheiten zu erledigen", sagte er schließlich.

„So kann man es auch nennen", murmelte Smith und warf Nicola einen Blick zu.

Smith war außerordentlich nett gewesen und hatte sogar mit ihr geflirtet – bis Marcus aufgetaucht war. Seitdem sah er sie jedes Mal finster an, wenn ihre Blicke sich trafen.

O nein. Er hatte doch nicht durchschaut, dass sie die Frau war, die Marcus am Freitagabend mit in sein Haus genommen hatte, oder?

Bis jetzt hatte sie geglaubt, nur seine Mutter wüsste über sie beide Bescheid. Nicola war seltsam nervös gewesen, als sie Mary endlich von Angesicht zu Angesicht gegenübergestanden hatte. Zum Glück war Marcus' Mutter in natura genauso umwerfend wie am Telefon. Und erstaunlicherweise hatte sie keine Anspielung auf ihre offensichtliche Affäre gemacht. Stattdessen hatte sie einfach gesagt: „Es ist schön, Sie endlich kennenzulernen", ehe sie Nicola in das Haus eingeladen hatte, als wäre sie ein Teil der Familie.

Aber während Nicola jetzt zu verarbeiten versuchte, dass Smith möglicherweise die Wahrheit herausgefunden hatte, spürte sie, wie sie errötete. Sie stellte die Platte ab. „Es müssen noch ein paar Sachen aus der Küche geholt werden", erklärte sie und wünschte sich nichts mehr als zu fliehen.

Doch Lori machte ihr einen Strich durch die Rechnung. „Auf keinen Fall gehst du noch mal los. Du bist unser Gast. Setz dich. Ich werde Mom helfen."

Nicolas Herz schlug schnell, beinahe wild, als sie auf den freien Stuhl neben Marcus blickte. Sie wusste, dass es seltsam aussehen würde, wenn sie einen anderen Platz einnehmen würde. Das Problem war, dass sie wahnsinnige Angst davor hatte, sich versehentlich zu verraten, die Beherrschung zu verlieren und ihn anzufassen oder – was noch schlimmer war – dem Drang nachzugeben und ihn vor seiner gesamten Familie zu küssen.

Sie waren alle so nett zu ihr. Doch wenn sie erfuhren, dass sie eine Affäre mit dem Bruder gehabt hatte, den sie alle so liebten und respektierten und der alles für sie getan hatte, würden sie ihr niemals verzeihen, sich in sein Leben gedrängt zu haben.

Und sie würden ihr niemals verzeihen, dass sie ihm wehgetan hatte.

„Zur Seite, Süße", sagte Ryan zu ihr, als er einen Teller mit dampfenden Burgern und Hotdogs brachte.

Noch bevor sie Platz nehmen konnte, presste Marcus hervor: „Pass auf, Ryan."

Sein Bruder blickte ihn finster an. Er hatte offensichtlich keine Ahnung, was das Problem war. Aber Nicola begriff augenblicklich. Marcus wollte nicht, dass sein Bruder, der Profibaseballspieler, mit ihr flirtete oder sie „Süße" nannte.

Es wäre ihr schwergefallen, sich daran zu gewöhnen, dass es in einer Familie so viele gut aussehende Männer gab, wenn sie sich nicht ausschließlich auf Marcus hätte konzentrieren können. Ihr Verstand sagte ihr, dass Zach von allen Brüdern am besten aussah und Smith an zweiter Stelle kam. Die anderen waren allerdings auch nicht von schlechten Eltern. Doch für Nicola spielte es keine Rolle, wie perfekt die Gesichtszüge von Marcus' Brüdern waren.

Marcus überragte sie alle, und sie konnte den Blick kaum von ihm wenden, auch wenn ihr klar war, dass sie damit ihre Gefühle verriet.

Glücklicherweise erschien in dem Moment Mary. Lori und Gabe folgten ihr. Die drei stellten den Rest des Essens auf den Tisch. Eine kurze Weile waren alle damit beschäftigt, ihre Teller zu füllen.

Alle, bis auf Marcus. Und sie.

„Was kann ich dir geben?"

Es waren die ersten Worte, die er heute – abgesehen von dem knappen „Hallo" zur Begrüßung – an sie richtete. Und obwohl er nur fragte, ob sie lieber einen Hamburger oder einen Hotdog wollte, reagierten ihr Körper und ihr Herz, als hätte er gerade die sinnlichsten, intimsten Worte der Welt an sie gerichtet.

Sie dachte an die Wärme in seiner tiefen, leicht rauen Stimme, wenn er sie in seinen Armen gehalten und ihr über das Haar gestreichelt hatte. Wenn er sie geliebt hatte. Wie sehr sie all das vermissen würde.

Ihre Haut fühlte sich erhitzt an, und in seiner Nähe schmolz sie dahin. „Ich nehme einen Hotdog, bitte. Danke."

Aber er griff nicht nach dem Essen. Stattdessen nahm er unter der Tischdecke ihre Hand.

Eine ganze Weile – viel zu lange, wenn sie ihre Beziehung noch länger geheim halten wollte – verlor sie sich in seinem

Blick und in der sanften Berührung seines Daumens auf ihrer Handfläche.

Es bedurfte ihrer ganzen Kraft, um mit den Lippen ein Nein zu formen. Marcus verdiente ein tolles Leben, verdammt, und nicht den Zirkus, den er an ihrer Seite mitmachen müsste.

Sie unterstrich das kurze Wort, indem sie ihre Hand wegzog und nach dem Essen griff. Sie hoffte, dass niemandem auffiele, wie ihre Hand zitterte.

„Wir freuen uns, dass Sie heute dabei sein können, Nicola", sagte Marcus' Mutter, nachdem alle einen vollen Teller vor sich stehen hatten und anfingen zu essen. Falls irgendjemand es seltsam fand, dass ihre Mutter sie nicht Nico genannt hatte, war derjenige zu höflich, um irgendetwas dazu zu sagen. „Ich hoffe, alle haben sich gut benommen, während ich in der Küche war."

„Alle waren sehr nett." Nicola fiel auf, dass sie murmelte, und sie setzte sich aufrechter hin und lächelte Mary an. „Ich treffe meine Familie nicht so oft, wie ich sie gern sehen würde. Ich vermisse Sonntagsessen wie dieses hier."

Als Mary sie nach ihrer Familie fragte, und sie die Runde mit Geschichten über die Streiche, die sie und ihre Zwillingsbrüder einander als Kinder gespielt hatten, zum Lachen brachte, konnte Nicola sich beinahe entspannen.

Dennoch spürte sie beinahe körperlich, dass weder Marcus noch Smith mitlachten. Es dauerte nicht lange, bis alle bemerkten, dass etwas nicht stimmte.

„Marcus?", fragte Lori. „Du isst ja gar nichts und du siehst ... na ja ... nicht gut aus." Sie zog die Nase kraus. „Du scheinst dich auch lange nicht mehr rasiert zu haben. Geht es dir gut?"

„Nein", erwiderte Marcus. „Mir geht es nicht gut."

Sieben Gesichter wandten sich ihm zu. Chloe und alle Sullivan-Geschwister – bis auf Smith – starrten ihn erschrocken an. Anscheinend war es das erste Mal, dass ihr sonst so fähiger großer Bruder vor ihnen zugegeben hatte, ein Problem zu haben.

Nicola war froh, dass sie erst ein paar Bissen von ihrem Hotdog genommen hatte, denn sonst hätte sie ihn wahrscheinlich quer über den gedeckten Tisch gespuckt. Marcus würde doch jetzt nicht das tun, wonach es aussah, oder?

Gut, ja, sie beide hatten Gesprächsbedarf. Aber nicht vor der gesamten Familie.

Marcus hatte sich ihr gerade zugewandt und wollte offensichtlich etwas sagen, als Smith abrupt aufstand.

„Kommst du mal mit in die Garage, Marcus? Ich muss dir etwas zeigen."

„Wir sind beim Essen", protestierte Mary, allerdings ohne Härte oder Druck hinter den Worten. Genau genommen klang sie seltsam zufrieden mit der Wendung der Dinge.

„Tut mir leid, das kann nicht warten." Smith machte sich auf den Weg zum Haus. „Marcus muss es sich jetzt ansehen."

Einen Moment lang glaubte Nicola, Marcus würde nicht mitgehen. Doch mit einem unterdrückten Fluchen warf er die Serviette auf den Tisch und schob energisch den Stuhl zurück.

Nicola hatte erwartet, dass seine Mutter verärgert darüber wäre, wie das gemeinsame Essen sich auflöste. Aber stattdessen zog sie nur die Augenbrauen hoch, blickte ihre anderen Söhne an und sagte milde: „Jetzt geht schon. Ich weiß, dass ihr Jungs es auch gern sehen würdet."

Kurz darauf saß Nicola allein mit den Frauen am Tisch.

„Sullivan-Männer." Mary lächelte sie an. „Sie sind schon etwas ganz Besonderes, oder?"

Das Verständnis in Marys Blick zerriss Nicola beinahe das Herz. Egal, was heute noch hier passieren würde, eines musste sie Marcus' Mutter sagen. „Sie haben eine wundervolle Familie."

„Ich weiß, Schätzchen. Schön, dass Sie heute bei uns sind."

Und erstaunlicherweise empfand Nicola es auch so, obwohl das Essen vom ersten Moment an ein Kampf für sie gewesen war.

Denn sie hatte sich nicht nur in Marcus verliebt. Sie hatte auch gleich die ganze Familie in ihr Herz geschlossen.

21. KAPITEL

„Was zur Hölle ist los mit euch?", fragte Gabe, als er und Zach mit Chase und Ryan im Schlepptau in die Garage kamen.

„Marcus hat mit unserem hübschen jungen Gast gevögelt."

Marcus packte Smith am Hemd. „Pass auf, Arschloch! Wenn du noch einmal so über sie sprichst, sorge ich dafür, dass du ab heute nur noch in Horrorfilmen auftreten kannst."

„Ruhig, ruhig, ruhig", sagte Gabe und stellte sich zwischen die beiden. „Einen Moment mal."

Marcus wollte Smith gerade loslassen, als der sagte: „Was zur Hölle hast du mit einer wie ihr vor? Ist sie nicht ein bisschen zu jung und zu nuttig für dich?"

Den Bruchteil einer Sekunde später hatte Marcus ihm den ersten Schlag versetzt. Die beiden prügelten aufeinander ein, bis es Zach und Gabe endlich gelang, sie voneinander zu lösen.

„Du weißt überhaupt nichts über sie."

„Und du willst mir erzählen, dass das bei dir anders ist? Ich meine, abgesehen davon, wie wild sie im Bett ist."

„Ich habe dich gewarnt", presste Marcus hervor.

Smith hob abwehrend die Hände und wich einen Schritt zurück. „Hör mal, ich will dich gar nicht anmachen. Ich versuche nur, dich zur Vernunft zu bringen."

„Augenblick", sagte Zach. „Irgendjemand sollte mir mal in knappen Worten erklären, worum zum Teufel es eigentlich geht."

Alle Augen richteten sich auf Marcus. „Nicola und ich haben uns nach der Verlobungsfeier vor einer Woche kennengelernt. Ich wusste zuerst nicht, wer sie war."

Gabe stieß einen Pfiff aus. „Zuzutrauen wäre es dem alten Sullivan, einen bekannten Popstar nicht zu erkennen. Wann ist es dir denn klar geworden?"

„Als Lori mich am Montag ins Tanzstudio eingeladen hat, um mir die Proben anzusehen." Er fuhr sich übers Gesicht. „Ich dachte zuerst, Nicola wäre eine der Tänzerinnen."

„Du bist ein Idiot."

Zach hatte recht. Er war ein Idiot. Was zur Hölle machte er hier in der Garage mit seinen Brüdern, wenn Nicola draußen mit seiner Mutter und seinen Schwestern im Garten saß? Er hatte sich geschworen, dass er alles wiedergutmachen würde, wenn er sie das nächste Mal sah. Stattdessen hatte er alles nur noch schlimmer gemacht.

„Ich muss mit ihr reden", sagte er, doch Smith packte ihn am Arm. Sehr fest.

„Hast du irgendeine Vorstellung davon, wie es sein wird, mit ihr zusammen zu sein?"

„Ihr Ruhm spielt für mich überhaupt keine Rolle."

„Das kannst du jetzt leicht sagen", entgegnete Smith. „Aber was passiert, wenn ihr beide zum fünfzigsten Mal versucht, gemeinsam auszugehen? Du denkst, ihr unterhaltet euch ungestört über Wein oder Musik oder worüber auch immer ihr so redet, und irgendein Typ macht ein Foto von euch, auf dem ihr wirkt, als würdet ihr euch streiten. Als Nächstes lest ihr dann die Schlagzeilen, dass ihr eure Beziehung nicht auf die Reihe kriegt und sowieso von Anfang an zu verschieden gewesen seid. Dann wird irgendein Magazin behaupten, ein nicht genannter Freund habe erzählt, Nicola hätte die ganze Zeit gewusst, dass ihr beide nicht zusammenpasst. Du wirst ihr glauben wollen, wenn sie sagt, das stimme nicht und sie habe das zu niemandem gesagt. Doch du wirst beginnen, dich zu fragen, ob es tatsächlich so ist, wie sie sagt."

So viel hatte Smith ihnen noch nie über die Unannehmlichkeiten des Ruhmes erzählt. Aber Marcus war es im Augenblick egal, wie schwer das Leben für seinen berühmten Bruder sein konnte. Für ihn zählte gerade nur die Frau, die er verletzt hatte, indem er so unachtsam mit ihrem Herzen umgegangen war.

„Ich weiß, dass ihr nur helfen wollt. Allerdings geht die ganze Sache nur Nicola und mich etwas an – nicht euch und auch nicht den Rest der verdammten Welt."

Doch Smith ließ ihn nicht in Ruhe. „Alles klar, ich habe verstanden: Sie ist vermutlich toll im Bett."

Marcus stürzte sich wieder auf ihn, aber Smith wich nicht zurück, obwohl Marcus die Hände um seinen Hals gelegt hatte.

„Für einen Kerl wie dich, der teure Weine liebt, seinen Frieden und seine Ruhe in den Weinbergen, werden der Ruhm und die Bekanntheit unerträglich sein. Und zwar schon sehr bald." Smith runzelte die Stirn. „Was ich nicht verstehe, ist, warum bisher noch keine Fotos von euch beiden aufgetaucht sind …"

Marcus ließ Smith abrupt los. Er hoffte, dass er ein paar schöne blaue Flecke hinterlassen hatte.

„Wir waren sehr vorsichtig", presste er zwischen zusammengebissenen Zähnen hervor.

„Ihr versteckt euch in dunklen Ecken? Seht ihr, die ganze Sache ist jetzt schon total verfahren." Smith wies auf seine Brüder. „Wir haben verstanden, dass Jill eine kalte Hexe war und Nico dagegen echt heiß ist – allerdings ist ihr Leben einfach zu chaotisch für einen geradlinigen Kerl wie dich."

Ryan nickte. „Ich hasse es, das zu sagen, doch Smith hat recht. Die Presse wird dich verrückt machen. Auch wenn ich nur Baseball spiele, sind sie viel zu oft hinter mir her."

Überraschenderweise nickte Chase. „Sie scheint toll zu sein – viel netter und unschuldiger, als ich nach allem, was ich über sie gelesen habe, gedacht hätte." Er sah Marcus eindringlich an. „Aber es ist nicht gerade hilfreich, dass sie aussieht, als hätte sie gerade erst die Highschool abgeschlossen. Alle werden denken, du wärst nur ein dreckiger alter Sack."

Gabe ergriff das Wort. „Moment mal. Liebst du Nico?"

„Ihr Name ist Nicola", versetzte Marcus und sah seinen jüngsten Bruder an.

Und Gabe war nicht gerade derjenige, dem er erzählen wollte, ob er Nicola liebte. Keiner seiner Brüder musste das hören.

Die einzige Person, die erfahren musste, was er für sie empfand, saß im Garten seiner Mutter und glaubte, dass er ihre Liebe nicht erwiderte.

„Aus dem Weg", fuhr er seine fünf jüngeren Brüder an.

Keiner sagte ein Wort. Sie traten nur zur Seite und ließen ihn hindurch.

„Verdammt", fluchte Zach, als Marcus aus der Garage stürmte, und sie ihm mit offenem Mund hinterherstarrten. „Ich kann nicht glauben, dass wir sechs uns hier wie eine Horde Mädchen über Liebe und Beziehungen unterhalten haben."

„Zumindest habe ich versucht, ihn zur Vernunft zu bringen", sagte Smith, als sie Marcus im Gänsemarsch folgten. Er zuckte die Achseln. „Da er, was diese Frau betrifft, allerdings ein hoffnungsloser Fall zu sein scheint, schlage ich vor, wir suchen uns Plätze in der ersten Reihe."

„Nicola, ich kann so nicht weitermachen."

Als Marcus mitten in die Unterhaltung der Frauen platzte, schaute Nicola mit einem erschrockenen Ausdruck auf dem Gesicht auf.

Marcus wusste, dass sie nicht vor seiner gesamten Familie über ihre Beziehung sprechen wollte. Aber er konnte nicht weiterhin so tun, als würde er sie nicht kennen, als würde er sie nicht lieben. Und ganz sicher konnte er es nicht länger ertragen, dass Smith so abfällig über sie redete, als wäre sie nicht mehr als irgendein Betthase.

Marcus wollte, dass alle in ihr sahen, was er sah: eine kluge, zielstrebige, brillante Künstlerin und Geschäftsfrau.

Es war doch egal, dass er nicht in ihre Welt passte und sie nicht in seine, oder?

Wie sollte er sie je aufgeben?

Sie schüttelte den Kopf. Mit einem Blick flehte sie ihn an, nicht weiterzusprechen. Doch für ihn gab es jetzt kein Zurück mehr. Er wusste, dass er sein Herz ausschütten musste, ehe noch eine weitere Sekunde verstrich, in der sie glaubte, er liebe sie nicht.

Er ging zu ihr, ergriff ihre Hand und zog Nicola auf die Beine.

„Nein, Marcus."

Hektisch blickte sie sich um. Die Familie saß inzwischen wieder um den großen Tisch versammelt und beobachtete erwartungsvoll die Szene. Verdammt, so wie er seine Geschwister kannte, überlegten sie wahrscheinlich gerade, dass jetzt nur noch eine Schüssel mit Popcorn fehlte. Aber es war ihm egal. Im Augenblick zählte nur noch Nicola.

Und die Tatsache, dass er sie verlieren würde, wenn er nicht schnell etwas unternahm.

„Tu es nicht", flehte sie ihn an. „Tu es bitte nicht."

Wenn er in der Nacht nur fünf Minuten Schlaf gehabt hätte, dann wäre ihm vielleicht aufgefallen, wie ernst es ihr war. Seine Erklärung war das Letzte, was sie im Augenblick gebrauchen konnte. Doch in diesem Moment wusste Marcus nur eines: wie richtig es sich anfühlte, sie zu berühren und ihr nahe zu sein.

„Ich liebe dich."

Sie wich zurück und wäre über eine Baumwurzel gestolpert, wenn er ihre Hände nicht festgehalten hätte.

„Bitte, tu das nicht. Nicht hier. Nicht jetzt." Ihre Stimme war kaum mehr als ein Flüstern, aber im Garten war es so leise – nicht einmal ein Vogel zwitscherte, und es ging auch kein Wind –, dass alle ihr Flehen laut und deutlich hören konnten.

„Ich hätte es dir schon längst sagen sollen. Es war so dumm von mir, dich gehen zu lassen, dich in dem Glauben zu lassen, ich würde dich nicht lieben."

Nicola wollte ihre Hände aus seinem Griff lösen. Offensichtlich wäre sie am liebsten geflüchtet. Aber er konnte sie nicht loslassen – nicht, ehe sie sich dem gestellt hatte, was zwischen ihnen war.

Marcus wusste, dass er viel geschickter hätte sein müssen, aber im Augenblick konnte er sie nur an sich ziehen und sie küssen – vor den Augen seiner gesamten Familie.

Ihr Körper war angespannt, ihr Mund geschlossen, die Lippen hatte sie aufeinandergepresst. Aber dann war die Bindung zwischen ihnen doch stärker als ihre Abwehr. Die Leidenschaft, die keiner von ihnen je hatte zurückhalten können, brach sich Bahn. Sie küssten einander, als sei ihr letzter Kuss Jahre her und nicht bloß zwei Tage.

Unvermittelt legte Nicola ihm die Hände auf die Brust und stieß ihn von sich. Sie schlug die Hände vor den Mund. Ihre Augen waren vor Entsetzen weit aufgerissen.

Sie wandte sich der Familie zu. „Es tut mir leid, dass ich das Essen ruiniert habe", sagte sie mit gebrochener Stimme, drehte sich um und rannte zum Haus.

Marcus hatte sich noch nie so geöffnet und einem anderen Menschen sein Herz zu Füßen gelegt. Nun bekam er es geschunden und getreten zurück. Sein Stolz befahl ihm, Nicola einfach gehen zu lassen. Er hatte sie vorher nicht gebraucht und brauchte sie auch jetzt nicht.

Dieses Mal jedoch jagte er seinen Stolz zum Teufel.

Im nächsten Augenblick rannte Marcus Sullivan der Sängerin hinterher, die sein Herz gestohlen hatte.

„Einen Moment mal", sagte Lori, nachdem Marcus davongestürmt war. „Was war das gerade?"

Ihre Zwillingsschwester schnaubte verächtlich. „Bist du ernsthaft die Einzige hier, die es noch immer nicht gecheckt hat? Kannst du dich nicht einmal drei Sekunden lang nicht nur für dein eigenes, sondern auch für das Leben deiner Mitmenschen interessieren?"

Bevor Lori sich auf ihre Schwester stürzen konnte, sagte Zach: „Sieht aus, als hätte Marcus es total vermasselt." Er schüttelte den Kopf und wirkte alles andere als beeindruckt. „Mann, das war echt unschön."

„Wenn dir so was passieren würde, dann fändest du es bestimmt nicht mehr halb so lustig", wies seine Mutter ihn mit hochgezogenen Augenbrauen zurecht.

„Vergiss es", sagte Ryan. „Der Rest von uns lässt die Liebe einfach außen vor."

„Nicht alle von uns", widersprach Chase, um seine Geschwister zu ärgern, und drückte Chloe einen dicken Kuss auf die Lippen. Sie lachte und erwiderte seinen Kuss.

„Ich verstehe nur nicht, wann Marcus und Jill sich getrennt haben", sagte Lori.

Als würde sie mit einer Zweijährigen reden, sagte Sophie zu Lori: „Ich schätze, er hat sie endlich abserviert und sich in Nico verliebt ..."

„Er sagt, ihr richtiger Name sei Nicola", unterbrach Smith sie. Sophie warf ihm einen vernichtenden Blick zu, weil er sie unterbrochen hatte.

„Wie schon gesagt: Das einzige Problem scheint zu sein, dass *sie* nicht in *ihn* verliebt ist."

Mit einem Piepen, das nicht zu überhören war, sprang plötzlich Gabes Funkgerät an. Er schaltete das Gerät lauter, als eine Flut von Informationen zur Situation durchgesagt wurde. Alle hörten gebannt zu. Gabe war Feuerwehrmann in San Francisco. Im Laufe der Jahre hatte die Familie schon viele solche Funksprüche gehört, wenn Gabe zu einem Brand in der Stadt gerufen worden war.

Er war bereits aufgesprungen, noch ehe der Kamerad in der Einsatzzentrale geendet hatte. „Tut mir leid, dass ich so schnell weg muss. Vor allem, weil es jetzt gerade richtig interessant wird."

Mary stand ebenfalls auf, umarmte ihn und gab ihm einen Kuss. „Nach all den Jahren hätte ich mich eigentlich längst daran gewöhnen müssen mitzuerleben, wie du zu einem Einsatz gerufen wirst." Unwillig ließ sie ihn los. „Pass auf dich auf, mein Schatz."

„Keine Sorge", erwiderte Gabe. „Deinem Lieblingssohn wird schon nichts passieren."

„Stimmt", scherzte Smith. „Ich bleibe ja hier in Sicherheit."

Alle außer Lori lachten. Nachdem Gabe gegangen war, sagte sie: „Ich fühle mich verantwortlich für das, was zwischen Marcus und Nico passiert ist. Ich meine Nicola." Für gewöhnlich hatte sie immer ein strahlendes Lächeln auf den Lippen. Jetzt wirkte sie allerdings ernst. „Ich meine, ich habe sie immerhin miteinander bekannt gemacht und sie dann beim Essen allein gelassen." Sie biss sich auf die Unterlippe. „Oder was auch immer sie dann gemacht haben."

„Mach dir keine Vorwürfe, Teufelchen. Offensichtlich haben sie sich ja schon kennengelernt, bevor du sie bekannt gemacht hast."

Mit großen Augen sah Lori Chase an. „Unmöglich. Er hatte keine Ahnung, wer sie war, als ich sie einander vorgestellt habe, und sie ..." Sie verstummte. „Oh, mein Gott. Marcus muss der Typ gewesen sein, von dem sie mir im Studio erzählt hat. Und dann haben sie beide versucht, so zu tun, als hätten sie sich noch nie gesehen. Kein Wunder, dass er an dem Nachmittag so seltsam war und dass sie ständig die Schritte vergessen hat, die sie am Morgen noch kannte."

Alle beugten sich auf ihren Stühlen vor. „Was hat sie über ihn erzählt?", wollte Sophie wissen.

Plötzlich wurde Lori bewusst, dass sie Nicolas Geheimnisse preisgab. „Ich sollte nicht darüber reden."

Ryan und Smith grinsten sich an. Sie wussten, wie kurz sie davorstanden, weitere Dinge zu erfahren, die sie möglicherweise gegen ihren sonst so perfekten und unangreifbaren Bruder benutzen konnten. „Das Schlimmste haben wir ja schon selbst gesehen, Lori", sagte Ryan.

„Vielleicht können wir ihm helfen, wenn wir mehr wissen", fügte Smith hinzu.

Mary durchschaute ihre Söhne. „Smith, Ryan, wir haben heute schon genug über Marcus' Privatangelegenheiten erfahren."

„Mom hat recht", sagte Lori. „Im Übrigen hat Nicola nur gesagt, dass sie am Freitagabend einen Mann kennengelernt habe und auf seinem Schoß eingeschlafen sei, ehe sie sich auch nur geküsst hätten."

Zach lachte laut auf. „Dem armen Trottel ist es nicht einmal gelungen, sie wachzuhalten."

Mary brachte ihre Kinder zum Schweigen. „Genug jetzt. Wir werden nicht hier sitzen und über euren Bruder tratschen, wenn der Tisch abgeräumt und das Geschirr gespült werden muss."

Nachdem alle sich an die Arbeit gemacht hatten, standen Chloe und Chase noch kurz zusammen. „Deine Mutter ist so süß. Manchmal vergesse ich, dass sie allein acht Kinder großgezogen hat und genau weiß, wie sie mit euch umzugehen hat", sagte Chloe mit Zuneigung in der Stimme.

„Sie hat es nicht ganz allein gemacht. Marcus hat ihr mehr geholfen als jeder andere von uns." Er nahm ihre Hand und zog Chloe im Schatten der großen Eiche zu sich heran. Nachdem sie nun verlobt waren, schien der Funke zwischen ihnen von Tag zu Tag nur noch heller zu brennen. „Mein Bruder hat unglaublich viel für uns geopfert. Er verdient ein Happy End."

Chloe sah ihm in die Augen. „Da stimme ich dir voll und ganz zu. Marcus ist toll. Aber weißt du was? Ich wette, dass er sein Happy End bekommt. Und zwar schon sehr bald."

Überrascht blickte er sie an. „Wie kannst du nach allem, was heute passiert ist, so etwas sagen?"

„Weibliche Intuition." Ihre Augen funkelten. „Nicola liebt Marcus." Ehe er fragen konnte, woher sie das wisse, küsste Chloe ihn sanft auf die Lippen. „Eine verliebte Frau erkennt eine andere Frau, die verliebt ist, immer und überall. Wie Lori schon sagte: Plötzlich ergibt alles einen Sinn. Dass sie beim Essen die Augen nicht voneinander wenden konnten, dass er Gabe so angefahren hat, weil er sie zum Lachen gebracht hat, oder dass er auf Ryan losgegangen ist, weil er sie ‚Süße' genannt hat. Ich sage dir: Nico hat sich Hals über Kopf in deinen Bruder verliebt – ob es ihr nun gefällt oder nicht."

„Gut, dass die Sullivan-Männer so überzeugend sind, oder?"

Chloe schlang die Arme um Chases Hals, als er sie an sich zog.

„Ja", sagte sie und küsste ihn wieder. „Das ist sehr gut."

22. KAPITEL

Marcus stürzte aus dem Haus und stoppte, als er Nicola neben Loris Wagen stehen sah. Nicola war bewusst, dass es klüger gewesen wäre, vor Marcus und vor all dem wegzulaufen, was so unglaublich wehtat.

Doch sie war heute hierhergekommen, um sich ihm ein letztes Mal zu stellen. Und dann war sie vor seiner Familie in Panik geraten.

„Lori hat mich vom Hotel abgeholt und mitgenommen. Ich glaube, ich muss mir ein Taxi rufen."

„Geh nicht." Marcus kam langsam und vorsichtig auf sie zu. „Bitte, geh nicht."

Als sie sich mit der Zungenspitze über die Lippen fuhr, konnte sie seinen Kuss noch schmecken. „Ich hätte nicht so weglaufen sollen." Sie schluckte schwer. „Mir ist klar, dass wir reden müssen."

Auf seinem Gesicht mischten sich Erleichterung und Misstrauen, sah sie, als er näher kam.

„Es tut mir leid, wenn ich dich in Verlegenheit gebracht habe", begann er.

„Das ist schon in Ordnung." Und das war es, denn sie verstand die Verzweiflung, die er empfunden hatte. Schließlich fühlte sie sie auch.

„Nein, Nicola. Du hast etwas Besseres verdient. Etwas viel Besseres." Er wollte ihr die Hand reichen. „Gib mir noch eine Chance. Bitte."

So gern hätte sie seine Hand ergriffen und ihm noch eine Chance gegeben.

Aber es ging nicht. Denn ihr war klar, dass er am Ende nur verletzt werden würde.

„Marcus." Ihre Stimme brach, als sie seinen Namen aussprach. „Können wir irgendwo hingehen, wo wir ungestört sind?"

Er nickte. Mit aufeinandergepressten Lippen ließ er die Hand sinken, die sie nicht ergriffen hatte. Er führte Nicola den Bürgersteig entlang zu einem kurzen Weg, der zwischen den Häusern hindurchführte. Ein kleiner Kinderspielplatz, der so aussah, als wäre er seit Jahren nicht benutzt worden, lag verloren unter den alten Eichen.

„Als Kinder haben wir hier immer gespielt."

Sie fühlte mit dem Kind, das Marcus einmal gewesen war. Es tat ihr leid, dass seine Kindheit so kurz gewesen war. Mit vierzehn Jahren war er viel zu jung gewesen, um die Verantwortung zu tragen, die mit einem Mal auf seinen Schultern gelastet hatte.

„Deine Familie ist wundervoll." Sie setzte sich auf eine kaputte Bank. „Ich bin froh, dass ich sie alle kennenlernen konnte. Es war so viel Liebe dort, im Garten deiner Mutter."

Er setzte sich nicht neben sie, sondern kniete sich vor ihr auf den Boden. Sie ließ zu, dass er ihre Hände ergriff. Noch einmal konnte sie ihn nicht wegstoßen. Außerdem hielt er sie fest.

„War das, was du am Strand gesagt hast, ernst gemeint? Hast du dich in mich verliebt?", wollte er wissen.

Sie blickte ihn an, las den Schmerz in seinen Augen, die überraschende Angst, dass sie seine Gefühle nicht erwiderte. Eigentlich sollte sie nicht zugeben, dass sie ihn liebte.

Doch sie konnte nicht anders.

„Ja", sagte sie leise. „Ich liebe dich."

„Gott sei Dank."

„Nein", versetzte sie schnell. „Ich habe gestern Nacht viel nachgedacht." Sie schluckte, schüttelte den Kopf und drängte die Tränen zurück, die ihr in die Augen gestiegen waren. „Ich kann mir denken, warum Smith in der Garage mit dir reden wollte. Er hat dich gewarnt, hat dir erklärt, was es bedeuten würde, mit mir zusammen zu sein, oder?"

Der Ausdruck auf seinem Gesicht war Antwort genug. „Was du und ich machen, geht Smith nichts an."

„Nein, aber ich wette, dass alles der Wahrheit entspricht, was er dir über den Zirkus gesagt hat, der unser Leben ist."

„Ich war immer gern im Zirkus."

Sie wollte die Arme um ihn schlingen, wollte ihn küssen, weil er ihr zu verstehen gegeben hatte, dass er alles für sie aufgeben würde. Doch sie wusste, dass sie es sich selbst niemals verzeihen würde, so selbstsüchtig gewesen zu sein. Und am Ende würde auch er ihr das niemals vergeben.

Er hatte für seine Familie schon so viel aufgegeben. Sie konnte nicht zulassen, dass er nun für sie noch mehr opferte.

„Gestern Abend habe ich geschummelt", gab sie zu. „Ich habe dich online gesucht. Ich habe alles über das Sullivan-Weingut gelesen. Dabei habe ich gesehen, was du dir aufgebaut hast und welche bedeutende Rolle du in der Weinwelt spielst. Du verdienst es, eine Frau zu bekommen, die dich in allem unterstützt, was du tust. Eine Frau, die dein gleichwertiger Partner sein kann. Nicht jemanden, der jede Woche in einem anderen Flieger sitzt, auf dem Weg in einen anderen Bundesstaat, ein anderes Land, auf die andere Halbkugel. Es hat keine fünf Minuten im Kreise deiner Familie gedauert, um zu erkennen, dass du nicht wie Smith, Lori oder Ryan bist. Dir geht es nicht um Partys. Du willst nicht, dass jeder Fotos von dir schießt. Du musst deinen Charme und dein Charisma nicht benutzen, um zu versuchen, Leute zu beeindrucken. Dein Kern, dein Wesen sind beeindruckend genug, Marcus. Du brauchst keine große Bühne oder ein Publikum, um deinen eigenen Wert zu erkennen."

Er öffnete den Mund, um sie zu unterbrechen. Sie legte die Fingerspitzen an seine Lippen, ehe er etwas sagen konnte, das ihre Entschlossenheit ins Wanken brachte.

„Es ist so: Ich weiß, dass mein Leben ein verrückter Zirkus ist. Und obwohl es mich manchmal wahnsinnig macht, dass ich nicht wie ein normaler Mensch losgehen und Kaffee trinken oder mir einen Film im Kino ansehen kann, liebe ich es. Ich will nicht nur für eine kurze Zeit singen – ich will auch in zwanzig Jahren noch da sein und Songs schreiben und den Menschen vorspielen."

„Das wirst du auch."

„Danke, dass du an mich glaubst", entgegnete sie. „Trotz der Worte, die du mir am Strand entgegengeschleudert hast, hast du mich nie wie einen stumpfen Popstar behandelt. Du hast mich respektiert, und jetzt muss ich dich genauso respektieren. Das ist ein weiterer Grund, warum ich dir das nicht antun kann, warum ich dich nicht bitten kann, ein Teil meiner Welt zu werden."

„Sollte die Entscheidung nicht mir überlassen bleiben, Kätzchen?", erwiderte er und ergriff wieder ihre Hände.

Der Kosename zerriss ihr fast das Herz. „Weißt du, was das Verrückteste an der ganzen Sache ist?", fragte sie. „Ich wollte diejenige sein, die dich von deinem Liebeskummer heilt. Stattdessen …" Sie musste sich kurz unterbrechen und durchatmen. „Stattdessen war ich diejenige, die alles nur noch schlimmer gemacht hat. Es tut mir so leid, Marcus. Mehr, als du dir vorstellen kannst." Sie löste ihre Hände aus seinem Griff und erhob sich. „Wir können uns nicht mehr treffen. Wenn du mich dann bitte in mein Hotel bringen könntest? Das wäre sehr nett."

Irgendwie, dachte sie, während sie sich umdrehte und losging, werde ich mich zusammenreißen und erst anfangen zu weinen, wenn ich allein bin.

Und dann irgendwann, wenn er schon längst weg wäre, würde sie versuchen müssen, wieder aufzuhören.

Marcus ging hinter ihr und legte seine Hand auf ihren Rücken. So, wie er es schon am ersten Abend getan hatte.

„Mit dem Vorwurf am Strand hattest du vollkommen recht. Ja, ich habe mir vor dir die falsche Frau ausgesucht, weil es leichter war, als wirklich zu lieben und alles zu riskieren."

Überrascht wandte sie sich um und sah ihn an.

„Ich dachte immer, meine Familie würde mich brauchen", fuhr er fort. „Aber inzwischen ist mir klar geworden, dass ich meine Familie genauso gebraucht habe. Ich habe sie gebraucht, um mich an ihnen festzuhalten, als von einem Tag auf den anderen alles so beängstigend, schwierig und unsicher geworden war. Als der Vater, den ich so geliebt habe, plötzlich nicht mehr da war. Doch als ich dir begegnet bin, habe ich verstanden, dass ich endlich jemanden gefunden habe, für den ich meine Familie loslassen kann."

„Nein, Marcus", entgegnete sie und schüttelte den Kopf. „Du solltest deine Familie niemals loslassen müssen. Du trägst genug Liebe in deinem Herzen für sie und für die eigene Familie, die du eines Tages haben wirst." Die Worte kamen ihr nur schwer über die Lippen. „Ich weiß, dass du jemanden finden wirst, der perfekt zu dir passt. Perfekt zu deinem Leben."

„Ich habe diesen Menschen schon gefunden."

Die Tränen, die sie eigentlich nicht hatte vergießen wollen, rannen ihr über die Wangen. „Bitte, mach es nicht noch schwerer, als es ohnehin schon ist. Wir wissen doch beide, dass wir uns diese Beziehung vielleicht wünschen, aber dass sie niemals funktionieren würde." Sie sah ihn mit tränenverschleiertem Blick an. „Ich werde die gemeinsame Zeit mit dir niemals bereuen. Es waren die schönsten Momente meines Lebens." Sie holte tief Luft. „Ich habe den Flug umgebucht und fliege schon heute Abend und nicht erst morgen früh. Deshalb sollte ich jetzt ins Hotel fahren und meine Sachen packen."

Sie drehte sich um und wollte zurück zum Haus seiner Mutter gehen, als seine Stimme sie aufhielt.

„Wir wissen beide, dass du das nicht willst. Wir wissen beide, dass ein Kuss, eine Berührung ausreichen würde, damit du deine Meinung änderst."

Der Mann, der sie angefleht hatte, ihm zuzuhören und die Dinge mit seinen Augen zu sehen, war verschwunden. An seine Stelle war der dominante Mann getreten, der sie so gereizt, gefesselt, bei dem sie vor Begierde gezittert und mit dem sie unglaubliche Lust erlebt hatte.

„Du hast recht, Marcus", stimmte sie ihm zu und drehte sich noch einmal zu ihm um. „Gegen deine Küsse bin ich machtlos. Wenn du mich berührst, kann ich nicht widerstehen." Sie sah ihm in die Augen und gab alles zu. Absichtlich gab sie ihm die Munition, um sie gegen sie zu verwenden. „Ich kann nichts gegen das Verlangen tun, das in deinem Blick steht, wenn du mich ansiehst. Und ich kann auch nichts gegen meine Reaktion darauf tun. Doch willst du das? Wünschst du dir, dass ich nicht mehr als ein warmer, williger Körper bin, der dir nicht widerstehen kann?"

Marcus' Überlegenheit wurde zu Wut. Im nächsten Moment lagen seine Hände auf ihren Schultern und er küsste Nicola voller Leidenschaft. Er nahm sich alles, was er wollte, alles, was sie ihm so gern geben wollte, aber nicht konnte.

Er hatte recht. Es war sinnlos, sich gegen den Kuss wehren zu wollen. Selbst vor seiner Familie hatte sie sich in ihrem Verlangen nach ihm verloren. Alles, was sie fühlte, war sein Herzschlag an ihrem – auch wenn er wütend auf sie war, weil sie versucht hatte wegzulaufen, obwohl er sich gewünscht hatte, sie würde bleiben. Auch wenn sie ebenso wütend hätte sein sollen, weil er sie wie das Sexobjekt behandelte, von dem er behauptet hatte, sie müsse es nicht mehr sein. Und sie fühlte ihre Liebe zu ihm, auch wenn er ihre Schwäche für ihn gegen sie nutzte.

Doch als sie gerade dachte, er würde ihr die Sachen vom Leib reißen und sie an die alte Rutsche gelehnt nehmen, schob er sie von sich und hielt sie eine Armeslänge von sich entfernt.

„Die Sache zwischen uns ist nicht vorbei. Nicht einmal annähernd."

Ein letztes Mal sah sie ihn lange und intensiv an. „Es muss aber vorbei sein."

Und als sie nun wieder versuchte, sich von ihm zu lösen und zu gehen, hielt er sie nicht länger auf.

Doch nachdem er sie längst ins Hotel zurückgebracht hatte und sie Stunden später San Francisco in der ersten Klasse des Fliegers verließ, ahnte sie die Wahrheit.

Marcus Sullivan war ein Mann, der genau wusste, was er wollte, und der sich genau das dann auch nahm. Und aus irgendeinem verrückten Grund schien er sie zu wollen.

Schließlich glitt sie im Flugzeug in einen unruhigen Schlaf. Sie hatte sich eingeredet, nicht zu wollen, dass er um sie kämpfte. Aber die Träume von Marcus, von seinen Küssen, Berührungen, dem begierigen Blick, seinen Liebesschwüren zwangen sie dazu, der Realität ins Gesicht zu sehen.

23. KAPITEL

Es war fünfzehn Tage, sechs Stunden und dreiundzwanzig Minuten her, dass Nicola Marcus zuletzt gesehen oder von ihm gehört hatte.

Sie hatte sich geirrt. Er wollte sie nicht.

Nicola war klar, dass sie sich eigentlich darüber freuen sollte. Sie sollte erleichtert sein, dass sie sich nicht länger bemühen musste, ihm zu widerstehen. Doch sie war weit, weit davon entfernt, zufrieden oder glücklich zu sein und sich zu freuen. So weit entfernt, wie es nur irgendwie ging, um genau zu sein.

Ihre Managerin kam ins Büro und wedelte mit einem Fax herum. „*Billboard* hat mich gerade darüber in Kenntnis gesetzt, dass *One Moment* auf Platz eins in den Popcharts eingestiegen ist! Und – warte, du flippst aus, wenn du das hörst – deine gesamte Tour war innerhalb von zwei Stunden ausverkauft! Wir werden Zusatztermine anbieten müssen. Viele Zusatztermine. Wenn alles gut läuft, wirst du dein Zuhause für die nächsten anderthalb Jahre nicht wiedersehen!"

Das hatte Nicola sich immer gewünscht. Den Riesenhit. Die große, internationale ausverkaufte Tour. Jane und sie umarmten sich und klatschten ab. Jane sprudelte hervor, wie klug es gewesen sei, dass Nicola noch ein Video für *One Moment* gedreht habe – nur sie und ihr Klavier auf einer ansonsten leeren Bühne –, und bestand darauf, dass das Plattenlabel unbedingt eine Unplugged-Version herausbringen müsse. Aber währenddessen ging Nicola nur durch den Kopf, wie glücklich es sie gemacht hätte, diesen Erfolg mit Marcus teilen zu können.

Sie konnte sich lebhaft vorstellen, wie stolz er gewesen wäre. Bestimmt hätte er gesagt, er habe gewusst, dass sie es schaffen würde.

Und dass er sie liebe.

Ohne Vorwarnung rann ihr eine dicke Träne über die Wange. Zum Glück dachte ihre Managerin, dass es Freudentränen wären. Sie küsste Nicola auf die Wangen, schnappte sich das Telefon, das ununterbrochen klingelte, und stürmte aus dem Zimmer, um die Verhandlungen zu führen, damit sie noch mehr Geld verdienen konnten.

Nicola trat ans Fenster und presste die Hand an die Scheibe. Sie starrte auf die Straßen von Los Angeles hinunter. Vor drei Wochen noch hatte sie genauso dagestanden und auf die Straßen von San Francisco geblickt.

Sie war in so vielen Wolkenkratzern gewesen. Sie hatte so viele laute, hektische Städte besucht. Die Welt lag ihr zu Füßen. Jetzt mehr denn je. Es war nicht so, dass alles ohne die Liebe keinen Sinn hatte – ihr Erfolg bedeutete ihr einiges. Dennoch wurde durch die Liebe alles noch schöner, noch größer. Ja, der Sex mit Marcus war überwältigend gewesen. Doch nur zu wissen, dass seine Arme sie jederzeit umfangen und festgehalten hätten, dass sie jederzeit ihre Wange an seine Brust hätte schmiegen und seinem Herzschlag hätte lauschen können, bedeutete ein Glück, das für die Ewigkeit bestimmt war.

Leider änderte das alles nichts an der Tatsache, dass die Gründe, aus denen sie ihn verlassen musste, sich nicht wegdiskutieren ließen.

Dennoch verfluchte sie sich innerlich dafür, dass sie so schnell einen Schlussstrich gezogen hatte. Hätte sie sich selbst nicht gönnen können, noch ein bisschen länger mit ihm glücklich zu sein als nur ein paar Tage?

Seufzend wandte Nicola sich vom Fenster ab. Sie wusste genau, warum sie sich gezwungen hatte, in das Flugzeug zu steigen und ihn für immer zu verlassen.

Egal, wie sehr sie sich bemüht hätten, die Beziehung vor allen geheim zu halten, irgendwann wären sie doch erwischt worden. Marcus wäre in den ganzen Zirkus hineingezogen und sein perfekt geordnetes Leben vollkommen durcheinandergewirbelt worden. Mit dem schlechten Gewissen, jemandem, den sie so liebte, so wehzutun, hätte sie nicht leben können. Und sie hätte nicht ertragen können, dass die Leute an seinem Verstand gezweifelt hätten, weil er sich mit ihr eingelassen hatte.

Ein ganz anderer Teil von ihr wünschte sich jedoch, sie hätten ihre Affäre nicht so gut verstecken können. Denn gäbe es Fotos von ihnen beiden, hätten sie zumindest aus dem Grund Kontakt halten müssen und einander nicht einfach endgültig den Rücken zukehren können.

Sie warf einen Blick auf ihre Uhr und stellte fest, dass sie es mittlerweile fünfzehn Tage, sechs Stunden und vierunddreißig Minuten ohne ihn ausgehalten hatte. Irgendwann würde der Tag kommen, an dem sie die Stunden und Minuten nicht mehr zählen würde.

Und irgendwann würde sie aufhören zu hoffen, ihren Namen aus seinem Mund zu hören – ein überraschendes „Nicola!", bei dem sie aufblicken, in sein so schönes Gesicht schauen und aufgeregt darauf warten würde, dass er eine seiner sinnlichen Aufforderungen aussprach.

Verdammt, alles zu planen hatte doch länger gedauert, als er gedacht hatte. Zu lange.

Marcus hatte nie viel ferngesehen oder Magazine gelesen, aber in den letzten zwei Wochen hatte er praktisch nichts anderes getan. Bis er wieder mit Nicola zusammen sein konnte, brauchte er die Gewissheit, dass es der Frau, die er liebte, gut ging. Er war begeistert gewesen, als ihr Song auf Platz eins der Charts gestiegen war und er gehört hatte, dass ihre Tour beinahe augenblicklich ausverkauft gewesen war. Sie hatte es verdient. Das und noch mehr. Noch viel mehr.

Vor ein paar Tagen war Lori abends bei ihm aufgetaucht. Sie hatte eine Idee gehabt, die beiden wieder zusammenzubringen. Und als Marcus ihr erzählt hatte, er sei bereits dran, hatte sie sich sehr gefreut.

Während sie ihn nun zum Flughafen brachte, hörten sie sich an, wie Nicola im Radio interviewt wurde.

„Ich bin ehrlich, Nico", sagte der Radiomoderator. „Als ich *One Moment* zum ersten Mal gehört habe, klang es wie ein weiterer toller Popsong, zu dem man tanzen will. Dann habe ich allerdings das Unplugged-Video gesehen und begriffen, wie viel Herz in dem Lied steckt. Erzähl uns mehr davon."

„Ich habe die Musik, die ich bisher gemacht habe, immer geliebt", erwiderte sie. Ihre Stimme strömte durch Marcus' Adern wie das erste, kühle Glas Wein an einem heißen, trockenen Tag. „Doch mir ist in letzter Zeit klar geworden, dass ich den Menschen immer nur eine Seite von mir gezeigt habe."

„Wie kam der Entschluss zustande, uns deine andere Seite – die Seite des herzzerreißenden Singer/Songwriters – zu zeigen, die du bisher versteckt hast?"

„Ein Freund hatte den Mut, mir das ins Gesicht zu sagen." Sie lachte, und Marcus konnte praktisch vor sich sehen, wie sie lächelte, wie ihre Augen blitzten. „Ich fürchte, dass ich den Rat zuerst nicht besonders gut aufgenommen habe, aber irgendwann habe ich es eingesehen. Und deshalb habe ich den Song noch einmal unplugged aufgenommen. Ich liebe die Arrangements meiner Lieder, ich liebe es, mit meiner Crew zu tanzen, doch ich wollte schon immer mal eine ganz pure, zurückhaltende Version von einem meiner Songs machen."

„Was willst du als Nächstes erobern, Nico, nachdem du nun einen Nummer-eins-Hit gelandet hast und deine Tournee ausverkauft ist?"

Marcus spürte Loris Blicke auf sich, als sie auf Nicolas Antwort warteten.

„Die Liebe, hoffe ich."

Das Interview war vorbei, und Marcus schaltete das Radio aus. „Gott, Marcus", rief Lori aus. „Sie ist umwerfend, oder?"

„Das ist sie."

„Wie hättest du überhaupt verhindern können, dich in diese Frau zu verlieben?"

Er nickte und wusste, dass seine Schwester es auf den Punkt gebracht hatte. „Ich hatte keine Chance."

Lori legte ihre Hand auf seine. „Ich hoffe wirklich, dass dein Plan aufgeht, großer Bruder."

Das hoffte er auch.

Boise, Idaho

Am Ende des ersten Konzerts ihrer Tournee in Boise gab Nicola gerade die letzte Zugabe. Sie stand allein auf der Bühne und begann, mit ihrer Gitarre eine langsame akustische Version von *One Moment* zu spielen. Irgendwann wurden dann unvermittelt grelle Lichter aufgeblendet, und die Bühne lag im Nebel. Nach und nach kamen alle Bandmitglieder wieder zurück und spielten mit ihr zusammen das Lied. Nicola stand in helles Licht getaucht auf der Bühne und sang.

Bis zum Beginn der Tour hatte ihr Team in jeder freien Minute mit ihr zusammengesessen, um die Show zu überarbeiten, damit auch die akustischen Versionen einiger Songs eingebunden werden konnten. Es war eine kraftraubende Aufgabe gewesen. Und überaus spannend.

Nicola war es sehr gelegen gekommen, sich Hals über Kopf in die Arbeit stürzen zu können. Abends war sie dann einfach zu müde gewesen, um an Marcus zu denken. Wenn die Reaktion des Publikums ein Zeichen war, hatte sich die Mühe ausgezahlt. Und zwar richtig.

Sie war fest entschlossen, heute Abend mit den anderen zu feiern und den Erfolg zu genießen. Obwohl der wichtigste Mensch nicht im Publikum gewesen war, hatte sie sich so gefühlt, als hätte er an ihrer Seite gestanden, sie angefeuert und so geliebt wie noch nie ein anderer Mann zuvor.

Aber zuerst musste sie zu dem besonderen „Meet and Greet" mit ihren Fans, das backstage nach jeder Show stattfand, damit sie in jedem County, in dem sie auftrat, den Stiftungen für Bildung etwas schenken konnte. Wenn nach dem Konzert die Lichter auf der Bühne erloschen und im Zuschauerraum angingen, war sie immer sehr erschöpft. Dennoch war der Grund wichtig genug, um ihre Müdigkeit noch für eine weitere Stunde beiseitezuschieben.

Sie kam in den abgetrennten Bereich, wo ihre Tourmanagerin Katie sie direkt zur ersten Gruppe führte. Ihre Haut fühlte sich mit einem Mal erhitzt an und prickelte. Nicola blickte sich unauffällig nach dem einzigen Menschen um, der je dieses Gefühl in ihr ausgelöst hatte, doch eigentlich wusste sie, dass Marcus unmöglich in Idaho sein konnte. Sie war einfach nur noch aufgedreht von der Show, und ihre Einbildungskraft spielte ihr einen Streich.

Aus den Augenwinkeln sah sie ihren Bodyguard Jimmy, der die Stirn runzelte und angespannt in sein Headset sprach. Nicola war sich nicht sicher, was da vor sich ging, aber Jimmy würde die Angelegenheit schon regeln. Damit widmete sie sich ihren Fans, unterhielt sich mit ihnen, lächelte in die Kameras, signierte CDs und iPods und Konzert-T-Shirts. Sie vergaß keine Sekunde, wie glücklich sie sich schätzen konnte, das alles erleben zu dürfen.

Sie hatte gerade ein Mädchen umarmt und sich von ihm verabschiedet, als Katie mit finsterem Blick zu ihr kam. „Jimmy muss mit dir reden."

Wieder verspürte Nicola das Prickeln auf der Haut, als ihr Bodyguard zu ihr kam. „Der Mann aus San Francisco ist wieder da, oder?", fragte sie.

„Ja. Die Cops sind schon unterwegs, um ihn abzuholen."

Die Cops? Sie hätte beinahe laut aufgelacht, so absurd war die ganze Situation. „Er ist kein Stalker", sagte sie zu Jimmy.

Ihr Leibwächter sah sie vollkommen verwirrt an. „Ist er nicht?"

„Nein, ist er nicht." Sie holte tief Luft. „Wo steckt er? Kannst du ihn herbringen?"

Jimmy sah sie ernst an. „Wenn er ein Kerl ist, der dich gezwungen hat ..."

Sie legte die Hand auf seinen Arm. „Bitte, ich muss ihn sehen."

Zwar wirkte Jimmy alles andere als erfreut, doch er nickte. „Ich werde ihn holen."

Dreißig Sekunden später, als Marcus, von Jimmy gefolgt, hereinkam, hatte Nicola das verrückte Gefühl, ihn durch ihre Gedanken an ihn irgendwie heraufbeschworen zu haben.

Sie musste versuchen, vernünftig zu sein. Sie nahm sich Zeit, um tief durchzuatmen und ihr wild hämmerndes Herz zu beruhigen. Dann versuchte sie, sich auf den Drang vorzubereiten, ihm um den Hals fallen zu wollen. Aber nichts hätte sie je auf den Ausdruck in seinen Augen vorbereiten können.

Echte Liebe.

Und noch etwas, das beinahe wie ... Geduld wirkte.

Sie wusste, dass er sie noch immer wollte – das war klar, wenn man bedachte, wie die Funken sprühten, sobald sie sich sahen. Doch zugleich hatte sie das Gefühl, dass er ihr stumm zu verstehen gab: *Ich werde auf dich warten. Egal, wie lange es dauert.*

Sie hatte nicht vergessen, wie schön er war. Aber als sie ihn nun nach so vielen Wochen, in denen sie getrennt gewesen waren, wiedersah, überwältigte sein unglaublich männliches Aussehen sie beinahe.

Statt cool zu bleiben, legte sie die Hände auf ihr Herz und vergaß ganz, dass Katie und Jimmy dicht bei ihr standen. „Was machst du hier, Marcus?", hauchte sie.

Einige Sekunden lang ließ er den Blick über ihr Gesicht wandern und sagte nichts. Sie war froh, das Gleiche tun zu können. Sie betrachtete die kleinen Fältchen um seine Augen und seinen Mund, die die Sonne hinterlassen hatte. Er war noch immer der schönste Mann, den sie je gesehen hatte. Doch ihr fiel auf, dass er wirkte, als hätte er etwas Gewicht verloren, seit sie sich zuletzt begegnet waren.

„Es gibt hier einen Etikettenhersteller, mit dem ich vielleicht zusammenarbeiten möchte. Es war eine gute Möglichkeit, mich mit den Leuten zu treffen", begann er schließlich.

Die ganze Situation fühlte sich vollkommen unwirklich an. Nicola fragte sich, ob sie so müde war, dass sie sich das alles nur einbildete.

„Es war ein tolles Konzert, Nicola. Unglaublich. Ich kann es kaum erwarten, die nächste Show zu sehen."

Die nächste Show?

Und bevor sie einen klaren Gedanken fassen oder sich rühren konnte, drehte er sich um und ging. Die drei blickten ihm hinterher.

Katie wandte sich Nicola zu. „Du siehst blass aus. Setz dich lieber."

Nicola war noch nie in ihrem Leben ohnmächtig geworden. Aber heute Abend nahm sie den Stuhl, den Katie ihr heranschob, lieber an. Denn sonst wäre sie vielleicht aus dem Gebäude gerannt, wäre Marcus hinterhergelaufen und hätte verzweifelt seinen Namen gerufen.

Sie kannte die Gründe, warum eine Beziehung mit ihm niemals gut gehen konnte. Es waren gute Gründe. Statt ihm also auf wackeligen Beinen hinterherzurennen, zwang sie sich, tief durchzuatmen – wieder und wieder – und sich diese Gründe ins Gedächtnis zu rufen.

Wenn sie ihn noch einmal sah, würde sie dringend Schutzmauern brauchen, um nicht einzuknicken und stark zu bleiben.

Dennoch gelang es ihr nicht ganz, das alles zu verstehen. Ihr Liebhaber war extra nach Idaho geflogen, um ihr Konzert zu besuchen, und hatte sie dann nicht vor allen gepackt und geküsst wie bei seiner Mutter zu Hause.

Warum hatte er sie nicht geküsst?

Salt Lake City, Utah

Nach ihrem Konzert am nächsten Abend in Salt Lake City kam Nicola von der Bühne und wusste, dass sie eine großartige Show abgeliefert hatte. Sie hatte aus jedem Song jedes Fünkchen Leidenschaft, Mut, Spaß und Freude herausgeholt. Und alles war für Marcus gewesen. Sie hatte jedes Liebeslied für ihn gesungen, hatte sich nur für seine Augen auf der Bühne bewegt.

Wie am vorherigen Abend, als sie sich mit ihren Fans getroffen hatte, konnte sie ihn backstage spüren, ohne dass sie ihn tatsächlich sah. Es bedurfte all ihrer Konzentration, um ihren Fans, die so großzügig für eine bessere Bildung gespendet hatten, ihre volle Aufmerksamkeit zu schenken. Die Gewissheit, bald wieder mit Marcus sprechen zu können, drohte sie abzulenken. Sie riss sich zusammen, um allen Anwesenden ihr Bestes zu geben.

Und dann kam er wieder, und Jimmy und Katie blickten zwischen ihnen hin und her.

„Soll ich den Sicherheitsdienst rufen, Nico?"

„Nein, Jimmy. Es ist alles in Ordnung."

Mehr als in Ordnung, nachdem Marcus nun endlich wieder vor ihr stand.

„Sollen wir euch für ein paar Minuten allein lassen?", fragte Katie.

O Gott, nein. Mit ihm allein zu sein war gar keine gute Idee. Falsch. Es war sogar eine *ganz schlechte* Idee.

Natürlich konnte Nicola nur nicken. „Bitte", sagte sie.

Marcus wartete nicht darauf, dass sie ihn fragte, wie er seinen Tag in Salt Lake City verbracht hatte. „Hier gibt es einen tollen Abfüllbetrieb. Ich glaube, ich werde die Firma für die nächste Champagnerproduktion engagieren", erklärte er schlicht.

In der vergangenen Nacht – und den ganzen Tag über – hatte sie nachgedacht. „Du kannst nicht länger so weitermachen."

Er strich ihr sacht mit den Fingerspitzen eine Haarsträhne aus der Stirn. „Es macht mir aber Spaß, so weiterzumachen."

Ihr Körper erkannte den dominanten Liebhaber wieder, als er seine Hand besitzergreifend auf ihrem Gesicht liegen ließ. Ihre Haut schien sich vom Kopf bis hinunter zu den Zehenspitzen zu erhitzen. Für den Bruchteil einer Sekunde konnte Nicola nicht widerstehen, ihre Wange an seine Hand zu schmiegen. Doch dann wurde ihr bewusst, wie viele Augen auf sie gerichtet waren. Alle Anwesenden schienen sich zu fragen, was zwischen ihr und dem gut aussehenden Fremden in dem teuren Anzug vor sich ging. Also löste sie sich von ihm und machte einen Schritt zurück, obwohl sie sich viel lieber an ihn gekuschelt hätte, wie sie es sonst getan hatte.

Sie senkte die Stimme, damit niemand sie hören konnte. „Hast du vor, mich rund um den Erdball zu verfolgen?"

Mit seinem Lächeln hätte er ihr Herz erobert, wenn das nicht schon längst geschehen wäre.

„Du trittst in einigen meiner Lieblingsstädte auf."

Es war eine bittersüße Qual, sich vorzustellen, wie schön es wäre, nach den Konzerten mit Marcus unter die Decke zu schlüpfen – im Tourbus, im Flugzeug oder in einem Hotelzimmer.

„Ich würde es mir nicht verzeihen, wenn dein Weingut ohne dich den Bach runterginge."

Er zog die Augenbrauen hoch. „Ich glaube, mein Team würde es nicht gerade freuen zu hören, was du von ihnen hältst."

„Das habe ich so nicht gemeint!", erwiderte sie. Das Spielchen, das er mit ihr spielte, und ihr unvernünftiger Wunsch, er möge es weiterspielen, wühlten sie zu sehr auf, um ruhig zu bleiben.

„Du sahst heute Abend wunderschön aus und warst so gut, dass es mich umgehauen hat."

Sie musste sich selbst stoppen, um nicht herauszuplatzen, wie sehr sie ihn liebte, wie sehr sie ihn vermisste. „Es geht nicht nur um den Ruhm und die Bekanntheit, Marcus. Es geht nicht nur darum, dass unsere Terminpläne unvereinbar sind. Ich bin nicht gut für dich. Wenn die Weinwelt, deine Kollegen von mir erfahren …"

„Ich habe nicht geschummelt", entgegnete er. Als sie begriff, dass er damit meinte, dass er nicht im Internet nach ihr gesucht habe, fügte er hinzu: „Deine Fans reden allerdings. Und sie lieben dich. Sie sind auf deiner Seite. Genau wie ich. Und ich liebe dich auch. Wir waren alle mal jung und dumm. Wir alle haben Dinge getan, auf die wir nicht mehr stolz sind. Wir alle haben Menschen vertraut, denen wir besser nicht vertraut hätten. Ja, die Leute glauben wahrscheinlich, was sie gelesen oder gesehen haben. Vielleicht sogar viele Leute. Aber ich garantiere dir, dass jeder, der dich kennenlernt, sich genauso schnell in dich verliebt wie ich."

Sie konnte seinen Kuss fast schmecken und sehnte sich danach.

„Ich habe dir versprochen, dass ich nicht gehen werde. Dieses Versprechen halte ich. Doch das hier ist nicht nur deine Entscheidung, sondern auch meine." Er ergriff ihre Hand, hob sie an seine Lippen und hauchte einen Kuss auf ihre Fingerknöchel. „Gute Nacht, Nicola."

Denver, Colorado

„Sag nichts", begann sie, als sie und Marcus nach dem „Meet and Greet" die letzten beiden Menschen backstage waren. „Es gibt da ein Weingut, das du gern erwerben würdest."

„Genau genommen habe ich einen Freund vom College besucht, der in der Nähe wohnt. Ich habe ihn und seine Familie getroffen und hatte einen wundervollen Tag."

Er lächelte sie an, und sie konnte nicht anders, als sein Lächeln zu erwidern. Den ganzen Tag hatte sie sich auf ein Wiedersehen mit ihm gefreut.

Und es war ihr von Minute zu Minute schwerer gefallen, sich selbst davon zu überzeugen, dass es richtig war, nicht mehr mit ihm zusammen zu sein. Ihr war bewusst geworden, dass Marcus sich nicht darum zu scheren schien, was andere Menschen über ihn dachten. Wenn es anders wäre, dann hätte er sich nicht jeden Abend die Teilnahme am „Meet and Greet" erkauft.

Nachdem er drei Abende hintereinander dort gewesen war und sich mit der Crew unterhalten hatte, während Nicola sich um die Fans gekümmert hatte, war es schon so, als wäre er einer von ihnen. Als würde er dazugehören und wäre mit ihnen auf Tour. Sie fing an zu glauben, dass es Teil seines Planes war … Und sie war erstaunt, dass es ihm gelungen war, diesen Ablaufplan überhaupt so durchzuziehen.

Aber wie lange konnte er noch so weitermachen?

„Bitte, sag mir, dass du ins Napa Valley zurückkehrst, Marcus. Zurück in dein echtes Leben."

„Ich bin im Ausschuss für ein örtliches Event, das morgen Abend stattfindet, also muss ich tatsächlich für ein paar Tage nach Hause reisen."

Ihr Magen zog sich zusammen. „Gut. Ich weiß, wie viel es den anderen bedeutet, dich wiederzusehen."

Sie sah ihn überrascht an, als er mit den Fingern sacht ihr Kinn anhob. „Komm mit mir, Nicola. Ich habe ein Flugzeug gechartert, das heute Abend geht. Wir könnten am Morgen dort sein, den Tag auf dem Weingut verbringen und das Event besuchen. Rechtzeitig zu den Interviews und dem Soundcheck könntest du dann wieder am nächsten Veranstaltungsort sein."

„Marcus, ich …"

Er küsste sie, ehe sie überhaupt wusste, was sie eigentlich sagen wollte. Sein Kuss war sanft und süß, doch sie fühlte sich, als würde ihre gesamte Welt auf einmal kopfstehen.

„Das ist nicht fair", protestierte sie atemlos.

„Ich spiele nicht mehr fair. Ich liebe dich zu sehr, um mich an die Regeln zu halten."

Dann vergrub er seine Hände in ihren Haaren. Sie schlang die Arme um seinen Hals und küsste ihn, als träumte sie schon wochenlang von nichts anderem. Wenn sie nicht von so vielen Menschen angestarrt worden wären, hätte sie niemals aufgehört, ihn zu küssen.

Nicola zwang sich, sich von ihm zu lösen. „Wie wäre es, wenn ich dich meinem Team vorstelle?", fragte sie leise.

„Ich glaube, sie kennen mich schon ziemlich genau."

Erstaunt ertappte sie sich dabei, wie sie mit ihm zusammen lachte.

Sie hatte so darauf geachtet, niemandem Munition zu liefern, die gegen sie verwendet werden konnte – nicht einmal der Crew, zu der sie im Laufe der Jahre eigentlich Vertrauen aufgebaut hatte –, dass sie in den vergangenen sechs Monaten praktisch wie eine Nonne gelebt hatte.

Jetzt musste sie sich fragen, ob ihr die Meinung anderer Menschen so wichtig war, weil es leichter war, die Medien als Entschuldigung zu benutzen, statt zu riskieren, wieder verletzt zu werden.

Aber vielleicht sind einige Dinge dieses Risiko ja auch wert, dachte sie.

„Ich hole meine Sachen aus dem Bus", sagte sie unvermittelt zu Katie, die ein paar Meter entfernt von ihr stand und wartete. „Ich muss einen Flug ins Napa Valley erwischen."

Ihre Tourmanagerin sah zwischen Nicola und Marcus hin und her und nickte dann zustimmend. „Solange Sie Nico rechtzeitig zu ihrem Interviewtermin in Dallas in zwei Tagen zurückbringen …"

Nicola lächelte. „Während ihr beide den Terminplan besprecht, kann ich ja meine Sachen holen." Sie war schon fast aus der Tür, als sie noch einen Blick über die Schulter warf. Katie und Marcus hatten die Köpfe zusammengesteckt und starrten auf die Kalender in ihren Handys.

Doch während sie den Flur entlang zu ihrem Tourbus ging, wusste sie, dass der Kuss vor ihrer Crew noch das Einfachste an der ganzen Situation gewesen war.

Marcus hatte ihr versichert, dass ihr verrücktes Leben, das einem Zirkus glich, ihn nicht abschrecken würde.

Jetzt zeigte er ihr, dass er es tatsächlich so meinte.

Leider blieb noch eine große Frage: Was würde sein Umfeld von ihr halten? Würde sie mit offenen Armen empfangen – so wie ihr Team Marcus willkommen geheißen hatte?

Oder würden ihr jugendliches Alter und ihr schlechter Ruf Marcus doch so schaden, wie sie es befürchtete?

Nicola war bewusst, dass sie noch über vieles sprechen mussten, als sie nun in den Privatjet stiegen. Aber als Marcus die Arme um sie schlang und den Gurt um sie beide legte, gab sie sich der Wärme seiner Arme hin und schmiegte sich an ihn, wie sie es schon so oft getan hatte. Sie lauschte seinem Herzschlag und fühlte sich so sicher und geborgen, dass sie seit Wochen zum ersten Mal in einen tiefen, erholsamen Schlaf glitt.

Als Nicola auf seiner Brust lag und schlief, atmete Marcus, der unwillkürlich die Luft angehalten hatte, endlich durch.

Nicola war wieder dort, wo sie hingehörte. In seinen Armen.

Jetzt musste er sie nur noch davon überzeugen, zu bleiben.

Und dieses Mal würde er alle Mittel einsetzen, die nötig waren …

24. KAPITEL

„Mein Gott, das ist so wunderschön!"

Über dem Sullivan-Weingut ging die Sonne auf, und die Vögel erwachten allmählich. Nicola lachte leise, als ein kleiner Blauhäher den Kopf aus dem Nest streckte, um sie zu begrüßen. Während sie auf der Veranda standen und über die Weinberge blickten, bedankte Marcus sich stumm dafür, dass sein Besitz sich heute von der besten Seite zeigte.

Sie hatten im Flugzeug geschlafen. Obwohl es nicht mehr als ein Nickerchen gewesen war, fühlte Marcus sich erholter und wacher als in den letzten drei Wochen, seit Nicola aus San Francisco abgereist war.

„Auf dieses Weingut bist du gekommen, um zu gesunden, um dich von allem zu erholen, stimmt's?"

Das hatte ihm noch nie jemand so offen gesagt – und damit den Nagel auf den Kopf getroffen.

Er zog sie an sich. „Ich sah dieses Stück Land zum ersten Mal auf einem Schulausflug. Es war verrückt, doch ich hätte schwören können, einen Mann im Weinberg arbeiten gesehen zu haben, der aussah wie mein Vater. Sobald ich meinen Führerschein hatte, fuhr ich hierher, um ihn zu suchen."

„Du warst nicht allein, oder?"

„Nein." Er lächelte die Frau, die er liebte, an. „Fast alle Geschwister quetschten sich mit in den Wagen. Ich erzählte ihnen nicht, was ich zu sehen geglaubt hatte. Aber ich wusste zu dem Zeitpunkt schon, dass dieses Stück Land einmal mir gehören würde. Und dass ich ihn stolz machen würde."

Er sah, dass sie schluckte und Tränen in ihren Augen schimmerten. Ihre Stimme klang rau, heiser, als sie fragte: „Wie kannst du auch nur daran denken, diesen Ort tage- oder sogar wochenlang zu verlassen?"

Er wusste, worauf sie hinauswollte, und dass sie nicht verstand, warum er lieber mit ihr unterwegs sein wollte.

„Es ist zweiundzwanzig Jahre her, dass mein Vater gestorben ist. Bis du in mein Leben getreten bist, habe ich nie jemandem erzählt, wie schwer es war, seinen Platz in der Familie einzunehmen. Ich wollte es mir selbst nicht eingestehen. Und niemand durfte mich darauf ansprechen. Ich bin mir sicher, dass andere es bemerkt haben. Sie müssen es bemerkt haben. Doch ich habe es geschafft, sie alle abzuwehren."

Nicola sah ihn an. Er hatte keine Ahnung, ob es ihr bewusst war, aber sie hatte seine Hände ergriffen und hielt sie an ihr Herz.

„Dich konnte ich jedoch nicht auf Distanz halten, Nicola. Du hast dir vom ersten Moment in dem Club deinen Weg in mein Herz gebahnt. Und egal, wie sehr ich versucht habe, dich wegzustoßen, du hast einfach nicht zugelassen, dass ich dich abblocke."

„Dieser Charakterzug ist nicht ganz unkompliziert", sagte sie leise. „Ich dränge mich oft an einen Platz, der mir eigentlich nicht zusteht."

„Mir gefällt es, dass du dir deinen Platz suchst, dass du entscheidest, was du willst, und dich beim Erreichen dieses Ziels von niemandem abbringen lässt. Kein Wunder, dass deine Karriere einen solchen Schub macht und die Leute dich überall auf der Welt sehen wollen."

Er war froh, sie lächeln zu sehen und zu bemerken, dass die Schatten aus ihrem Blick wichen.

„Ich habe meine Jugend nicht völlig aufgegeben, aber große Teile sind einfach verschwunden." Er schüttelte den Kopf und versuchte, seine Empfindungen, die ihm endlich klar wurden, in Worte zu fassen. „Ich bereue es nicht, so viel Zeit mit meinen Brüdern und Schwestern verbracht zu haben, um meiner Mutter zu helfen. Sie waren es wert."

„Du bist auch ein wertvoller Mensch, Marcus."

Er hauchte einen Kuss auf ihre Lippen. „Weißt du, was meine Mutter bei dem Sonntagsessen zu mir gesagt hat?"

„Was zur Hölle hast du dir dabei gedacht, dich mit diesem Mädchen einzulassen?", vermutete sie – doch da ihre Lippen zu einem Grinsen verzogen waren, wusste er, dass sie nur einen Witz machte.

„Sie hat mir gesagt, sie habe darauf gewartet, dass ich jemanden finde, den ich mehr lieben kann als die Familie."

„Ich habe dir auf dem Spielplatz hinter dem Haus deiner Mutter schon gesagt, dass ich mich nicht zwischen dich und deine Familie stellen möchte."

„Nicht dazwischen. Du hast mir gezeigt, dass es an der Zeit ist, das Band zu zerschneiden und sie ihr Leben führen zu lassen. Und dass es an der Zeit ist, mein Leben zu leben. Es war irgendwie immer leichter für mich, mich um meine Geschwister und meine Mutter zu sorgen und um das Weingut zu kümmern, als mich auf mein Herz zu konzentrieren." Er zog sie noch enger an sich. „Du hast mal gesagt, dass die Leute das glauben, was für sie am einfachsten zu glauben ist. Wir beide haben daran geglaubt, dass diese Beziehung nicht funktionieren würde, dass wir zu verschieden wären ... War es nicht so?"

Sie nickte. „So ist es sicherer."

„Ich weiß, dass es so ist, aber ich bin endlich so weit, an das zu glauben, was am schwierigsten zu glauben ist." Er lächelte sie an. „Ich wusste, dass Worte dich nicht davon überzeugen würden, eine Beziehung mit mir zu wagen. Ich wusste, dass ich es dir zeigen und beweisen musste – und zwar, indem ich genauso unnachgiebig war wie du."

„Meine Crew hielt dich für einen Verrückten. Jimmy wollte am ersten Abend die Polizei rufen. Am zweiten Abend auch."

Er lächelte. „Ich weiß. Doch du bist das Risiko wert, Liebling. Jedes Risiko. Ich freue mich darauf, dich bei so vielen Auftritten wie möglich zu besuchen. Und ich habe das Gefühl, dass du den Frieden und die Ruhe auf dem Weingut mit mir auch genießen wirst, sooft es geht. Ich bezweifle nicht, dass dieser Ort mit all seiner Schönheit deiner Seele genauso viel Nahrung bieten wird wie meiner."

„Wieso siehst du immer die Dinge in mir, die sonst keiner sieht?"

„Nicola habe ich schon lange vor Nico kennengelernt", sagte er. „Vergiss die dummen Sachen, die ich am Strand gesagt habe. Du hast dich nie vor mir versteckt."

„Ich weiß nicht, wie ich es hätte anstellen sollen. Selbst als ich es versucht habe, konnte ich meine Gefühle für dich nicht vor dir verbergen." Sie unterbrach sich kurz. „Vor allem nicht, als du mir gesagt hast, was ich im Schlafzimmer tun solle."

Das war das Stichwort, auf das er gewartet hatte. „Vor drei Wochen habe ich mich an die Regeln gehalten. Und du bist gegangen." Begehrlich sah er sie an. „Heute werde ich nicht mehr fair spielen. Was mich betrifft, waren die Regeln in dem Moment außer Kraft gesetzt, als du mit mir in das Flugzeug gestiegen bist."

Ihre Pupillen hatten sich geweitet, und ihr Atem ging schneller – beides Anzeichen dafür, dass sie erregt war. Und dass sie das hier genauso sehr wollte wie er.

Marcus wusste, dass sie die Vorfreude genoss. „Ich habe vor, mit allen Waffen zu kämpfen, um dich davon zu überzeugen, dass wir zusammengehören. Dieses Mal habe ich keine Angst davor, auch unfair zu spielen, Kätzchen."

Sie strich sich mit der Zunge über die Lippen. „Das gefällt mir."

Er lächelte sie an. Es war ein verheißungsvolles Lächeln. „Das weiß ich. Mein süßes, kluges, freches Mädchen." Er hob sie hoch und stieß mit dem Fuß die Eingangstür auf, um Nicola in sein Schlafzimmer zu tragen. „Du gehörst in mein Bett."

„Und da will ich auch hin." Sie umschloss mit den Händen sein Gesicht und zog ihn zu sich heran, um ihn zu küssen.

Marcus musste sich darauf konzentrieren, sie zu küssen, und blieb auf der Treppe stehen. Kurzerhand setzte er sich auf eine Stufe, sodass sie auf ihm saß.

Auf keinen Fall würden sie es bis in sein Schlafzimmer schaffen.

Jedenfalls nicht dieses Mal.

„Heb die Arme für mich."

Hitze stand in ihrem Blick, als sie die sinnliche Aufforderung hörte, die er schon in der zweiten Nacht ausgesprochen hatte und dann immer wieder. Langsam hob sie die Arme und ließ sich von ihm das langärmelige Shirt ausziehen.

Ihr BH war aus sündiger schwarzer und roter Spitze mit einer süßen weißen Schleife in der Mitte.

„Bis ich dich kennenlernte, dachte ich immer, ich müsste entweder das eine oder das andere sein – entweder die sexy Pop-Prinzessin oder das süße Mädchen mit der Gitarre. Ich will beides sein, Marcus."

„Zuerst habe ich mich in die Sexgöttin in dem Lederkleid mit den unglaublich hohen Schuhen verliebt. Als du dann wie ein zufriedenes Kätzchen auf meinem Schoß eingeschlafen bist, wusste ich, dass es um mich geschehen war." Er strich mit den Händen über ihren Rücken bis hin zu ihrem Po und presste sie enger an sich. „Ich habe immer beide Seiten an dir geliebt", erklärte er. „Ich will, dass du aufstehst und den Rest deiner Sachen auszieht."

Ihre Augen weiteten sich, aber dennoch rutschte sie von seinem Schoß und ging eine Stufe hinunter, um sich von ihrer Jeans und anschließend dem BH und Slip zu befreien.

Er legte die Hände auf ihren Bauch und umschloss dann ihre Brüste. „Umwerfend."

Als sie einatmete, konnte er es spüren.

„Ich glaube, es ist an der Zeit für die kleinen Schläge, die ich dir versprochen habe", sagte er, während er mit den Daumen nacheinander über ihre aufgerichteten Brustwarzen fuhr. „Eine leichte Bestrafung dafür, dass du so lange gebraucht hast, um endlich nachzugeben und zu begreifen, dass es uns gelingen wird, diese Beziehung zu führen."

Ihre Augen funkelten lustvoll. Dennoch protestierte sie. „Was passiert, wenn ich mich nicht schlagen lassen möchte? Was ist, wenn es mir nicht gefällt?"

Statt ihr zu antworten, nahm er die Hände von ihren Brüsten. „Dreh dich um und halt dich am Treppengeländer fest."

Er konnte den Pulsschlag an ihrem Hals sehen, als sie innehielt und darüber nachdachte. Schließlich kam sie seiner Aufforderung nach.

Himmel, ihr herzförmiger Po war wundervoll. Sie spreizte leicht die Oberschenkel und warf Marcus dann über die Schulter hinweg einen herausfordernden Blick zu.

Er streichelte mit einer Hand über ihren Bauch und hielt sie fest, während er mit der anderen über ihre Hüfte strich.

„So hübsch. So süß." Er hauchte einen Kuss auf ihren Rücken. „Und das alles gehört mir."

Im nächsten Moment versetzte er ihr einen Klaps. Ein leicht rötlicher Abdruck blieb auf ihrer sonnengebräunten Haut zurück.

Sie schrie nicht auf, doch er fühlte, wie ihre Spitzen noch härter wurden, als er mit der linken Hand wieder ihre Brüste berührte.

Danach gab er ihr einen Klaps auf die andere Pobacke. Dieses Mal entging ihm Nicolas lustvolles Aufstöhnen nicht. Ihr Stöhnen wurde lauter, sowie er sie noch einmal und noch einmal schlug.

Aber so erotisch das Spanking und ihre Reaktion darauf auch sein mochten, musste er das sinnliche Spiel ein anderes Mal weiterspielen. Marcus wusste nicht, wieso er sie bisher beim Sex noch nicht mit dem Mund befriedigt hatte, doch das würde er sofort ändern.

„Lass das Geländer los, setz dich wieder auf die Stufen und spreiz die Beine für mich."

Sie zitterte vor Lust, während sie tat, was er von ihr verlangt hatte. Nachdem sie bereit für ihn war, gab er dem Drang nach, mit den Lippen über ihre Brüste zu gleiten und anschließend über ihren Bauch, um schließlich die Zunge in ihren Bauchnabel zu tauchen.

Als er kurz darauf zwischen ihren Schenkeln über ihre süße Hitze leckte, zuckte sie zusammen und reckte sich ihm entgegen, wobei sie die Finger in seinem Haar vergrub. Er stieß mit zwei Fingern in sie. Sie umschloss ihn, pulsierte um ihn.

Sacht blies er auf ihre Scham. Unwillkürlich fing sie an, sich zu bewegen, um Erfüllung zu finden.

„Ich liebe dich."

Um seine Worte zu unterstreichen, zog er die Hand zurück, um im nächsten Augenblick wieder in sie zu dringen. Die Vorstellung, sie gleich zu nehmen, machte ihn fast wahnsinnig.

Marcus stieß mit den Fingern wieder in sie und presste seinen Mund auf ihre Lustperle. In ihr krümmte er die Finger, bis Nicola aufkeuchte, den Rücken durchbog und ihn um mehr anflehte.

Es gefiel ihm, wie sie sich an ihn klammerte, als sie unter seiner Zunge und seinen Fingern kam.

„Oh, mein Gott, deine Zunge …" Sie atmete zittrig ein und sah ihn mit der Verwunderung und dem Vertrauen im Blick an, an dem er sich niemals würde sattsehen können. „Und was war das für ein Punkt, den du mit deinen Fingern berührt hast?"

Er lächelte. „Das werde ich dir bald noch einmal genauer zeigen."

Mit der Zungenspitze fuhr sie sich über die Lippen. „Ja, bitte", sagte sie. Ein paar Sekunden später trug er sie die restlichen Stufen hinauf und legte sie in seinem Schlafzimmer auf das große Bett. Sie wollte nach ihm greifen, aber er schüttelte den Kopf.

„Nein. Ich will dich einfach nur ansehen. Ich kann nicht glauben, dass die schönste Frau der Welt in meinem Bett liegt."

Sie errötete, doch sie versuchte dieses Mal nicht, sich vor ihm zu verstecken. Er genoss es, ihren wundervollen, kurvigen, umwerfenden Körper anzuschauen in dem Bewusstsein der Schönheit, die sich in ihrem Inneren verbarg.

Marcus zog sich aus und rollte sich ein Kondom über, ehe er sich zu ihr gesellte. Dann schlang sie die Arme um seine Schultern, die Beine um seine Taille, und er wusste, dass all die anderen Dinge, die er noch mit ihr anstellen wollte, warten mussten.

Denn jetzt wollte er die Frau lieben, die er sein Leben lang gesucht hatte.

„Liebe mich, Marcus", flüsterte sie, während ihre Körper eins wurden.

Und er liebte sie.

Nicht nur mit dem Körper, nicht nur mit jedem Schlag seines Herzens, sondern aus tiefster Seele.

Die Mittagssonne fiel durch Marcus' Schlafzimmerfenster, als sie nackt auf der Bettdecke saßen und das Essen genossen, das er aus seinem nicht sehr gut gefüllten Kühlschrank zusammengesucht hatte.

Nicola war noch nie so erschöpft gewesen – und so glücklich. Satt und zufrieden gähnte sie und legte sich so hin, wie sie es am liebsten hatte: den Kopf auf seinem Schoß und eine Hand in seiner. So dazuliegen und in sein schönes Gesicht zu blicken war etwas, das sie nie mehr missen wollte.

Doch angesichts der anstrengenden Tournee und der Tatsache, dass sie gerade dreimal leidenschaftlich miteinander geschlafen hatten, überkam sie Müdigkeit.

Er lächelte sie an. „Für ein junges Ding schwächelst du sehr schnell."

„Lustig", entgegnete sie und gähnte wieder. „Ich wollte gerade sagen, dass du für einen alten Mann ein unglaubliches Durchhaltevermögen besitzt." Sie summte ein paar Töne von Joni Mitchells *My Old Man*.

Sie liebte sein Lachen, als er nun etwas schräg mit ihr zusammen summte.

Als sie ihm in die Augen sah, wusste sie, dass es an der Zeit war, ihm alles zu gestehen.

„Ich habe dich nicht nur weggestoßen, weil ich dich vor dem verrückten Leben mit mir beschützen wollte." Als sie spürte, dass er sie weiterhin streichelte und noch immer entspannt war, wusste sie, dass sie ihm alles sagen konnte. „Das war ein wichtiger Grund. Aber ich hatte auch Angst, einem anderen Menschen zu vertrauen. Angst davor, mich fallen zu lassen. Eine wahnsinnige Angst, wieder verletzt zu werden. Ich wusste, dass es dieses Mal noch schlimmer werden würde, weil ich mich in dich verliebt hatte. Deshalb bin ich am Tag nach dem Essen bei deiner Mutter geflüchtet. Ich dachte, so würde es weniger wehtun. Doch durch das Weglaufen wurde alles nur noch schlimmer."

„Ich habe dich auch vermisst", entgegnete er. „Allerdings geht mir immer durch den Kopf, dass ich dir nicht hätte hinterherfliegen können, wenn du nicht weggelaufen wärst."

Unwillkürlich stellte Nicola sich vor, wie er sie durch den Weinberg jagte und schließlich fing. Seine Worte jedoch löschten zugleich jede Chance auf Schuldzuweisungen aus, auf ein schlechtes Gewissen oder das Gefühl, selbstsüchtig gewesen zu sein, weil sie getan hatte, was sie getan hatte.

Und als er sie zärtlich in die Arme schloss und küsste, vergaß sie die Angst und gab sich der natürlichsten Empfindung der Welt hin.

Der reinen, wundervollen Liebe.

Am Abend saß Nicola mit Marcus auf der Rückbank einer Limousine, die sie zu dem Event brachte. Nicola trug ein fantastisches Kleid, das gleichermaßen klassisch, frech und sexy war. Der dunkelgrüne Samt des eng anliegenden Oberteils schmiegte sich an ihre Brüste, während die funkelnden Steine auf der Seide des Rockes, der bei jeder Bewegung ihre Hüften und Beine umschmeichelte, die Aufmerksamkeit auf sich lenkten.

Den ganzen Tag über hatte sie mit dem Mann, den sie liebte, auf Wolke sieben geschwebt. Aber als der Fahrer nun vor dem Anwesen im Napa Valley hielt, auf dem das Event stattfinden sollte, ergriff sie in letzter Sekunde Panik.

„Das ist ein bedeutender Moment." Sie ergriff seine starken Hände und drückte sie. „Bist du dir sicher, dass du bereit dafür bist? Bereit, nicht länger mein geheimer Freund zu sein?"

Statt ihr mit Worten zu antworten, legte er ihre Hände auf sein Herz, beugte sich vor und küsste sie.

„Solange du an meiner Seite bist, bin ich für alles bereit."

Und als die Türen der Limousine für sie geöffnet wurden und das Blitzlichtgewitter einsetzte, vertrieb sein Kuss ihre Sorgen ... Zurück blieben Geborgenheit, Sicherheit und grenzenloses Glück.

EPILOG

Im Laufe der folgenden zwei Monate wurde es kühler, und der Herbst färbte die Blätter, die von den Bäumen in Nordkalifornien fielen. Marcus legte Kilometer um Kilometer in Bussen und Flugzeugen zurück, während Nicola auf der ersten Etappe ihrer U.S.-Tournee Dutzende Konzerte spielte. Er pendelte zwischen dem Napa Valley und dem Teil des Landes hin und her, in dem sich die Frau, die er liebte, gerade aufhielt. Zum ersten Mal, seit er das Weingut vor zehn Jahren erworben hatte, überließ er den Großteil der Organisation der Weinlese seinem Team. Ellen erhielt im Gegenzug zu ihren neuen Aufgaben eine Beförderung und eine großzügige Gehaltserhöhung.

Es war Anfang Dezember, als Nicola und Marcus in die Hauptfeuerwache von San Francisco kamen. Alle Feuerwehrmänner waren mit ihren Familien da, um sie zu treffen.

Gabe schüttelte seinem Bruder die Hand und umarmte Nicola dann besonders warmherzig und innig, weil er wusste, dass es seinen eifersüchtigen Bruder ärgern würde. Gabe gab sich nicht die Mühe, sein Grinsen zu unterdrücken, als er sagte: „Danke, dass du zugestimmt hast, dieses Konzert zu geben, Nicola."

„Es ist mir eine Ehre", erwiderte sie, ehe sie sich seinem Bruder zuwandte. Sie stellte sich auf die Zehenspitzen und hauchte einen Kuss auf Marcus' Wange. „Du machst den Kindern Angst, wenn du so finster guckst."

Marcus legte die Hand unter ihr Kinn, hob ihr Gesicht an und gab ihr einen Kuss, der klar und deutlich *„Sie gehört mir!"* sagte, falls einem der Anwesenden noch nicht klar gewesen sein sollte, mit welchem der Sullivan-Brüder sie zusammen war.

Gabe schmunzelte, auch wenn der Anblick des glücklichen Paares ihm tief in seinem Inneren einen Stich versetzte. In den vergangenen Monaten hatte er sich daran gewöhnt, Chase und jetzt auch Marcus als Teil eines Pärchens zu sehen. Ihre Mutter war über die Beziehungen ihrer Söhne außer sich vor Freude.

Jackie, das Mädchen, mit dem Gabe sich in letzter Zeit ab und zu getroffen hatte, zitterte angesichts des Treffens mit Nicola praktisch vor Aufregung. Sie hatte gehofft, auch zum Sonntagsessen bei Mary eingeladen zu werden, um nicht nur Nicola, sondern auch Smith persönlich kennenzulernen. Allerdings konnte Gabe sich Jackie einfach nicht im Kreise seiner Familie vorstellen. Sie war zu jung, zu ungeduldig und begierig. Sicherlich war Nicola auch jung, doch es gab einen Grund, warum sie und Marcus so gut zueinanderpassten: Nicola war viel reifer als andere Fünfundzwanzigjährige.

Vor allem reifer als Jackie, dachte Gabe, als seine Freundin mit aufgeregt blitzenden Augen auf sie zukam.

Gabe war klar, dass er sie schon viel zu lange hingehalten hatte. Er fasste den Entschluss, die Beziehung mit ihr heute Abend zu beenden, und freute sich nicht gerade auf die unvermeidlichen Tränen. Sie weinte schnell – was unter anderem der Grund dafür gewesen war, dass er in den letzten Wochen noch nicht den Mut gehabt hatte, einen klaren Schlussstrich zu ziehen.

„Wie zur Hölle hast du es geschafft, wieder mit ihr zusammenzukommen?", fragte Gabe Marcus etwas später. Sie beobachteten vom Rande aus, wie Nicola die Herzen des Publikums eroberte, das viel Geld bezahlt hatte, um auf dem Parkplatz der Feuerwache ein kurzes Unplugged-Konzert von ihr zu sehen. Das Geld, das sie mit Nicolas Hilfe einspielen konnten, würde der Feuerwehr dabei helfen, trotz der Budgetkürzungen, die sie auszustehen hatte, die dringend benötigte neue Ausstattung zu besorgen.

„Ich bin einfach der glücklichste Kerl auf der Welt." Mit einem Kopfnicken wies er Richtung Jackie, die ganz vorn stand und offenbar alles toll fand, was Nicola sagte oder tat. „Was ist mit ihr?"

Gabe schüttelte den Kopf. „Ach, nichts Besonderes."

Nicola hatte gerade ihren Auftritt beendet, als der Alarm erklang und über die Lautsprecher der Wache durchgesagt wurde, dass die Truppe zu einem Wohnungsbrand ausrücken musste.

Gabe und der Rest der Mannschaft rannten los, zogen ihre Feuerwehranzüge an und fuhren los. Der laute Alarm half ihnen, durch den dichten Stadtverkehr zu kommen.

„Wow, das war heftig, und sie sind noch nicht einmal am Brandort", sagte Nicola ein paar Minuten später, als sie und Marcus zusammen in einer Ecke der Feuerwache standen. „Ich weiß nicht, wie eure Mutter so gut damit zurechtkommt. Ich bin jetzt schon ein Nervenbündel."

„Das ist Gabes Job. Es wird alles gut gehen", versicherte Marcus ihr.

Aber nachdem sie sich fünfzehn Minuten später von den freiwilligen Helfern verabschiedet hatten, die die kleine Bühne aufgebaut hatten, und gerade in Marcus' Wagen steigen wollten, um ins Napa Valley zu fahren, ging der Alarm wieder los.

„Achtung! An alle Einheiten: Vorsicht in der Conrad Street 1280, es werden zusätzliche Hilfseinheiten benötigt."

Mit großen Augen sah Nicola Marcus an. „Das ist der Brand, zu dem Gabe ausgerückt ist. Es klingt, als hätte die Situation sich verschlechtert und nicht verbessert."

„Mein Bruder ist ein erstklassiger Feuerwehrmann", entgegnete Marcus. „Er ist nicht der Typ, der etwas Gefährliches oder Dummes tut."

Doch während die Alarmsirene weiterhin heulte und wieder die Durchsage erklang, wussten sie, dass es außer Leichtsinnigkeit noch unzählige weitere Gründe gab, aus denen Feuerwehrmänner im Dienst zu Schaden kommen konnten.

Und sie konnten einander nur festhalten und hoffen, dass Gabe den Einsatz gut überstehen würde.

– ENDE –

Lesen Sie auch von Bella Andre:

Deutsche Erstveröffentlichung

Band-Nr. 25793
9,99 € (D)
ISBN: 978-3-95649-078-1
304 Seiten

Bella Andre
Wie wär's mit Liebe?

Als Fotograf hat Chase Sullivan einen Blick für Details – deshalb tritt er sofort auf die Bremse, als er im strömenden Regen eine junge Frau neben ihrem Wagen stehen sieht. Er erkennt gleich, dass Chloe mit mehr zu kämpfen hat als mit einem kaputten Auto. Hilfsbereit nimmt er sie mit auf das Familienweingut in Napa Valley. Zwischen beiden knistert es, aber zu seiner großen Verblüffung stellt Womanizer Chase fest, dass er von Chloe mehr will als ein paar heiße Nächte. Noch gibt sie sich zurückhaltend, wird der berühmt-berüchtigte Sullivan-Charme mal wieder Wunder wirken? Oder hat ihr Trauma der Vergangenheit für immer Chloes Glauben an die Liebe zerstört – selbst bei einem Mann wie Chase?

Deutsche Erstveröffentlichung

Susan Mallery
Drum küsse, wer sich ewig bindet

Justice Garrett ist zurück in Fool's Gold! Nie hat Patience den Jungen, der einst ihr Herz eroberte, vergessen. Spurlos ist er vor Jahren verschwunden. Jetzt, als erwachsener Mann und erfolgreicher Bodyguard, ist er noch attraktiver als in ihrer Erinnerung …

Band-Nr. 25812
9,99 € (D)
ISBN: 978-3-95649-103-0
eBook: 978-3-95649-394-2
384 Seiten

Kristan Higgins
Lieber Linksverkehr als gar kein Sex

Honor stimmt zu, einen unbekannten Briten zu heiraten, der eine Greencard will. Doch je länger die Zweckbeziehung dauert, desto deutlicher merkt Honor: Abwarten und Tee trinken ist nicht das, was ihr beim Anblick ihres sexy Verlobten in den Sinn kommt …

Band-Nr. 25798
9,99 € (D)
ISBN: 978-3-95649-085-9
eBook: 978-3-95649-407-9
448 Seiten

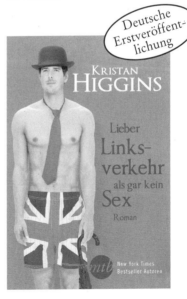

Deutsche Erstveröffentlichung

Mitten ins Herz!

Mit exklusiver Postkarte!

Band-Nr. 25773
9,99 € (D)
ISBN: 978-3-95649-050-7
eBook: 978-3-95649-395-9
336 Seiten

Carly Phillips & Jennifer Crusie
Wenn Amor zielt …

Jennifer Crusie –
Ein Mann für alle Lagen:

Kate sucht den perfekten Mann – das kann doch nicht so schwer sein! Auf den Rat ihrer besten Freundin hin verbringt sie ihren Urlaub in einem Golfhotel für Singles. Prompt jagt ein Date das andere. Aber mit keinem der Jungunternehmer und Börsenmakler funkt es richtig. Wie gut, dass es Jake Templeton, den stillen Teilhaber des Hotels, gibt! Er ist ein echter Freund – und plötzlich noch mehr …

Carly Phillips – … und cool!:

Noch eine Woche bleibt Samantha, dann ist ihr Schicksal besiegelt! In sieben Tagen wird sie heiraten – nicht aus Liebe, sondern aus Vernunftgründen. Doch bevor Samantha diese Ehe eingeht, will sie ein letztes Mal pure Leidenschaft erleben. Als sie dem attraktiven Mac begegnet, weiß sie: Der Barkeeper ist der Richtige für ihr erotisches Abenteuer. Allerdings ändert dieser One-Night-Stand alles!